高等学校计算机专业教材精选·算法与程序设计

Java程序设计
案例教程

王成端 主　编

崔玲玲　邓式阳　副主编

清华大学出版社

北京

内 容 简 介

Java 是一种很优秀的编程语言,具有面向对象、与平台无关、安全、稳定和多线程等特点,是目前软件设计中极为健壮的编程语言。Java 语言不仅可以用来开发大型的应用程序,而且特别适合于在 Internet 上应用开发,Java 已成为网络时代最重要的编程语言之一。

本书以培养学生 Java 语言应用能力为目标,注重可读性和实用性,配备了大量的案例,每个案例都经过精心的考虑,既能帮助读者理解知识,又具有启发性。本书通俗易懂,便于自学,针对较难理解的问题,涉及的案例都是从简单到复杂,内容逐步深入,便于读者掌握 Java 编程的技巧。

本书共分为 11 章,分别介绍了 Java 的基本数据类型、语句、数组、字符串、类、对象、接口、内部类、Java Swing 组件、异常处理、多线程、输入输出流、Java Applet、图形与图像、多媒体技术等内容。

本书不仅可以作为高等院校相关专业的教材,也适合自学者及软件开发人员参考使用。

图书在版编目(CIP)数据

Java 程序设计案例教程/王成端主编. —北京:清华大学出版社,2011.1
(高等学校计算机专业教材精选·算法与程序设计)
ISBN 978-7-302-24398-4

Ⅰ. ①J…　Ⅱ. ①王…　Ⅲ. ①Java 语言－程序设计－高等学校－教材　Ⅳ. ①TP312

中国版本图书馆 CIP 数据核字(2010)第 259289 号

责任编辑:白立军　薛　阳
责任校对:焦丽丽
责任印制:杨　艳

出版发行:清华大学出版社　　　　　　　　　　地　　　址:北京清华大学学研大厦 A 座
　　　　　http://www.tup.com.cn　　　　　　　邮　　　编:100084
　　　社　总　机:010-62770175　　　　　　　邮　　　购:010-62786544
　　　投稿与读者服务:010-62795954,jsjjc@tup.tsinghua.edu.cn
　　　质　量　反　馈:010-62772015,zhiliang@tup.tsinghua.edu.cn
印　刷　者:北京市世界知识印刷厂
装　订　者:三河市新茂装订有限公司
经　　销:全国新华书店
开　　本:185×260　　　印　　张:18　　　字　　数:410 千字
版　　次:2011 年 1 月第 1 版　　　印　　次:2011 年 1 月第 1 次印刷
印　　数:1～3000
定　　价:29.00 元

产品编号:038597-01

出 版 说 明

我国高等学校计算机教育近年来迅猛发展,应用所学计算机知识解决实际问题,已经成为当代大学生的必备能力。

时代的进步与社会的发展对高等学校计算机教育的质量提出了更高、更新的要求。现在,很多高等学校都在积极探索符合自身特点的教学模式,涌现出一大批非常优秀的精品课程。

为了适应社会的需求,满足计算机教育的发展需要,清华大学出版社在进行了大量调查研究的基础上,组织编写了《高等学校计算机专业教材精选》。本套教材从全国各高校的优秀计算机教材中精挑细选了一批很有代表性且特色鲜明的计算机精品教材,把作者们对各自所授计算机课程的独特理解和先进经验推荐给全国师生。

本系列教材特点如下。

(1)编写目的明确。本套教材主要面向广大高校的计算机专业学生,使学生通过本套教材,学习计算机科学与技术方面的基本理论和基本知识,接受应用计算机解决实际问题的基本训练。

(2)注重编写理念。本套教材作者群为各高校相应课程的主讲,有一定经验积累,且编写思路清晰,有独特的教学思路和指导思想,其教学经验具有推广价值。本套教材中不乏各类精品课配套教材,并力图努力把不同学校的教学特点反映到每本教材中。

(3)理论知识与实践相结合。本套教材贯彻从实践中来到实践中去的原则,书中的许多必须掌握的理论都将结合实例来讲,同时注重培养学生分析问题、解决问题的能力,满足社会用人要求。

(4)易教易用,合理适当。本套教材编写时注意结合教学实际的课时数,把握教材的篇幅。同时,对一些知识点按教育部教学指导委员会的最新精神进行合理取舍与难易控制。

(5)注重教材的立体化配套。大多数教材都将配套教师用课件、习题及其解答,学生上机实验指导、教学网站等辅助教学资源,方便教学。

随着本套教材陆续出版,我们相信它能够得到广大读者的认可和支持,为我国计算机教材建设及计算机教学水平的提高,为计算机教育事业的发展做出应有的贡献。

清华大学出版社

前　言

　　Java 语言具有面向对象、与平台无关、安全、稳定和多线程等特点,不仅可以用来开发大型的应用程序,而且特别适合于开发网络应用程序。目前,无论是高校的计算机专业还是 IT 培训学校,都将 Java 作为主要的教学内容之一,这对于培养学生的计算机应用能力具有重要的意义。实践表明,这门课的教学存在一定的问题,主要表现在:学生理解抽象的程序设计语言较困难,学生的实践不充分,缺乏有效的指导,知识学习与应用能力的培养相脱节。

　　案例教学是计算机语言教学最有效的方法之一,好的案例对学生理解知识、掌握如何应用知识十分重要。本书以指导案例教学为目的,围绕教学内容组织案例,对学生的知识和能力训练具有很强的针对性,主要特色如下。

　　(1) 以知识线索设计案例,分解知识点,有明确的目的和要求,针对性强。

　　(2) 选择有代表性的案例,突出重点知识的掌握和应用。

　　(3) 将技术指导、代码与分析、应用提高和相关知识有机结合起来。

　　(4) 注意新方法、新技术的应用。

　　(5) 处理好具体实例与思想方法的关系,局部知识应用与综合应用的关系。

　　(6) 强调实用性,培养应用能力。

　　本书中每一个案例的结构模式为"案例分析(案例描述、案例目的、技术要点)→代码实现→案例知识点"。每一章均包含多个案例,并配有相应的习题。通过强化案例和实训教学,加深学生对理论知识的理解。

　　本书由王成端担任主编,崔玲玲、邓式阳担任副主编。其中第 1~4 章由王成端编写;第 5~8 章由崔玲玲编写;第 9~11 章由邓式阳编写。王成端负责全书审阅。

　　限于作者水平,书中难免有不足和疏漏之处,恳请读者批评指正,以使本书得以改进和完善。

编　者

2010 年 7 月

目　　录

第1章　Java 入 门

教学目标与要求:

本章从一个最简单的 Java 程序入手,介绍了 Java 两种程序的基本结构及编译运行的方法。通过本章的学习,读者应该掌握以下内容:

- Java 的特点;
- Java 开发环境的安装配置;
- Java 程序的开发过程;
- Java 程序的分类。

教学重点与难点:

Java 两种程序的开发过程。

1.1　Java 开发环境的建立

Sun 公司要实现"一次写成,处处运行"的目标,就必须提供相应的 Java 运行平台,目前 Java 运行平台主要分为下列 3 个版本。

(1) J2SE。称为 Java 标准版或 Java 标准平台。J2SE 提供了标准的 SDK 开发平台(以前称为 JDK 开发平台)。利用该平台可以开发 Java 桌面应用程序和低端的服务器应用程序,也可以开发 Java Applet 程序。

(2) J2EE。称为 Java 企业版或 Java 企业平台。使用 J2EE 可以构建企业级的服务应用,J2EE 平台包含了 J2SE 平台,并增加了附加类库,以便支持目录管理、交易管理和企业级消息处理等功能。

(3) J2ME。称为 Java 微型版或 Java 小型平台。J2ME 是一种很小的 Java 运行环境,用于嵌入式的消费产品中,如移动电话、掌上计算机或其他无线设备等。

无论上述哪种 Java 运行平台都包括了相应的 Java 虚拟机(Java Virtual Machine),虚拟机负责将字节码文件(包括程序使用的类库中的字节码)加载到内存,然后采用解释方式来执行字节码文件,即根据相应硬件的机器指令解释一句,执行一句。

学习 Java 必须从 J2SE 开始,因此,本书基于 J2SE 来介绍 Java。还有一些其他很好的 Java 程序开发环境可用,包括来自 Sun、Borland、Sysmantec 公司的产品,例如 Sun One、JBuild 等,这些产品都集成 J2SE 提供的 SDK 作为主要部分。

建立基于 J2SE 的 Java 开发环境的步骤如下。

(1) 下载 J2SE 安装程序,安装 J2SE。

目前 Sun 公司已发布了 SDK 的 1.4 版本,可以登录到 Sun 公司的网站 http://java.sun.com,免费下载 SDK 1.4(j2sdk-1_4_1_02-windows-i586.exe),本书使用 SDK 1.4 版本。

如果将 SDK 安装到 D:\jdk1.4 目录下,则会生成如图 1-1 所示的目录结构。

图 1-1　SDK 目录结构

（2）设置系统环境变量运行路径（Path）。

SDK 平台提供的 Java 编译器（javac.exe）和 Java 解释器（java.exe）位于 Java 安装目录的 bin 文件夹中，为了能在任何目录中使用编译器和解释器，应在系统属性中设置路径。

在 Windows 2000、Windows 2003、Windows XP 系统中，右击"我的电脑"，在弹出的快捷菜单中，选择"属性"命令，弹出"系统属性"对话框。再单击该对话框中的"高级"选项卡（如图 1-2 所示），然后单击"环境变量"按钮，弹出"环境变量"对话框（如图 1-3 所示），添加如下系统环境变量：

变量名：Path，变量值：D:\jdk1.4\bin

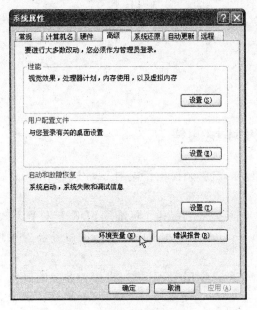
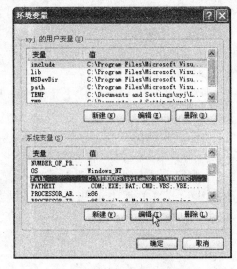

图 1-2 "系统属性"对话框　　　　　　图 1-3 "环境变量"对话框

如果曾经设置过环境变量 Path，可以双击该变量，也可以先选中该变量再单击"编辑"按钮进行编辑操作，将需要的值加入即可（如图 1-4 所示）。

也可以在命令窗口（如 MS-DOS 窗口）中输入命令：

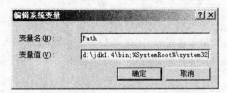

图 1-4 编辑系统环境变量 Path

```
Path=D:\jdk1.4\bin;
```

对于 Windows 9x 系统，用记事本编辑 Autoexec.bat 文件，将如下设置语句加入即可：

```
Path=D:\jdk1.4\bin;
```

（3）设置系统环境变量类路径（classpath）。

SDK 的安装目录的 jre 文件夹中包含着 Java 应用程序运行时所需的 Java 类库，这些类库包含在 jre\lib 目录下的压缩文件 rt.jar 中。安装 SDK 一般不需要设置环境变量 classpath 的值，但是如果计算机安装过一些商业化的 Java 开发产品或带有 Java 技术的一些产品，如 PB、Oracle 等，那么这些产品在安装后，可能会修改 classpath 的值，那么当运行

Java应用程序时,可能会加载这些产品所带的旧版本的类库,而导致程序要加载的类无法找到,使程序出现运行错误,这时就需要重新编辑系统环境变量 classpath 的值。

图 1-5　添加或新建系统环境变量 classpath

对于 Windows 2000、Windows 2003、Windows XP 系统,右击"我的电脑",在弹出的快捷菜单中,选择"属性"命令,弹出"系统属性"对话框,再单击该对话框中的"高级"选项卡,然后单击"环境变量"按钮,添加如下的系统环境变量(如图 1-5 所示):

变量名:classpath, 变量值:D:\jdk1.4\jre\lib\rt.jar;.;

如果曾经设置过环境变量 classpath,可双击该变量进行编辑操作,将需要的值输入即可。也可以在命令行窗口(如 MS-DOS 窗口)中输入命令:

set classpath=D:\jdk1.4\jre\lib\rt.jar;.;

对于 Windows 9x 系统,用记事本编辑 Autoexec.bat 文件,将如下设置语句加入即可:

set classpath=D:\jdk1.4\jre\lib\rt.jar;.;

注意:classpath 环境变量设置中的".;"是指可以加载应用程序当前目录及其子目录中的类。

1.2　"一个简单的 Java 应用程序"案例

1.2.1　案例分析

【案例描述】

本案例编写一个简单的 Java 应用程序,该程序在命令行窗口输出一行文字"Hello Java!!"。程序运行界面如图 1-6 所示。

【案例目的】

掌握开发 Java 应用程序的 3 个步骤:编写源文件、编译源文件和运行应用程序。

【技术要点】

(1) 打开一个文本编辑器。如果是 Windows 操作系统,打开"记事本"编辑器。可

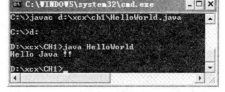

图 1-6　一个简单的 Java 应用程序

以通过"开始"→"程序"→"附件"→"记事本"来打开文本编辑器。

(2) 编辑输入源程序。

(3) 保存源文件,并命名为 HelloWorld.java。要求源文件保存到 D 盘的某个文件夹中,例如 d:\xcx\ch1。

(4) 编译源文件。打开命令行窗口,对于 Windows 操作系统,打开 MS-DOS 窗口。对于 Windows 2000/XP 操作系统,可以通过"开始"→"程序"→"附件"→"命令提示符"来打开命令提示行窗口,也可以通过"开始"→"运行"弹出"运行"对话框,在对话框的输入命令栏中

输入 cmd 后按回车键打开命令行窗口。然后进行下列命令：

> javac d:\xcx\ch1\HelloWorld.java ✓

若编译失败,则显示错误提示。例如,若将程序代码中的 String 输入为 string,则错误提示如图 1-7 所示。如果没有任何错误,则表示编译成功,如图 1-8 所示。

图 1-7　编译出错　　　　　　　　　　　　图 1-8　编译成功

编译完成后生成一个 HelloWorld.class 文件,该文件称为字节码文件。这个字节码文件 HelloWorld.class 将被存放在与源文件相同的目录中。

如果 Java 源文件中包含了多个类,那么用编译器 javac 编译完源文件后将生成多个扩展名为 .class 的文件,每个扩展名是 .class 的文件中只存放一个类的字节码,其文件名与该类的名字相同。这些字节码文件将被存放在与源文件相同的目录中。

如果对源文件进行了修改,那么必须重新编译,再生成新的字节码文件。

(5) Java 应用程序必须通过 Java 虚拟机中的 Java 解释器(java.exe)来解释执行其字节码文件。Java 应用程序总是从主类的 main() 方法开始执行。因此,必须按如下方式运行 Java 应用程序：

> D:\ xcx\ch1>java HelloWorld ✓

注意：当 Java 应用程序中有多个类时,Java 命令后的类名必须是包含了 main() 方法的那个类的名字,即主类的名字。

1.2.2　代码实现

```
//文件 HelloWorld.java
import java.io.*;                                        //引入包
public class HelloWorld{                                 //定义类
    public static void main(String args[]){              //main()方法
        System.out.println("Hello Java !!");             //输出数据
    }
}
```

注意：如果把 println() 改为 print(),则下一个语句的输出会紧接在当前所输出的内容之后,而不是换行输出。

1.2.3 案例知识点

1. Java 语言的特点

Java 是目前使用最为广泛的网络编程语言之一。它具有简单、面向对象、与平台无关、解释型、多线程、安全、动态等特点。

1）简单性

Java 是在 C++ 计算机语言的基础上进行简化和改进的一种新型计算机语言。Java 和 C++ 是两种完全不同的编程语言，它们各有各的优势，将会长期并存下去，Java 和 C++ 已成为软件开发者应当掌握的编程语言。如果从语言的简单性方面看，Java 要比 C++ 简单，C++ 中有许多容易混淆的概念，或者被 Java 弃之不用了，或者以一种更清楚更容易理解的方式实现，例如，Java 不再有指针的概念。

2）平台无关性

与平台无关是 Java 最大的优势。其他语言编写的程序面临的一个主要问题是：操作系统的变化，处理器升级以及核心系统资源的变化，都可能导致程序出现错误或无法运行。Java 的虚拟机成功地解决了这个问题，Java 编写的程序可以在任何安装了 Java 虚拟机（JVM）的计算机上正确运行，Sun 公司实现了自己的目标"一次写成，处处运行"。

3）面向对象

面向对象的技术具有继承性、封装性、多态性等众多特点，Java 在保留这些优点的基础上，又具有动态编程的特性，更能发挥出面向对象的优势。

4）多线程性

Java 的特点之一就是内置对多线程的支持。多线程允许同时完成多个任务。Java 有一套成熟的同步机制，保证了对共享数据的正确操作。通过使用多线程，程序设计者可以分别用不同的线程完成特定的行为。

5）动态性

Java 程序的基本组成单元就是类，有些类是自己编写的，有些是从类库中引入的，而类又是运行时动态装载的，这就使得 Java 可以在分布环境中动态地维护程序及类库，而不像 C++ 那样，每当其类库升级之后，如果想让程序具有新类库提供的功能，就需要修改程序、重新编译。

6）安全性

当准备从网络上下载一个程序时，最大的担心是程序中含有恶意的代码，比如试图读取或删除本地机器上的一些重要文件，甚至该程序是一个病毒程序等。当使用支持 Java 的浏览器时，可以放心地运行 Java 的小应用程序（Java Applet），不必担心病毒的感染和恶意的企图，Java 小应用程序将限制在 Java 运行环境中，不允许它访问计算机的其他部分。

7）解释性

已知 C 和 C++ 等语言，都是针对 CPU 芯片进行编译，生成机器代码，该代码的运行就和特定的 CPU 有关。Java 不像 C 或 C++，它不针对 CPU 芯片进行编译，而是把程序编译成称为字节码的一种"中间代码"。字节码是很接近机器码的文件，可以在提供了 Java 虚拟机（JVM）的任何系统上被解释执行。

2. Java 程序的开发过程

Java 程序的开发过程如图 1-9 所示。

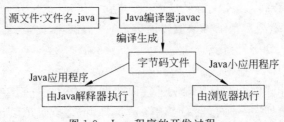

图 1-9　Java 程序的开发过程

注意：字节码文件是与平台无关的二进制码，执行时由解释器解释成本地机器码，解释一句，执行一句。

1) 编写源文件

使用一个文本编辑器，如 Edit 或记事本，来编写源文件。不可使用 Word 编辑器，因为它含有不可见字符。将编好的源文件保存起来，源文件的扩展名必须是 java。

2) 编译 Java 源文件

使用 Java 编译器(javac. exe)编译源文件得到字节码文件。

3) 运行 Java 程序

Java 程序分为两类：Java 应用程序和 Java 小应用程序。Java 应用程序必须通过 Java 解释器(java. exe)来解释执行其字节码文件；Java 小应用程序必须通过支持 Java 标准的浏览器来解释执行。

3. Java 程序的分类

根据程序结构和运行环境的不同，Java 程序可以分为两类：Java 应用程序 (Java Application)和 Java 小应用程序(Java Applet)。应用程序以 main()方法作为程序入口，由 Java 解释器加载执行。Java 应用程序是完整的程序，能够独立运行，而 Java Applet 小应用程序不使用 main()方法作为程序入口，需要嵌入到 HTML 网页中运行，由 appletviewer 或其他支持 Java 的浏览器加载执行，不能独立运行。无论哪种 Java 源程序，都用扩展名为".java"的文件保存。

1) Java Application 程序

(1) 类定义。

一个 Java 源程序是由若干个类组成的，本案例中的 Java 应用程序只有一个类。class 是 Java 的关键字，用来定义类。public 也是关键字，声明一个类是公有类。

源文件的命名规则是这样的，如果一个 Java 源程序中有多个类，那么只能有一个类是 public 类。如果有一个类是 public 类，那么 Java 源程序的名字必须与这个类的名字完全相同，扩展名是".java"。如果源文件中没有 public 类，那么源文件的名字只要和某个类的名字相同，并且扩展名是".java"就可以了。

(2) main()方法。

应用程序的入口是 main()方法，它有固定的书写方式：

```
public static void   main(String args[]){
      ⋮
   }
```

main()方法之后的两个大括号及其之间的内容叫做方法体。一个 Java 应用程序必须有且仅有一个类含有 main()方法,这个类称为应用程序的主类。public、static 和 void 分别对 main()方法进行声明。在一个 Java 应用程序中 main()方法必须被声明为 public、static 和 void,public 声明 main()是公有的方法,static 声明 main()是一个类方法,可以通过类名直接调用,而 void 则表示 main()方法没有返回值。

在 main()方法定义时,String args[]用来声明一个字符串类型的数组 args,它是 main()方法的参数,用来接收程序运行时所需要的数据。

(3) import 关键字。

import 关键字引入类库或类包。包是 Java 用来组织类的文件夹,一组相关的类放在同一个包中,便于编程时引入和使用,同时可以避免类的命名冲突。

(4) 注释。

“//”用于单行注释。注释从“//”开始,终止于行尾。

“/ *   * /”用于多行注释。注释从“/ *”开始,到“ * /”结束。

2) Java Applet 程序

(1) 编写源文件。

```
//文件 HelloWorldApplet.java
import java.awt. * ;                              //引入 java.awt 包中的类
import java.applet. * ;                           //引入 java.applet 包中的类
public class HelloWorldApplet extends Applet {   //继承 Applet
    public void paint(Graphics g) {              //重写 paint 方法
        g.drawString("Hello Java !!", 50, 40 );  //在 (50,40)位置输出字符串
    }
}
```

一个 Java Applet 也是由若干个类组成的,一个 Java Applet 不再需要 main()方法,但必须有且只有一个类扩展了 Applet 类,即它是 Applet 类的子类,这个类称为 Java Applet 的主类,Java Applet 的主类必须是 public 的,Applet 类是系统提供的类。当保存上面的源文件时,必须命名为 HelloWorldApplet. java。这里假设保存在 d:\xcx\ch1 目录下。

注意:上述源文件中使用了 import 语句,这是因为要使用系统提供的 Applet 类。Applet 类在 java. applet 包中。java. applet 包中有很多类,Java 语言把一些类放在一起叫做一个包,这里 java. applet 是一个包的包名。如果不使用 import 语句,主类必须写成:

```
public class HelloWorldApplet extends java.applet.Applet
```

Graphics 是 java. awt 包中的一个类。

(2) 编译。

```
javac d:\xcx\ch1\ HelloWorldApplet.java ↙
```

编译成功后,文件夹 d:\xcx\ch1 下会生成一个 HelloWorldApplet. class 文件。如果源

文件有多个类,将生成多个 class 文件,都和源文件放在同一文件夹里。

如果对源文件进行了修改,那么必须重新编译,再生成新的字节码文件。

(3) 运行。

Java Applet 必须由浏览器来运行,因此必须编写一个超文本文件(含有 applet 标记的 Web 页),通知浏览器来运行这个 Java Applet。

下面是一个最简单的 HTML 文件,用于通知浏览器运行 Java Applet。使用记事本编辑如下:

```
<html>                                  //标识 HTML 文件的开始
<applet                                 //告诉浏览器将运行一个 Java Applet
    code="HelloWorldApplet.class"       //指定字节码文件
    width="200"
    height="80" >
</applet>
</html>                                 //标识 HTML 文件的结束
```

超文本中的标记<applet…>和</applet>用于通知浏览器运行一个 Java Applet,code 通知浏览器运行哪个 Java Applet。code 的=后面是主类的字节码文件,width 和 height 规定了这个 Java Applet 的宽度和高度,单位是像素。要想让浏览器运行一个 Java Applet, <applet…></applet>标记中的 code、height、width 都是必需的。另外还有一些可选的项, 如 vspace 用于设置小程序与其周围对象的垂直距离,hspace 用于设置水平距离,等等。

上面编辑的文件命名为 HelloWorldApplet.html(扩展名必须是 html,名字不必是 HelloWorldApplet,可以起一个自己喜欢的名字)。把 HelloWorldApplet.html 保存在 d:\xcx\ch1,即和 HelloWorldApplet.class 在同一目录里。如果不是这样,必须在文件 HelloWorldApplet.html 中增加选项 codebase,来指定小程序中的.class 文件所在的目录。

使用浏览器打开文件 HelloWorldApplet.html 来运行 Java Applet 小程序,效果如图 1-10 所示。

另外也可以使用 SDK 1.4 提供的 appletviewer 来调试小程序,例如,在 DOS 命令行执行:

```
D:\xcx\ch1>appletviewer HelloWorldApplet.html ↙
```

效果如图 1-11 所示。

图 1-10　通过 Web 页运行 Java Applet 小程序

图 1-11　使用 appletviewer 运行 Java Applet 小程序

注意：g.drawString("Hello Java!!",50,40)的作用是在程序中画字符串,数字50和40的意思是：从距小程序左面50个像素,距上面40个像素的位置开始以从左到右的方向画字符串："Hello Java!!"。

习 题 1

一、选择题

1. 下列哪个是 Java 应用程序主类中正确的 main()方法?（　　）
   - A. public static void main(String args[])
   - B. public void main(String args[])
   - C. static void main(String args[])
   - D. public static void main(String args)

2. 下列哪个是 SDK 提供的编译器?（　　）
   - A. java.exe
   - B. javac.exe
   - C. javap.exe
   - D. javaw.exe

3. 下列关于 Java Application 程序在结构上特点的描述中,错误的是（　　）。
   - A. Java 程序是由一个或多个类组成的
   - B. 组成 Java 程序的若干个类可以放在一个文件中,也可以放在多个文件中
   - C. Java 程序的文件名要与某个类名相同
   - D. 组成 Java 程序的多个类中,有且仅有一个主类

4. Java 程序经过编译后生成的文件的后缀是（　　）。
   - A. .obj
   - B. .exe
   - C. .class
   - D. .java

5. 下列关于 Java 语言特点的描述中,错误的是（　　）。
   - A. 支持多线程操作
   - B. Java 程序与平台无关
   - C. Java 程序可以直接访问 Internet 上的对象
   - D. 支持单继承和多继承

6. Java 应用程序和 Java Applet 有相似之处是因为它们都（　　）。
   - A. 是用 javac 命令编译的
   - B. 是用 java 命令执行的
   - C. 在 HTML 文档中执行
   - D. 都拥有一个 main()方法

7. 当编写一个 Java Applet 时,以（　　）为扩展名将其保存。
   - A. app
   - B. html
   - C. java
   - D. class

8. 以下说法中,哪个是正确的?（　　）
   - A. Java 是不区分大小写的,源文件名与程序类名不允许相同
   - B. Java 语言是以方法为程序的基本单位
   - C. Applet 是 Java 的一类特殊应用程序,它嵌入到 HTML 中,随主页发布到互联网上
   - D. 以//开始的为多行注释语句

9. 下列哪个选项不能填入画线处?（　　）

———————
```
public class Interesting{
```

```
          //do sth
}
```

A. import java.awt.*;   B. package mypackage;

C. class OtherClass{…}   D. public class MyClass{…}

二、填空题

1. Java 应用程序必须有一个类含有_____方法。

2. Java 程序中最多只有一个_____类，其他类的个数不限。

三、判断题

1. Java 程序的源代码中定义几个类，编译结果就生成几个以.class 为后缀的字节码文件。   （   ）

2. 每个 Java Applet 均派生自 Applet 类，并且包含 main()方法。   （   ）

3. Java 语言具有较好的安全性和移植性及与平台无关等特性。   （   ）

四、简答题

1. 怎样区分应用程序和小应用程序？应用程序的主类或小应用程序的主类必须用 public 修饰吗？

2. Java 程序是由什么组成的？一个程序中必须要有 public 类吗？Java 源文件的命名规则是怎样的？

第 2 章　数据及运算

教学目标与要求：

本章详细介绍了 Java 程序设计的基本组成部分：数据（类型、变量和常量）、操作（运算符和操作数的运算）。通过本章的学习，读者应该掌握以下内容：

- 标识符和关键字；
- 常量和变量；
- 基本数据类型；
- 运算符和表达式。

教学重点与难点：

Java 运算符和操作数的运算。

2.1　数据及运算概述

标识符和关键字是 Java 语言的基本组成部分。标识符可以用来标识文件名、变量名、类名、接口名和成员方法名等。关键字是 Java 语言保留的一些英文单词，具有特殊的含义。

在 Java 语言中，数据类型可划分为基本数据类型和引用数据类型两大类。Java 语言的基本数据类型包括：布尔型（boolean）、字节型（byte）、字符型（char）、短整型（short）、整型（int）、长整型（long）、单精度浮点型（float）和双精度浮点数（double）。

常量和变量是 Java 语言中两种重要的数据组织形式，常量又称常数，是指在程序运行过程中其值不能被改变的量。变量是指在程序运行过程中其值可以被改变的量。

Java 语言提供了丰富的运算符，不同的运算符具有不同的优先级和结合性。

表达式是由运算符连接常量、变量、方法调用所组成的式子。每个表达式都有一个值，表达式求值按运算符的优先级和结合性所规定的顺序进行。

2.2　"基本类型数据的输出"案例

2.2.1　案例分析

【案例描述】

本案例实现了基本类型数据的输出。程序运行结果如图 2-1 所示。

【案例目的】

（1）掌握标识符的概念。

（2）掌握各种基本数据类型及用法。

（3）掌握常量与变量的定义及用法。

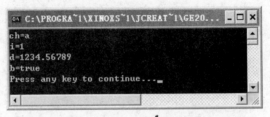

图 2-1　基本类型数据的输出

【技术要点】

定义整型、实型、字符型和布尔型类型的变量，并输出各变量值。

2.2.2　代码实现

```java
//文件 Output.java
public class Output{
    public static void main(String args[]){
        char ch='a';
        int i=1;
        double d=1234.56789;
        boolean b=true;
        System.out.println("ch="+ch);
        System.out.println("i="+i);
        System.out.println("d="+d);
        System.out.println("b="+b);
    }
}
```

2.2.3　案例知识点

1. 标识符和关键字

标识符和关键字是 Java 语言的基本组成部分。标识符可以用来标识文件名、变量名、类名、接口名和成员方法名等。关键字是 Java 语言保留的一些英文单词，具有特殊的含义。

Java 语言所采用的字符称为 Java 字符。Java 字符的集合是 Unicode 字符集。Unicode 字符集定义了一套国际标准字符集。通常的 ASCII 码是 8 位的，而 Unicode 字符集中的每个字符占 16 位，即两个字节，整个字符集共包括 65536 个字符，兼容 ASCII，排在 Unicode 字符集最前面的 256 个字符就是 ASCII 码。Unicode 除了可以表示 256 个 ASCII 码外，还可以表示汉字、拉丁语和希腊字母等。

Java 语言规定标识符是由 Java 字母、Java 数字和下划线"_"组成的除关键字、false、true 和 null 之外的字符序列，而且其首字符不能是 Java 数字，其中 false、true 和 null 是 Java 语言的常量。Java 常量是直接表示数值而且不含运算的表达式，将在后面阐述。

例如，以下是合法的标识符：

r, sum, area, average, Sum, _lotus_1_2_3, FORTRAN, good_bye

以下是不合法的标识符：

a-b, java&uml, It's, a* .???, 5ab, 2>5, My Variable

虽然美元符号可以作为 Java 标识符的首字符,但一般不提倡将美元符号作为 Java 标识符的首字符。例如采用标识符"$9"容易引起一些不必要的误解。

Java 是区分大小写的,包括区分文件名的大小写。文件名大小写不匹配有可能会导致编译错误或执行不成功。Java 语言规定关键字不能作为标识符。表 2-1 列出了所有的 Java 关键字。目前共有 50 个 Java 关键字,其中 const 和 goto 这两个关键字目前在 Java 语言中并没有具体含义。

表 2-1 Java 关键字

abstract	assert	boolean	break	byte
case	catch	char	class	const
continue	default	do	double	else
enum	extends	final	finally	float
for	goto	if	import	implements
int	interface	instanceof	long	native
new	package	private	protected	public
return	short	static	strictfp	super
switch	synchronized	this	throw	throws
transient	try	void	volatile	while

2. Java 数据类型

在 Java 语言中,数据类型可划分为基本数据类型和引用数据类型两大类。Java 语言的数据类型可以表示成如图 2-2 所示的层次结构图。

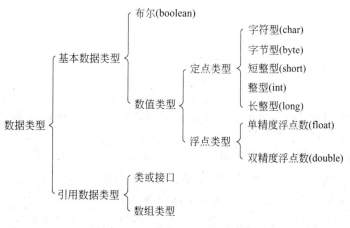

图 2-2 Java 数据类型层次结构图

1)基本数据类型

Java 语言的基本数据类型包括:布尔型(boolean)、字节型(byte)、字符型(char)、短整型(short)、整型(int)、长整型(long)、单精度浮点型(float)和双精度浮点数(double)。基本数据类型的字节数、表示范围以及默认值如表 2-2 所示。

表 2-2　基本数据类型

类　型	字节数(位数)	数 值 范 围	默 认 值
boolean	1(8 位)	true 和 false	false
byte	1(8 位)	$-128\sim127(-2^7\sim2^7-1)$	(byte)0
char	2(16 位)	$0\sim65\,535$	'\u0000'
short	2(16 位)	$-32\,768\sim32\,767(-2^{15}\sim2^{15}-1)$	(short)0
int	4(32 位)	$-2^{31}\sim2^{31}-1$	0
long	8(64 位)	$-2^{63}\sim2^{63}-1$	0L
float	4(32 位)	$-3.403E+38\sim3.403E+38$	0.0f
double	8(64 位)	$-1.798E+308\sim1.798E+308$	0.0d

2) 引用数据类型

引用数据类型包括类(class)、数组、接口(interface)等类型。其中,类是一种自定义的新数据类型,包括 Java 平台已有的定义和编程人员自定义两种形式。例如,把对基本数据类型的所有属性和方法封装起来形成一个类,就形成了基本数据类型的包装类型,包括字节、短整数、整数、长整数、浮点数、双精度浮点数、字符和布尔等。

3. 常量和变量

1) 常量

常量有字面常量和符号常量两种。符号常量定义的一般格式如下:

`final 数据类型 符号常量标识符=常量值;`

例如:

```
final double PI=3.141593;
final int COUNT=1000;
```

Java 字面常量有如下几种:

(1) 布尔常量。

布尔型常量值只有两个值,true 和 false,且它们必须要小写。true 表示"真",false 表示"假"。

(2) 字符常量。

字符常量采用的是 ISO(国际标准化组织)规定的 Unicode 字符集。每个字符占两个字节,即 16 位的二进制位。字符常量可以采用如下 4 种写法。

① 采用整数常量的写法,要求该整数的取值范围为 $0\sim65\,535$。

② 用单引号括起来的单个字符。如'a','A','@',';','6'等都是合法的字符常量,其中'a'和'A'是不同的字符常量。

③ 用单引号括起来的 Unicode 字符,如'\u0061','\u0051','\u005a',它是由\u 引导后面是 4 位的十六进制的整数。

④ 用单引号括起来的转义字符。例如,转义字符'\n',不是表示字符反斜杠\和 n,而是表示"换行"。

⑤ 采用八进制数表示的转义字符,其中八进制数只能为 0~255 的整数,即采用这种形式所能表示的字符范围是从字符'\0'到字符'\377'。

Java 语言常见的转义字符如表 2-3 所示。

表 2-3　转义字符

字符	功　　能	ASCII 码
\0	表示字符串结束	0
\n	换行,将当前位置换到下一行的行首	10
\t	制表符,即从当前位置跳到下一个制表符位置	9
\v	竖向跳格	11
\b	退格,将当前位置移到前一列	8
\r	回车,将当前位置移到本行行首	13
\f	换页,将当前位置移到下页开头	12
\a	响铃	7
\'	单引号字符	39
\"	双引号字符	34
\\	反斜杠字符	92

注意:以'\'开头的转义字符,仅代表单个字符,而不代表多个字符。

(3) 定点常量。

字节(byte)、短整数、整数的常量在写法上是一致的,只是允许的整数范围不同。它们可以采用如下 3 种写法。

① 十进制形式。即常用的由正、负号和数字(0~9)组成的整数表示形式。例如,250、-12 和 0 是十进制形式的整数。这里需要注意的是,除了整数 0 之外,第一个数字不能是 0,否则会被理解成为八进制数。

② 八进制形式。由 0 引导的,由正、负号和数字(0~7)组成的整数表示形式。例如,012(十进制数 10)、-0123(十进制数-83)。这里需要注意的是,采用这种八进制形式比较容易引起程序理解错误。

③ 十六进制形式。由 0x 或 0X 引导的,由正、负号和数字(0~9)和字母(a~f 或 A~F)组成的整数表示形式。例如,0xad(十进制数 173)、0x1a(十进制数 26),0X80、0X1A。

长整型常量的写法与整型常量的写法类似,只是需要在整数后面加上字母 L 或 l(L 的小写字母),表示长整数,例如,-7L、0123L(十进制数 83),0x123L(十进制数 291)。一般推荐采用字母 L,因为一般不容易区分字母 l 和数字 1。

(4) 浮点常量。

浮点常量通常由十进制小数、指数和后缀 3 个部分组成,其中十进制小数由正负号、小数点和数字(0~9)组成。十进制小数部分可以不含正负号。小数点前面或后面可以没有数字,但不能同时没有数字。指数部分也不是必须有的。它紧跟在十进制小数部分之后,以字母 E 或 e 引导,而且指数只能是整数指数。后缀用来区分单精度(float)浮点数常量和双精度(double)浮点数常量。单精度(float)浮点数常量的后缀是字母 f 或 F,双精度(double)浮点数常量的后缀是字母 d 或 D。可以省略后缀部分,这时表示的是双精度(double)浮点数常量。例如:

① 0.123f,.123f,123.f,0.0f 分别是单精度(float)浮点数常量。

② 0.1,-5.e3 和 5.0e-1d 分别是双精度(double)浮点数常量。

(5) 字符串常量。

字符串常量,是使用双引号括起来的字符序列。例如:"Let's learn Java!"。

字符串变量作为对象来处理,通常使用 String 类的构造方法来定义。例如:

```
String s=new String();
```

2) 变量

定义变量的一般格式为:

类型　变量名或带初始化的变量名列表;

其中:

① "类型"指定变量的数据类型。"类型"可以是基本数据类型,例如,int;也可以是引用数据类型,例如,类名。

② 变量名或带初始化的变量名列表可以包含一个或多个变量名。当要定义多个变量时,各变量之间用逗号分隔。

③ 带初始化的变量名实际上包含赋值运算。第一次给变量赋值称为赋初值,也称为初始化。

例如:

```
int k=5;                          //定义整型变量 k
float f1,f2;                      //定义单精度变量 f1 和 f2
```

4. 数据类型转换

在赋值运算中,有些不同数据类型的数据可以互相转换,即可以将某些数据类型的表达式赋值给另一种数据类型的变量,这时一般称为数据类型转换。

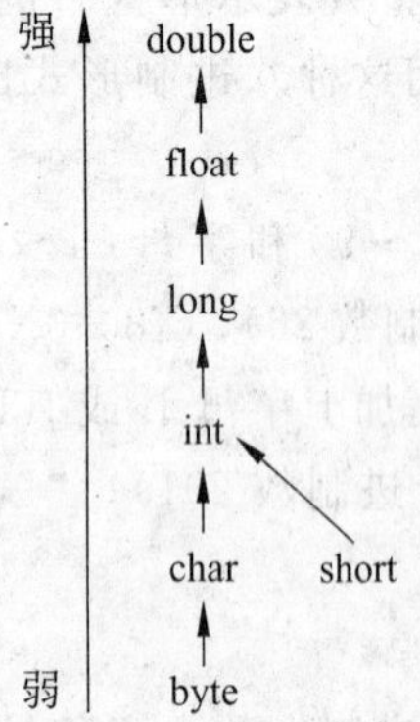

数据类型转换的方式有两种:隐式类型转换和强制类型转换(显式类型转换)。

1) 隐式类型转换

各个基本数据类型(除布尔类型外)在数据类型转换中存在强弱关系,如图 2-3 所示。

字符(char)类型有些特殊。在字符(char)类型与短整数(short)类型、字节(byte)类型之间可以进行数据类型转换,但没有强弱关系。

将弱的数据类型的数据直接赋值给强的数据类型变量,称为隐式类型转换。

图 2-3　隐式类型转换规则

2）强制类型转换

将强的数据类型数据转换为弱的数据类型数据，称为强制类型转换。强制类型转换需要采用显式类型转换。

强制类型转换的运算格式如下：

(类型标识符)操作数

因为强制类型转换往往会造成丢失数据精度，所以应当慎重使用。

将强的数据类型数据转换为弱的数据类型数据之所以会造成丢失数据精度，主要是因为强的数据类型数据所表示的数据范围一般较广，而且精度一般也较高。

当从浮点类型数据到定点类型数据的强制类型转换时，一般将小数点后面的数据全部舍去。若需要采用四舍五入的方式取整，可以用下面的语句格式：

```
double d=2.60;
int i=(int)(d+0.5)                          //i 的值为 3
```

2.3 "交换两个整数"案例

2.3.1 案例分析

【案例描述】

本案例可以采用赋值运算、算术运算或按位异或运算来实现两个整数的交换。程序运行结果如图 2-4 所示。

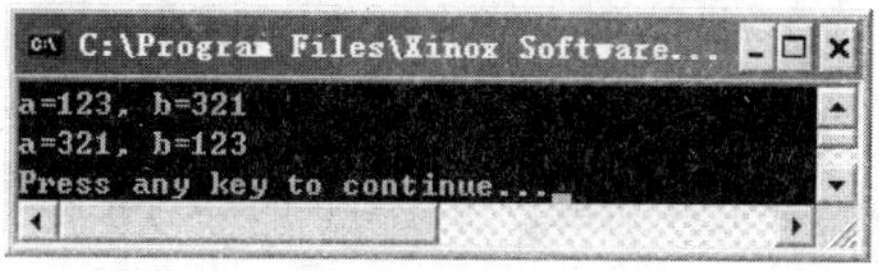

【案例目的】

（1）掌握 Java 运算符、表达式在实际开发中的应用。

（2）掌握 Java 程序的开发过程。

图 2-4 两个整数的交换

【技术要点】

（1）采用赋值运算，使用临时变量，实现两个整数的交换。

t=a;　a=b;　b=t;

（2）采用算术运算，不用临时变量，实现两个整数的交换。

a=a+b;　b=a-b;　a=a-b;

（3）采用按位异或(^)运算，不用临时变量，实现两个整数的交换。

a=a^b;　b=b^a;　a=a^b;

2.3.2 代码实现

```
//文件 Swap.java
public class Swap                           //采用按位异或运算来实现两个整数的交换
{
    public static void main(String args[ ])
```

```
    {
        int a=123;
        int b=321;
        System.out.println("a="+a+", b="+b);
        a=a^b;
        b=a^b;
        a=a^b;
        System.out.println("a="+a+", b="+b);
    }
}
```

2.3.3 案例知识点

1. 运算符

在 Java 中,各种基本操作一般需要通过运算来实现。运算在程序上由运算符与操作数组成:表示运算类型的符号称为运算符,参与运算的数据称为操作数。

根据对应操作数的个数,运算符基本上可以分为 3 类:一元运算符、二元运算符和三元运算符,如表 2-4 所示。

表 2-4　按操作数个数划分运算符

一元运算符	!,~,++,--,+(正值),-(负值)
二元运算符	* ,/,%,+,-,<,<=,>,>=,==,!=,&&,||,&,^,|,<< ,>> ,>>>,=,+=,-=, * =,/=,%=,<<=,>>=,>>>=,&=,^=,|=
三元运算符	?:

按运算功能划分,Java 运算符可以分为 7 类,如表 2-5 所示。

表 2-5　按功能划分运算符

算术运算符	+,-, * ,/,%,++,--
关系运算符	<,<=,>,>=,==,!=
布尔逻辑运算符	!,&&,||
位运算符	~,&,^,|,<<,>>,>>>
赋值类运算符	=,+=,-=, * =,/=,%=,<<=,>>=,>>>=,&=,^=,|=
条件运算符	?:
其他运算符	(类型),( ),[ ],.,,instanceof,new

其中:

① 算术运算符。用于各类数值运算。包括正号(+)、负号(-)、加(+)、减(-)、乘(*)、除(/)、求余(或称模运算,%)、自增(++)、自减(--)共 9 种。

② 关系运算符。用于比较运算。包括大于(>)、小于(<)、等于(==)、大于等于(>=)、小于等于(<=)和不等于(!=)6 种。

③ 布尔逻辑运算符。用于逻辑运算。包括与(&&)、或(\|\|)、非(!)3 种。

④ 位运算符。参与运算的量,按二进制位进行运算。包括按位与(&)、按位或(|)、按位非(~)、按位异或(^)、左移(<<)、右移(>>)、无符号右移(>>>)7 种。

⑤ 赋值类运算符。用于赋值运算,分为简单赋值(=)、复合算术赋值(+=,-=,*=,/=,%=)和复合位运算赋值(&=,|=,^=,>>=,<<=,>>>=)3 类共 12 种。

⑥ 条件运算符(?:)。这是一个三元运算符,用于条件求值。

⑦ 其他运算符。有括号()、下标[]、instanceof、new 等。

在 Java 语言中,各种运算符具有优先级顺序:一般先计算级别高的,后计算级别低的。因为优先运算符()具有最高级别的优先级,所以可以通过()改变运算顺序。在算术运算中,先进行自增(++)和自减(--)运算,然后进行乘法(*)与除法(/)运算,最后进行加法(+)与减法(-)运算;在布尔逻辑和关系的混合运算中,先进行逻辑非(!)运算,再进行关系运算,接着进行逻辑与(&&)运算,最后进行逻辑或(||)运算。在位运算中,先进行按位取反(~)运算,再进行移位(>>,>>>,<<)运算,接着进行按位与(&)运算,然后进行按位异或(^)运算,最后进行按位或(|)运算。

对于同级别的运算,则根据具体运算符规定从左到右或从右到左进行运算。例如,算术运算符的结合性是从左到右,赋值运算符的结合性是从右到左。运算符的优先级和结合方向如表 2-6 所示。

表 2-6　Java 运算符的优先级和结合方向

优先级	运 算 符	含 义	结 合 方 向
1	( ) [ ] .	圆括号 下标运算符 成员运算符	从左到右
2	! ~ ++ -- + - instanceof	逻辑非运算符 按位取反运算符 自增运算符 自减运算符 求正运算符 求负运算符 检查是否为类实例	从右到左
3	new (类型)	强制类型转换	
4	* / %	乘法运算符 除法运算符 求余运算符	从左到右
5	+ -	加法运算符 减法运算符	从左到右
6	<< >> >>>	左移运算符 右移运算符 无符号右移运算符	从左到右

优先级	运 算 符	含 义	结 合 方 向
7	 <= > >=	小于运算符 小于或等于运算符 大于运算符 大于或等于运算符	从左到右
8	== !=	等于运算符 不等于运算符	从左到右
9	&	按位与运算符	从左到右
10	^	按位异或运算符	从左到右
11	|	按位或运算符	从左到右
12	&&	逻辑与运算符	从左到右
13	||	逻辑或运算符	从左到右
14	?:	条件运算符	从右到左
15	=,+=,-=,*=,/=,%=;&=, ^=,|=,<<=,>>=,>>>=	赋值运算符 复合赋值运算符	从右到左

1) 算术运算符

算术运算,包括正值(+)、负值(-)、加(+)、减(-)、乘(＊)、除(/)、求余(或称取模运算,%)、自增(++)、自减(--)共 9 种。操作数要求是数值类型数据。数值类型是除布尔类型之外的基本数据类型。算术运算符如表 2-7 所示。其中,op、op1、op2 表示操作数。

表 2-7　算术运算符

描 述	运算符	用 法	描 述	运算符	用 法
正值运算符	+	+op	求余运算符	%	op1%op2
负值运算符	-	-op	前自增运算符	++	++op
加法运算符	+	op1+op2	后自增运算符	++	op++
减法运算符	-	op1-op2	前自减运算符	--	--op
乘法运算符	＊	op1＊op2	后自减运算符	--	op--
除法运算符	/	op1/op2			

说明:

(1) 当操作数是定点类型(例如,整数类型)数据时,应当注意运算是否会溢出,即运算结果可能会超出该类型的数据所能表示的范围。例如:

```
int i=123456;
i=i*i;                              //结果溢出,i 的值为-1938485248
```

(2) 对整数进行除法运算时,也应当注意除法运算的结果是一个整数,这是初学者常犯的错误。例如:

```
int i=3/6 * 12;                          //结果 i=0,而不是 i=6
```

在进行除法运算之前应当考虑除数是否可能为 0 或很小的数。当除数的绝对值很小时,除法的结果可能溢出。当除数为 0 时,程序可能会中断运算,并抛出除数为 0 的异常。

（3）求余运算符"%",又称为取模运算符,除了常用的对定点类型的数据进行取模运算外,还可以对浮点数进行取模运算。在取模运算中,运算结果的符号与第一个操作数的符号相同,运算结果的绝对值小于第一个操作数的绝对值,并且与第一个操作数相差第二个操作数的整数倍。例如,21%8 的结果是 5,−17%5 的结果是−2,17%−5 的结果是 2,15.25%0.5 的结果是 0.25。

（4）自增运算符++或自减运算符−−都是一元运算符,要求操作数必须是变量。作用是使变量的值增加 1 或减少 1。它们既可以进行前置运算（位于变量前面）,例如++x 和−−x,也可以进行后置运算（位于变量的后面）,例如 x++和 x−−。自增和自减运算的前置和后置对操作数变量的作用是一样的,只是在复合运算中有所区别。例如:

```
int i,x,y;
i=5;
x=i++;                          /* 后置运算,先把 i 的值赋给 x,然后 i 的值加 1 * /
i=5;
y=++i;                          /* 前置运算,先使 i 的值加 1,然后将 i 的值赋给 y * /
```

分析:语句"x=i++;"相当于顺序执行两个语句"x=i;i=i+1;",语句"y=++i;"相当于顺序执行两个语句"i=i+1;y=i;",所以执行上面程序段后,i 的值都为 6,但 x 和 y 的值分别为 5 和 6。

使用自增和自减运算符时,应注意两个加号之间或两个减号之间不能有空格或其他符号。否则将出现编译错误或得到其他结果。

2）关系运算符

关系运算符用于比较两个数值类型数据的大小,运算的结果是布尔类型的值。包括大于（>）、小于（<）、等于（==）、大于等于（>=）、小于等于（<=）和不等于（!=）6 种。

关系运算符如表 2-8 所示。

表 2-8　关系运算符

描　　述	运算符	示　　例	功　　能
小于运算符	<	op1<op2	判断 op1 是否小于 op2
小于等于运算符	<=	op1<=op2	判断 op1 是否小于等于 op2
大于运算符	>	op1>op2	判断 op1 是否大于 op2
大于等于运算符	>=	op1>=op2	判断 op1 是否大于等于 op2
等于运算符	==	op1==op2	判断 op1 和 op2 是否相等
不等于运算符	!=	op1!=op2	判断 op1 和 op2 是否不相等

需要注意的是,计算机在表示浮点数以及进行浮点数运算时均存在着误差,因此在Java 程序中一般建议不要直接比较两个浮点数是否相等。直接比较两个浮点数的大小常常会与设想中的结果不一致。这时通常改为判别这两个浮点数是否在一定的误差允许范围之内,即常用的比较两个浮点数 d1 和 d2 是否相等的方法如下:

```
((d2-eps)<d1)&&(d1< ( d2+eps))                    //比较 d1 和 d2 是否相等
```

其中,eps 是大于 0 并且非常小的浮点数,称为浮点数的容差。

3) 布尔逻辑运算符

布尔逻辑运算符包括与(&&)、或(||)、非(!)3 种。操作数要求是布尔类型数据。布尔运算的结果是布尔类型的值。布尔逻辑运算符如表 2-9 所示。

表 2-9   布尔逻辑运算符

运算符	描述	示 例	功　　能
!	逻辑非	!op	若 op 为 true,则 !op 为 false,否则 !op 为 true
&&	逻辑与	op1&&op2	若 op1,op2 均为 true,则 op1&&op2 为 true,否则 op1&&op2 为 false
||	逻辑或	op1||op2	若 op1,op2 均为 false,则 op1||op2 为 false,否则 op1||op2 为 true

使用布尔逻辑运算符,应注意以下几个问题:

(1) 3 个布尔逻辑运算符的优先次序为:"!"(逻辑非)→&&(逻辑与)→||(逻辑或),即逻辑非"!"最高,逻辑与"&&"次之,逻辑或"||"最低。

(2) 逻辑非"!"的优先级高于算术运算符,逻辑与"&&"和逻辑或"||"的优先级低于算术运算符和关系运算符,高于赋值运算符。

(3) 逻辑运算符中逻辑非"!"的结合方向是从右到左,逻辑与"&&"和逻辑或"||"的结合方向是从左到右。

例如,已知闰年的条件是:能被 4 整除但不能被 100 整除,或者能被 400 整除。判断 i 是否是闰年的表达式如下:

```
((i%4==0)&&(i%100!=0))||(i%400==0)
```

如表 2-10 所示给出了布尔运算的真值表。

表 2-10   布尔运算的真值表

op1	op2	!op1	!op2	op1&&op2	op1||op2
true	true	false	false	true	true
true	false	false	true	false	true
false	true	true	false	false	true
false	false	true	true	false	false

在布尔运算的求值过程中,并不是所有的操作数都参加运算,而是按其操作数从左到右的计算顺序,当某个操作数的值计算出来后,可以确定整个布尔表达式的值时,其余的操作数将不再参加计算。这就是所谓的"短路规则"。例如:

（1）op1&&op2&&op3——如果 op1 为 false，就不必判别 op2 和 op3 的值；如果 op1 为 true，op2 为 false，则不判别 op3 的值。只有 op1 和 op2 都为 true 时才需要继续判别 op3 的值。

（2）op1||op2||op3——如果 op1 为 true，就不必判别 op2 和 op3 的值；如果 op1 为 false，op2 为 true，则不判别 op3 的值；只有 op1 和 op2 都为 false 时才判别 op3 的值。

（3）op1&&op2||op3 或 op1||op2&&op3——因为逻辑与的优先级大于逻辑或，因此可以将整个表达式看作逻辑或表达式，按（2）来处理。

综上所述，对于运算符"&&"来说，只有左边的操作数不为 false，才继续进行右边的运算。对于运算符"||"来说，只有左边的操作数为 false，才继续进行右边的运算。

例如：

```
int m=2,n=5;
if ((m==2)||(++n<15))
    System.out.println("m="+m+",n="+n);                    //输出 m=2,n=5
```

分析．"(m==2)"为 true，因为逻辑或（||）运算采用短路规则，所以"(++n<15)"不被执行，这时变量 n 的值不会发生变化，即仍然为 5。

4）位运算符

位运算符包括按位与（&）、按位或（|）、按位非（~）、按位异或（^）、左移（<<）、右移（>>）、无符号右移（>>>）7 种。位运算的操作数要求是定点类型数据。

为了掌握位运算，必须了解定点类型数据在计算机中的表示方案。定点类型数据在计算机内部是以二进制补码的形式进行表示和存储的。若一个定点类型数据大于或等于 0，则它在计算机内部存储的二进制补码数据就是这个数的二进制数，即非负定点类型数据的补码与通常所表示的二进制数相同。负数补码的计算方法是：先计算出其相反数的二进制码，并用 0 填充高位直到填满所占的内存位数，然后按位取反，最后再加上 1。

所谓位运算是指对二进制数位进行的运算。每一个二进制位只能存放 0 或 1。

位运算符如表 2-11 所示。

表 2-11　位运算符

描　述	位运算符	示　例	功　能
按位取反	~	~op	对变量 op 的全部位取反
左移	<<	op<<2	op 的各位全部左移两位
右移	>>	op>>2	op 的各位全部右移两位
无符号右移	>>>	op>>2	op 的各位全部无符号右移 2 位
按位与	&	op1&op2	op1 和 op2 的各位按位进行"与运算"
按位或			op1|op2	op1 和 op2 的各位按位进行"或运算"
按位异或	^	op1^op2	op1 和 op2 的各位按位进行"异或运算"

说明：除了按位取反（~）运算符的结合方向是从右到左外，其余位运算符的结合方向都是从左到右。位运算符的优先级如下：按位取反运算符~的优先级最高，高于所有的二元运

算符;其次是左移运算符<<、右移运算符>>和无符号右移运算符>>>,其优先级高于关系运算符;最低的是按位与 &、按位异或^和按位或|运算符,其优先级低于关系运算符。

（1）按位取反(~)运算符。

按位取反运算符是位运算中唯一的一元运算符,运算对象应置于运算符的右边。

按位取反运算的运算规则是：把运算对象的内容按位取反,将每一位上的 0 变 1, 1 变 0。

按位取反运算可能的运算组合及其运算结果如下所示：

~0=1; ~1=0

按位取反运算的应用：常用于将一个数据的全部数位翻转。

（2）按位与(&)运算符。

按位与运算的运算规则：若两个运算对象的对应二进制数位均为1,则结果的对应数位为1,否则为0。

按位与运算可能的运算组合及其运算结果如下所示：

0&0=0; 1&0=0; 0&1=0; 1&1=1

按位与运算的特征：二进制数的任何数位,只要和数位 0 进行"与"运算,该位清零;和数位 1 进行"与"运算,该位保留原值不变。

按位与运算的应用：

① 将数据中的某些位清零。

如果要把数据的某些位清零,其余位保持不变,只需将需要清零的数位与 0 进行"&"运算,保持不变的数位与 1 进行"&"运算。

② 取一个数据的某些数位。

如果要取一个数据的某些数位,只需使这个数据与相应二进制数位为 1,其余二进制数位为 0 的数进行"&"运算即可。

（3）按位或(|)运算符。

按位或运算的运算规则：若两个运算对象的对应二进制位均为0,则结果的对应数位为0,否则为1。

按位或运算可能的运算组合及其运算结果如下所示：

0|0=0; 1|0=1; 0|1=1; 1|1=1

按位或运算的特征：二进制数的任何数位,只要和数位 1 进行"或"运算,该位置 1;和数位 0 进行"或"运算,该位保留原值不变。

按位或运算的应用：常用于将数据中的某些数位置 1,而其余数位保持不变。希望置 1 的数位与 1 进行"|"运算,保持不变的数位与 0 进行"|"运算。

（4）按位异或(^)运算符。

按位异或运算的运算规则：若两个运算对象的对应二进制位不同,则结果的对应数位为1,否则为0。

按位异或运算可能的运算组合及其运算结果如下所示：

0^0=0; 1^0=1; 0^1=1; 1^1=0

按位异或运算的特征：二进制数的任何数位，只要和数位 1 进行"异或"运算，该位取反；和数位 0 进行"异或"运算，该位保留原值不变。

按位异或运算的应用：

① 使数据的某些数位取反，即 1 变为 0,0 变为 1。

要使数据的某位取反，只要使其与 1 进行"^"运算，要使数据的某位保持原值，只要使其与 0 进行"^"运算。

② 同一个数据进行"异或"运算后,结果为 0。

③ 不用临时变量,交换两个变量的值。

按位异或运算具有如下性质,即：

```
(x^y)^y=x
```

例如,以下语句采用按位异或(^)运算符交换两个变量的值。

```
a=a^b;
b=b^a;
a=a^b;
```

（5）左移(<<)运算符。

左移运算的运算规则：将第一个操作数的二进制补码位序列左移第二个操作数指定的位数,舍弃移出的高位,并在右端低位处补 0。

例如：

```
int a=0xf0f0f000;
int b=a<<4;
a: 11110000 11110000 11110000 00000000
b: 00001111 00001111 00000000 00000000          //最右端 4 位补 0
```

在进行左移运算时,如果移出去的高位部分不包含数位 1,则每左移 1 位相当于该数乘以 2,左移两位相当于该数乘以 $2^2=4$,左移 3 位相当于该数乘以 $2^3=8$,以此类推。因此在实际应用中,经常利用左移运算来进行乘 2 的操作。

（6）右移(>>)运算符。

右移运算的运算规则：将第一个操作数的二进制补码位序列右移第二个操作数指定的位数,右端移出的低位将自动被舍弃,左端高位依次移入的是第一个操作数最高位的值。

例如：

```
int a=0xf0f0f000;
int b=a>>4;
a: 11110000 11110000 11110000 00000000
b: 11111111 00001111 00001111 00000000          //最左端 4 位复制变量 a 的最高位
```

在进行右移运算时,如果移出去的低位部分不包含数位 1,则右移 1 位相当于该数除以 2,右移两位相当于该数除以 $2^2=4$,右移 3 位相当于该数除以 $2^3=8$,以此类推。因此在实际应用中,经常利用右移运算来进行除 2 的操作。

(7) 无符号右移(>>>)运算符。

无符号右移运算的运算规则：将第一个操作数的二进制补码位序列右移第二个操作数指定的位数，右端移出的低位也自动被舍弃，只是左端空出的高位依次移入 0。

例如：

```
int a=0xf0f0f000;
int b=a>>>4;
a: 11110000 11110000 11110000 00000000
b: 00001111 00001111 00001111 00000000          //最左端 4 位补 0
```

5) 赋值类运算符

赋值类运算符用于赋值运算，分为简单赋值(=)、复合算术赋值(+=,-=,*=,/=,%=)和复合位运算赋值(&=,|=,^=,>>=,<<=,>>>=)3 类共 12 种。

赋值类运算符如表 2-12 所示。

表 2-12　赋值类运算符

描　　述	运 算 符	用　　法	等 价 于
赋值运算符	=	op1=op2	
加赋值运算符	+=	op1+=op2	op1=op1+op2
减赋值运算符	-=	op1-=op2	op1=op1-op2
乘赋值运算符	*=	op1*=op2	op1=op1*op2
除赋值运算符	/=	op1/=op2	op1=op1/op2
取余赋值运算符	%=	op1%=op2	op1=op1%op2
按位与赋值运算符	&=	op1&=op2	op1=op1&op2
按位或赋值运算符	|=	op1|=op2	op1=op1|op2
按位异或赋值运算符	^=	op1^=op2	op1=op1^op2
左移赋值运算符	<<=	op1<<=op2	op1=op1<<op2
右移赋值运算符	>>=	op1>>=op2	op1=op1>>op2
无符号右移赋值运算符	>>>=	op1>>>=op2	op1=op1>>>op2

注意：赋值运算符和复合赋值运算符的结合方向均为从右到左，优先级只高于逗号运算符，而比其他运算符的优先级都低。例如，表达式 x*=y+2 等价于 x=x*(y+2)。

例如：

```
int a=10,b=10;
a+=a-=a*a;
b+=b-=b*b;
```

分析：

① 表达式 a+=a-=a*a 的求值过程为：首先计算 a*a，结果为 100。然后计算 a-=100，等价于 a=a-100，结果为-90，同时变量 a 被重新赋值为-90。最后计算a+=a，等价

于 a=a+a,结果为-180。

② 表达式 b+=b-=b ∗ =b 的求值过程为：首先计算 b ∗ =b,结果为 100,同时变量 b 被重新赋值为 100。然后计算 b-=b,结果为 0,同时变量 b 被重新赋值为 0。最后计算 b+=b,结果为 0。

赋值表达式是由赋值运算符"="将一个变量和表达式连接起来的式子。赋值表达式的一般格式为：

变量=表达式

运算顺序是先计算右边表达式的值,然后再将计算所得的值转换成左边变量数据类型所对应的值,最后再将转换后的值赋给该变量。

注意：

① 赋值运算符左边必须是变量。

② 如果赋值类运算符本身由多个符号组成,则这些符号之间不能插入空格或其他字符。

6）条件运算符

条件运算符是由字符"?"和":"组成的,要求有 3 个操作数,是唯一的三元运算符。

条件运算符的优先级高于赋值运算符和逗号运算符,而低于其他运算符。其结合性为从右到左。

条件表达式是由条件运算符将操作数连接起来的式子。它的一般格式为：

表达式 1?表达式 2:表达式 3

条件表达式的求值过程是：先求解表达式 1,若表达式 1 的值为 true,则求解表达式 2,并将其作为整个表达式的值;如表达式 1 的值为 false,则求解表达式 3,并将其作为整个表达式的值。

例如：

```
int a,b,c,d,e;
a=5;
b=4;
c=6;
d=a>b?a:b;
e=b>a?b:a>c?a:c;
```

分析：表达式 a>b?a:b 是一个条件表达式,根据题目已知条件,a>b 成立,因此表达式的结果为 a 的值,即 d=5;表达式 b>a?b:a>c?a:c 中含有两个条件运算符,由条件运算符从右到左的结合性可知,表达式 b>a?b:a>c?a:c 等价于表达式 b>a?b:(a>c?a:c),由于 b>a 不成立,所以表达式的值为条件表达式 a>c?a:c 的值,而 a>c 不成立,所以该表达式的值为 c 的值,因此整个表达式的值为 c 的值,即 e=6。

2. 表达式

一个 Java 表达式是由操作数和运算符按照一定的语法规则组成的符号序列。一个常数或一个变量是最简单的表达式,它们不需要任何的运算符即可构成独立的表达式。

每个表达式经过运算之后都会产生一个确定类型的值。表达式的求值按照运算符的优先级和结合性规定的顺序进行。

在书写表达式时,应注意 C 语言的表达式与数学表达式的区别。例如,数学表达式 3ab 应表示为 $3*a*b$,x>y>z 表示为 x>y&&y>z,$1 \leqslant x \leqslant 10$ 应表示为 x>=1&&x<=10。

习 题 2

一、选择题

1. Java 语言采用的 16 位代码格式是(　　)。

    A. Unicode   B. ASCII   C. EBCDIC   D. 十六进制

2. 下面无效的标识符为(　　)。

    A. A1234   B. _two   C. jdk1_3   D. 2_cugii

3. 以下哪个不是 Java 的基本数据类型? (　　)

    A. int   B. boolean   C. float   D. String

4. 下列关于标识符的描述中,正确的是(　　)。

    A. 标识符中可以使用下划线和美元符   B. 标识符中可以使用连接符和井字符

    C. 标识符中的大小写字母是无区别的   D. 标识符可选用关键字

5. 下列关于变量定义的描述,其中错误的是(　　)。

    A. 定义变量时至少应指出变量名字和类型

    B. 定义变量时没有给出初值,该变量可能是无意义值

    C. 定义变量时,同一个类型多个变量间可用逗号分隔

    D. 定义变量时可以给变量初始化

6. 下列是 Java 语言中的引用数据类型,其中错误的是(　　)。

    A. 数组   B. 接口   C. 枚举   D. 类

7. 下列关于常量的描述中,错误的是(　　)。

    A. Java 语言的常量有 5 种:布尔常量、字符常量、定点常量、浮点常量和字符串常量

    B. 浮点型数 12.456 是单精度的

    C. 布尔型常量只有两个可选值: true 和 false

    D. 字符串常量中不含结束符'\0'

8. 下列关于变量的默认值的描述,其中错误的是(　　)。

    A. 定义变量而没有进行初始化时,该变量具有默认值

    B. 字符变量的默认值为换行符

    C. 布尔变量的默认值为 false

    D. 变量的默认值是可以被改变的

9. 下列关于运算符优先级的描述中,错误的是(　　)。

    A. 在表达式中,优先级高的运算符先进行运算

    B. 赋值运算符的优先级最低

    C. 一元运算符的优先级高于二元运算符和三元运算符的优先级

    D. 逻辑运算符的优先级高于逻辑位运算符

10. 关于表达式的描述中,错误的是(　　)。

　　A. 任何表达式都有确定的值和类型

　　B. 算术表达式的类型由第一个操作数的类型决定

　　C. 布尔逻辑表达式的操作数是布尔型的

　　D. 赋值表达式的类型取决于左边变量的类型

11. 以下代码段执行后的输出结果为(　　)。

```
int x=3;
int y=10;
System. out. println(y%x);
```

　　A. 3　　　　　　　　B. 1　　　　　　　　C. 0　　　　　　　　D. 2

12. 有以下方法的定义,请选择该方法的返回类型。(　　　)

```
ReturnType method(byte x, double y)
{
    return (short)x/y * 2;
}
```

　　A. byte　　　　　　B. short　　　　　　C. int　　　　　　D. double

二、填空题

1. 单精度浮点型变量的默认值是_____;双精度浮点型变量的默认值是_____。

2. 对于 long 型变量,内存分配给_____个字节。

三、判断题

1. Java 语言标识符中可以使用美元符号。　　　　　　　　　　　　　　　　　(　　)

2. Java 语言标识符中大小写字母是没有区别的。　　　　　　　　　　　　　　(　　)

3. 分号、逗号和冒号都可以作为 Java 语言中的分隔符。　　　　　　　　　　　(　　)

4. Java 语言的基本数据类型有 4 种:整型、浮点型、字符型和布尔型。　　　　　(　　)

5. Java 语言的引用数据类型有 3 种:数组、类和包。　　　　　　　　　　　　(　　)

6. Java 语言中,字节型与字符型是一样的。　　　　　　　　　　　　　　　　(　　)

7. Java 语言的数据类型转换有两种:隐式类型转换和强制类型转换。　　　　　(　　)

8. Java 语言使用的是 Unicode 字符集,每个字符在内存中占 8 位。　　　　　　(　　)

9. Java 语言的字符串中不隐含结束符。　　　　　　　　　　　　　　　　　　(　　)

10. Java 语言定义符号常量时使用关键字 final。　　　　　　　　　　　　　　(　　)

四、简答题

1. 已知:

```
double x=1.5,y=2.8;
```

求下列表达式的值。

(1) x++>y--

(2) x+4/5

(3) 2 * x==y

(4) y/6 * 6

(5) y+=x-=1

2. 已知：

```
boolean b1=true,b2=false;
int a=6;
```

求下列表达式的值。

(1) b1 || b2

(2) !b1&&b2 || b2

(3) b1 != b2

(4) !(a>6) && (a<6)

第3章 Java 程序的流程控制

教学目标与要求：

本章详细介绍了 Java 程序设计的流程控制（顺序结构、选择结构和循环结构）和结构化程序设计方法。通过本章的学习，读者应该掌握以下内容：

- Java 程序的 3 种基本控制结构；
- 简单语句和复合语句（语句块）；
- 控制语句；
- 转向语句。

教学重点与难点：

Java 语句和 Java 程序设计的流程控制。

3.1 Java 程序的流程控制概述

Java 程序有 3 种基本控制结构：顺序结构、选择结构和循环结构。

结构化程序设计方法是非常有用的程序设计方法，大多数简单程序都可以采用这种方法进行设计并解决实际问题。Java 程序模块的最小粒度是 Java 语句。如果最终的各个模块只对应一条 Java 语句或一个 Java 语句块，那么可以直接写出相应的 Java 代码。这种程序设计方法非常方便和直观。它在一定程度上可以提高程序的可读性，减少程序出错的机会，即提高程序的可靠性。

Java 语句可以分为以下 5 类：方法调用语句、表达式语句、空语句、控制语句和复合语句。常用的流程控制语句有 if，switch，for，while，do-while，break，continue 等 7 种语句。

选择结构是结构化程序设计的基本结构之一，用于根据不同的条件选择不同的操作。Java 语言提供了两种不同的语句来实现选择结构：if 语句和 switch 语句。if 语句可以嵌套，在嵌套的 if 语句中，else 子句总是与最近的还没有 else 的 if 配对。switch 语句用于实现多分支结构。

循环结构是结构化程序设计的另一种基本结构，用于在给定的条件成立时，反复执行某些语句。Java 语言提供了 3 种不同的语句来实现循环结构：for 语句、while 语句和 do-while 语句。for 语句功能最强，更灵活，使用最多。for 和 while 语句是先判断后执行型循环，而 do-while 则是先执行后判断型循环。

break 语句和 continue 语句主要用于循环的流程控制，二者在用法上有显著差别。break 语句用于结束其所在的 switch 语句或循环语句，continue 语句用于结束本次循环。

3.2 "三位正整数逆转输出"案例

3.2.1 案例分析

【案例描述】

本案例设计一个应用程序,输入一个三位正整数,并将其逆转输出。例如,输入"123",输出"321"。

【案例目的】

(1) 掌握 Java 的运算符、表达式在实际开发中的应用。

(2) 掌握 Java 基本数据类型数据的输入和输出。

(3) 掌握顺序结构程序设计的一般步骤和方法。

【技术要点】

(1) Java 基本类型数据的输入和输出。

(2) 求三位正整数每一位上的数字。

方法 1:

```
hundred=n/100;                          //求百位数
ten= (n-hundred * 100)/10;              //求十位数
indiv=n-hundred * 100-ten * 10;         //求个位数
```

方法 2:

```
hundred= (n/100)%10;                    //求百位数
ten= (n/10)%10;                         //求十位数
indiv=n%10;                             //求个位数
```

3.2.2 代码实现

```
//文件 NiZhuan.java
import java.io.*;                        //引入 Java 的输入输出包
public class NiZhuan
{
    public static void main(String args[])
    {
        int n, hundred ,ten , indiv;
        String str="";
        BufferedReader buf;
        buf=new BufferedReader(new InputStreamReader(System.in));
        System.out.print("请输入一个三位正整数: ");
        try
        {
            str=buf.readLine();          //从键盘输入数据
        }catch(IOException e){}          //捕获异常
```

```
        n=Integer.parseInt(str);  //调用 Integer 类的 parseInt 方法将字符串转换为整型
        hundred=(n/100)%10;                           //求百位数
        ten=(n/10)%10;                                //求十位数
        indiv=n%10;                                   //求个位数
        System.out.println("逆转数: " +indiv +ten +hundred);    //反向显示
    }
}
```

程序运行结果如图 3-1 所示。

3.2.3　案例知识点

图 3-1　三位数逆转输出

1. Java 语句概述

Java 语句可以分为以下 5 类：方法调用语句、表达式语句、空语句、控制语句和复合语句。

1）方法调用语句

一次方法调用加一个分号构成一个语句。例如：

```
System.out.println("Hello Java!!");
```

2）表达式语句

表达式语句是指在表达式末尾加上分号";"所组成的语句。任何一个表达式都可以加上分号而成为表达式语句。例如：

```
x=a+b                //赋值表达式
x=a+b;               //赋值表达式语句
```

注意：虽然任何一个表达式加上分号就构成了表达式语句，但是在程序中应该出现有意义的表达式语句。

3）空语句

仅由一个分号";"组成的语句称为空语句。空语句不执行任何的操作，有时采用空语句来延长程序的运行时间。

4）控制语句

Java 提供了以下 7 种控制语句，每种控制语句实现一种特定的功能。

（1）if 语句、if-else 语句。

（2）switch 语句。

（3）for 语句。

（4）while 语句。

（5）do-while 语句。

（6）break 语句。

（7）continue 语句。

其中，if 语句、if-else 语句和 switch 语句控制选择结构，for 语句、while 语句和 do-while 语句控制循环结构，break 语句和 continue 语句是用来改变在选择结构或循环结构中语句的正常执行顺序。if 语句和 if-else 语句统称为条件语句,switch 语句也常叫做开关语句,for 语句、while 语句和 do-while 语句统称为循环语句。

5) 复合语句(语句块)

被左、右花括号括起来的语句序列通常称做复合语句,有时又称做语句块。

复合语句的语句格式如下:

{ 一条或多条语句 }

注意:复合语句是以右花括号为结束标志的,因此在复合语句右花括号的后面不必加分号。

一个复合语句在语法上等同于一条语句。复合语句作为一条语句也可以出现在其他复合语句的内部,这称为复合语句的嵌套。

例如:

```
{
    sum=0; mul=1;
    for(i=1; i<100;i++)
    {
        sum=sum+1;
        mul=mul*1;
    }
}
```

(图注:内层 `{ sum=sum+1; mul=mul*1; }` 标注为"复合语句";整个外层 `{ … }` 标注为"复合语句")

2. 程序的 3 种基本控制结构

Java 程序的控制结构,总共只有 3 类,即顺序结构、选择结构和循环结构。在顺序结构中,程序依次执行各条语句;在选择结构中,程序根据条件,选择程序分支执行语句;在循环结构中,程序循环执行某段程序体,直到循环结束。

顺序结构最为简单,不需要专门的控制语句。其他两种控制结构均有相应的控制语句。

3. 基本的输入输出

1) 输出

使用 System.out 对象进行输出。

System.out 对象包含着多个输出数据的方法,其中最常用的方法如下。

(1) println()方法:输出文本并换行。

(2) print()方法:输出文本不换行。

2) 输入

(1) 通过 main()方法的参数 args 接受字符串。

(2) 使用 System.in 对象输入。

在 Java 中输入数据时,为了处理在输入数据的过程中可能出现的错误,需要使用异常处理机制,使得程序具有"健壮性"。

异常处理的方法有两种：

① 使用 try-catch 语句与 read( )方法或 readLine( )方法相结合。

② 使用 throws IOException 与 read( )方法或 readLine( )方法相结合。

实现方法 1：

```
import java.io. *
public class 类名 {
public static void main(String args[]) throws IOException{
                                    //转移输入输出异常 IOException
    BufferedReader buf;              //声明 buf 为 BufferedReader 类的引用变量
    String str;
    int num;
    ...
    buf=new BufferedReader(new InputStreamReader(System.in));
                                    //创建 BufferedReader 类对象
    str=buf .readLine();  //调用 BufferedReader 类对象的 readLine( )方法读取  行输入
    num=Integer.parseInt(str);      //将字符串转换成 int 类型的数值
     ⋮
  }
}
```

实现方法 2：

```
import java.io. *
public class 类名 {
  public static void main(String args[])
    BufferedReader buf;
    String str;
    int num;
    ...
    buf=new BufferedReader(new InputStreamReader(System.in));
    try
    {
       str=buf.readLine();          //readLine( )方法可能会抛出 IOException 异常
    }catch(IOException e){}          //捕获输入输出异常 IOException
    num=Integer.parseInt(str);
     ⋮
  }
}
```

由于从键盘输入的所有文字、数字，Java 皆视为字符串，因此想要获得基本类型数据时，必须经过转换，才能将输入的"数字"格式的字符串转化为等效的数值。

将"数字"格式的字符串转化为相应的基本类型数据的常用方法如表 3-1 所示。

表 3-1　字符串转换成数值类型的方法

类	方　　法	主 要 功 能
Byte	parseByte(String s)	将字符串 s 转换为 byte 类型的数值
Short	parseShort(String s)	将字符串 s 转换为 short 类型的数值
Integer	parseInt(String s)	将字符串 s 转换为 int 类型的数值
Long	parseLong(String s)	将字符串 s 转换为 long 类型的数值
Float	parseFloat(String s)	将字符串 s 转换为 float 类型的数值
Double	parseDouble(String s)	将字符串 s 转换为 double 类型的数值

3.3 "百分制成绩等级划分"案例

3.3.1 案例分析

【案例描述】

本案例设计一个应用程序,输入一个学生的百分制成绩,要求输出相应的成绩等级 A、B、C、D 或 E。90 分以上的等级为 A,60 分以下的等级为 E,其余每 10 分一个等级。

【案例目的】

(1) 学会使用并熟练掌握 if 语句、if-else 语句和 switch 语句。

(2) 掌握选择结构程序设计的一般步骤和方法。

【技术要点】

(1) 使用 main()方法的参数接收从键盘输入的字符串时,要使用解释器 java.exe 来执行字节码文件。

(2) 使用 switch 语句实现成绩等级划分时,选取合适的 switch 表达式,可以简化 switch 语句的结构。若输入的百分制成绩 grade 为浮点数类型,表达式"grade/10"应改为"(int)grade/10"。

3.3.2 代码实现

1. 使用 if-else 语句实现

```
//文件 Grade_IfElse.java
public class Grade_IfElse
{
public static void main(String args[])
    {
    int score;
    char grade;
    score=Integer.parseInt(args[0]);            //通过带参数的 main()方法传递成绩
    System.out.println("score="+score);
    if(score>=90) grade='A';
    else if(score>=80) grade='B';
```

```
        else if(score>=70) grade='C';
        else if(score>=60) grade='D';
        else grade='E';
        System.out.println("grade="+grade);
    }
}
```

2. 使用 switch 语句实现

```
//文件 Grade_Switch.java
public class Grade_Switch
{
public static void main(String args[])
    {
      int score;
        char grade;
        score=Integer.parseInt(args[0]);          //通过带参数的 main()方法传递成绩
        System.out.println("score="+score);
        switch(score/10)
        {
            case 10 :
            case 9 : grade='A'; break;
            case 8 : grade='B'; break;
            case 7 : grade='C'; break;
            case 6 : grade='D'; break;
            default : grade='E';
        }
        System.out.println("grade="+grade);
    }
}
```

程序运行结果如图 3-2 所示。

程序分析：通过应用程序中的 main()方法的参数接收从键盘输入的字符串时,操作如下：

（1）编译源文件：

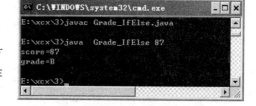

图 3-2　百分制成绩等级划分

E:\xcx\3>javac Grade_Switch.java

（2）编译通过后,要使用解释器 java.exe 来执行字节码文件：

E:\xcx\3>java Grade_Switch 87

这时,程序中的 args[0]得到字符串 87。在程序中再将这个字符串转化为数值进行运算,得到所需的结果。

通过 main()方法的参数可以接收一个或多个字符串,具体的格式为：

java　文件名　字符串 1　字符串 2…

例如：

```
E:\xcx\3>java Grade_Switch 87 55 70
```

这时,程序中的 args[0]、args[1]、args[2]分别得到字符串"87"、"55"、"70"。

3.3.3 案例知识点

1. 条件语句

条件语句包括 if 语句和 if-else 语句。

1) if 语句

if 语句的格式是：

```
if(布尔表达式)
    语句或语句块
```

其中,布尔表达式是计算结果为布尔值(true 或 false)的表达式。if 语句的执行过程为：当布尔表达式的值为 true 时,会执行 if 语句中的语句或语句块,否则该语句或语句块不会被执行。if 语句的流程图如图 3-3 所示。

2) if-else 语句

if-else 语句的格式是：

```
if(布尔表达式)
    语句 1 或语句块 1
else
    语句 2 或语句块 2
```

if 语句的执行过程为：当布尔表达式的值为 true 时,则执行语句 1 或语句块 1;否则执行语句 2 或语句块 2。if-else 语句的流程图如图 3-4 所示。

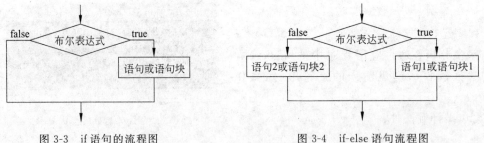

图 3-3 if 语句的流程图   图 3-4 if-else 语句流程图

现实生活中的各种条件是很复杂的,在一定的条件下,又需要满足其他的条件才能确定相应的操作。为此,Java 提供了 if 语句的嵌套功能,即一个 if 语句能够出现在另一个 if 语句或 if-else 语句里。

如果 if-else 语句的 else 子句仍然是一个 if-else 语句,则通常写成：

```
if(布尔表达式 1)
    语句 1 或语句块 1
else  if(布尔表达式 2)
```

```
        语句 2 或语句块 2
else   if(布尔表达式 3)
        语句 3 或语句块 3
   ┊
else   if(布尔表达式 n-1)
        语句 n-1 或语句块 n-1
else
        语句 n 或语句块 n
```

使用嵌套的 if 语句或 if-else 语句要格外小心。在 Java 语言中,if 和 else 的匹配采用最近原则,即 else 总是与同一语法层次中离它最近的尚未配对的 if 配对。如果要改变这种配对关系,可在相应的 if 语句上加左、右花括号来确定新的配对关系。例如:

```
if(布尔表达式 1){
  if(布尔表达式 2)
        语句 1 或语句块 1
}
else
        语句 2 或语句块 2
```

如果写成:

```
if(布尔表达式 1)
  if(布尔表达式 2)
        语句 1 或语句块 1
else
        语句 2 或语句块 2
```

则实际会被执行成:

```
if(布尔表达式 1){
  if(布尔表达式 2)
        语句 1 或语句块 1
  else
        语句 2 或语句块 2
}
```

2. switch 语句

switch 语句,也称为开关语句,是用来控制选择结构的另一种语句。switch 语句的格式为:

```
switch(表达式){
  case 值 1:
        语句组 1
        break;
  case 值 2:
        语句组 2
        break;
```

```
    ⋮
    case 值 n:
        语句组 n
        break;
    default:
        语句组 n+1
}
```

其中，各条"break;"语句不是必需的，是可以省略的。switch 表达式的数据类型可以是字符类型、字节类型、短整数类型或者整数类型，但不可以是布尔类型、长整数类型、单精度浮点数类型和双精度浮点数类型。在引导词 case 后面的各个值的类型应当与 switch 表达式的类型相匹配，而且必须是常量表达式。各个语句组可以由 0 条、1 条或多条 Java 语句组成。

switch 语句的执行过程：首先对 switch 表达式的值进行计算，然后从上到下找出与表达式的值相匹配的 case 分支，并以此作为入口，执行该 case 分支后面的语句组，直到遇到 break 语句或 switch 语句结束标志符才结束 switch 语句。这里的 switch 语句结束标志符是 switch 语句的最后一个花括号"}"。如果在某个 case 分支中不含有 break 语句，则程序会继续执行下一个 case 分支的语句组，直到遇到 break 语句或 switch 语句结束标志符。如果没有任何一个 case 分支的值与 switch 表达式的值相匹配，并且 switch 语句含有 default 分支，则程序执行在 default 分支中的语句组；如果 switch 语句不含有 default 分支，则程序将立即结束 switch 语句。

使用 switch 语句，应注意以下几个问题：

① default 分支及其后的语句组 n+1 可以省略。

② case 分支和 default 分支出现的次序是任意的，也就是说，default 分支也可以位于 case 分支的前面，且 case 分支的次序也不要求按常量值的顺序排列。

③ case 分支只起到一个标号的作用，用来查找匹配的入口，并从此开始执行其后面的语句组，对后面的 case 分支不再进行匹配。因此，在每个 case 分支后，用 break 语句来终止后面的 case 分支语句的执行。

例如：

```
switch(n)
{
    case 1: x=1;
    case 2: x=2;
}
```

当 n=1 时，将连续执行语句"x=1;"和语句"x=2；"，此时 x 的值为 2。

例如：

```
switch(n)
{
    case 1: x=1; break;
    case 2: x=2; break;
}
```

当 n=1 时，只执行语句组"x=1；break；"，并由其中的 break 语句跳出 switch 语句，此时 x 的值为 1。

④ 有一些特殊情况，多个不同的 case 分支要执行一组相同的语句。例如：

```
switch(n)
{
    case 1:
    case 2: x=10;break;
}
```

当 n=1 或 n=2 时，都执行同一个语句组"x=10；break；"。

处理多种分支情况时，用 switch 语句代替 if 语句可以简化程序，使程序结构清晰明了，可读性增强。

3.4 "输出 2～100 以内的所有素数"案例

3.4.1 案例分析

【案例描述】

本案例利用嵌套的循环语句、break 语句或 continue 语句输出 2～100 以内的所有素数。程序运行结果如图 3-5 所示。

【案例目的】

（1）学会使用并熟练掌握 for 语句、while 语句和 do-while 语句。

（2）学会使用并熟练掌握 break 语句和 continue 语句。

（3）掌握循环结构程序设计的一般步骤和方法。

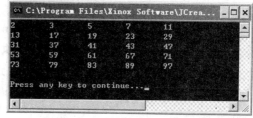

图 3-5　输出 2～100 以内的素数

【技术要点】

素数是大于 1 且只能被 1 和它本身整除的数。因此，如果 i 是素数，就不能被 2～i-1 中的任何一个数整除。在 for 语句中，判断整数 i 是否被变量 j 整除，j 为 2～i-1 中的任何一个数。for 语句结束的条件有两个，j==i 或 i 能够被变量 j 整除。退出 for 语句时，如果 j==i，表示 i 不能被 2～i-1 中的任何一个数整除，i 是素数；如果 j<i，表示 i 至少能被 2～i-1 中的一个数整除，i 不是素数。

3.4.2 代码实现

```
//文件 SuShu.java
public class SuShu{
    public static void main(String args[]){
        int i,j;
        int count=0;
        for(i=2;i<100;i++){
```

```
        for(j=2;j<i;j++){
            if(i% j==0) break;                    //如果 i 能被 j 整除,跳出内层循环
        }
        if(j<i) continue;                          //进行外层循环:i 能被 j 整除时
        System.out.print(i+"\t");
        count++;
        if(count% 5==0) System.out.println();    //一行输出 5 个数据
        }
        System.out.println();
    }
}
```

3.4.3 案例知识点

1. 循环语句

1) while 语句

while 语句的一般格式如下:

```
while(布尔表达式)
    语句或语句块
```

其中,布尔表达式是计算结果为布尔值的表达式,语句或语句块构成 while 语句的循环体。

如果在循环体中不含 break 语句和 continue 语句,while 语句的执行过程是:首先计算布尔表达式的值,若表达式的值为 true 时,执行循环体,然后再次计算布尔表达式的值,重复上述过程,直到布尔表达式的值为 false 时,结束执行 while 语句。while 语句的流程图如图 3-6 所示。

例如,计算 1~100 自然数之和。

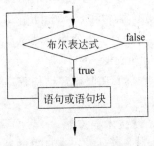

图 3-6 while 语句流程图

```
int sum=0;
int counter=1;
while(counter<=100) {
    sum=sum+counter;
    counter++;
}
```

while 语句的特点,是先计算布尔表达式的值,然后执行语句或语句块,因此当布尔表达式的值开始就为 false 时,则循环体将一次也不执行,直接跳出 while 语句。

使用 while 语句,应注意以下几个问题:

① 循环体可以是单条语句,也可以是复合语句,即语句块。

② 为了避免产生"死循环",循环控制变量要动态变化或在循环体中有使循环趋向于结束的语句。

2) do-while 语句

do-while 语句的一般格式如下:

```
do
    语句或语句块
while(布尔表达式);
```

其中,布尔表达式是计算结果为布尔值的表达式,语句或语句块构成 do-while 语句的循环体。

如果在循环体中不含 break 语句和 continue 语句,do-while 语句的执行过程如下:首先执行作为循环体的语句或语句块,然后再计算布尔表达式的值,当布尔表达式的值为 true 时,再执行循环体,重复上述过程,直到表达式的值为 false 时,结束循环。do-while 语句的流程图,如图 3-7 所示。

例如,计算 1～100 自然数之和。

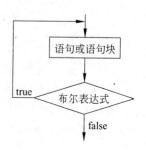

图 3-7　do-while 语句流程图

```
int sum=0;
int counter=1;
do{
    sum=sum+counter;
    counter++;
} while(counter<=100);
```

do-while 语句的特点是先执行循环体,再根据布尔表达式的值决定是否要结束循环。因此,在 do-while 语句中的循环体至少会被执行一次。

使用 do-while 语句,应注意结尾处 while(布尔表达式)后的分号不能省略。

3) for 语句

for 语句的一般格式如下:

```
for([表达式 1];[表达式 2];[表达式 3])
    语句或语句块
```

其中,方括号"[]"表示其内部的内容是可选的,即在 for 语句中可以不含有该部分的内容。表达式 1 通常用于变量的初始化,表达式 1 在循环过程中只会被执行一次。表达式 2 是一个布尔表达式,一般用来判断循环是否继续执行。表达式 3 通常用于更新循环控制变量的值。

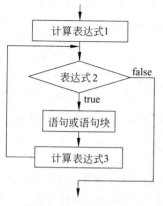

图 3-8　for 语句流程图

for 语句中的语句或语句块又称为循环体。如果在循环体中不含 break 语句和 continue 语句,for 语句的执行过程如下。

① 求解表达式 1。

② 求解表达式 2,若表达式 2 的值为 true,执行语句;若表达式 2 的值为 false,退出循环。

③ 求解表达式 3,转②。

for 语句的流程图如图 3-8 所示。

例如,计算 1～100 自然数之和。

```
int sum,counter;
for(counter=1,sum=0;counter<=100;counter++)      sum=sum+counter;
```

for 语句的特点,是当表达式 2 的值一开始就为 false,则循环体将一次也不执行。使用 for 语句,要注意以下几个问题:

① 循环体可以是单条语句,也可以是语句块。

② 表达式 1、表达式 2、表达式 3 都可以省略,但作为分隔符的分号一定要保留。当省略表达式 2 时,相当于“无限循环”(循环条件总为 true),这时就需要在 for 语句的循环体中设置相应的语句,以结束循环。

③ for 语句中的表达式 1 和表达式 3 可以是简单表达式,也可以是逗号表达式。

2. 嵌套循环语句

在循环语句的循环体中含有循环语句,则称为嵌套循环语句。在外面的循环语句称为外层循环语句,在内部的循环语句称为内层循环语句。

3. break 语句

break 语句用在 switch 语句、循环语句和带标号的语句块中。

带标号的语句块的定义格式有两种,第一种格式是:

```
语句块标号:
{
     语句组
}
```

其中,语句标号可以是任意合法的标识符,语句组可以是一条或多条 Java 语句组成。第二种格式是:

```
语句块标号:
     循环语句
```

其中,循环语句可以是 for 语句、while 语句或者 do-while 语句。

当 switch 语句、循环语句和带标号的语句块中执行到 break 语句时,程序一般会自动跳出这些语句或语句块,并继续执行在这些语句或语句块之后的语句或语句块。

在 switch 语句和循环语句中,break 语句的格式为:

```
break;
```

在带标号的语句块中,break 语句的格式为:

```
break 语句块标号;
```

其中,语句块标号是 break 语句所在的语句块的标号。

不带标号的 break 语句只能终止包含它的最小程序块,有时希望终止更外层的块,可使用带标号的 break 语句,它使得程序流程转到标号指定语句块的后面执行。例如:

```
public class Break{
    public static void main(String args[ ]) {
        int i=0;                                //定义变量 i,并赋初值 0
```

```
BreakBlock: {
    System.out.println("在 break 语句之前");
    if (i<=0)
        break BreakBlock;                              //用来跳出 BreakBlock 语句块
    System.out.println("在 if 和 break 语句之后"); //该语句没有执行
}
    System.out.println("在 BreakBlock 语句块之后");
}
}
```

程序运行结果如图 3-9 所示。

程序分析：由于变量 i 的初值是 0，进入
BreakBlock 语句块后，先输出"在 break 语句之前"，
然后执行 break 语句，跳出 BreakBlock 语句块，不
再输出"在 if 和 break 语句之后"。

图 3-9　break 语句的使用

4. continue 语句

continue 语句只能用在循环语句和带标号的循环语句中；否则，将出现编译错误。

带标号的语句块的定义格式是：

语句块标号：
　　循环语句

其中，语句标号可以是任意合法的标识符，循环语句可以是 for 语句、while 语句或者 do-while 语句。

当程序在循环语句中执行到 continue 语句时，程序一般会自动结束本次循环，即不再执行本次循环的循环体中 continue 语句后面的语句，并重新判断循环条件，决定是否重新开始下一次的循环。

在循环语句中，continue 语句的格式为：

continue;

在带标号的循环语句中，continue 语句的格式为：

continue 语句块标号;

在带标号的循环语句中，continue 语句也可以采用前一种格式。

例如，将 100～150 之间不能被 3 整除的数输出。

```
public class Continue
{
    public static void main(String args[])
    {
        int i,count=0;
        for(i=100;i<=150;++i)
        {
            if(i% 3==0) continue;                    //进行下一次循环
            System.out.print(i+" ");
```

```
        count++;
        if(count% 5==0) System.out.println();        //一行输出 5 个数据
    }
    System.out.println();
  }
}
```

程序运行结果如图 3-10 所示。

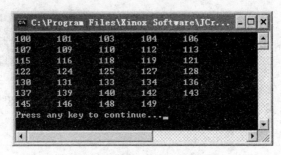

图 3-10   continue 语句的使用

程序分析:当 i 能被 3 整除时,执行 continue 语句,结束本次循环,即跳过输出语句,进行下一次循环。只有 i 不能被 3 整除时才执行输出语句。

习　题　3

一、选择题

1. 下列关于开关语句的描述中,错误的是(　　)。

    A. 开关语句中,default 子句可以省略

    B. 开关语句中,case 子句中可以含有 break 语句

    C. 开关语句中,case 子句和 default 子句都可以有多个

    D. 退出开关语句的条件可以是执行 break 语句

2. 下列关于循环语句的描述中,错误的是(　　)。

    A. 任何一种循环体内都可以包含一种循环语句

    B. 循环体可以是空语句

    C. 循环体内可以出现多个 break 语句

    D. 循环语句中,循环体至少被执行一次

二、填空题

1. 下列循环语句的执行次数是_____。

```
int i=5;
do{
System.out.println(i);
i--;
}while(i>0);
```

2. Java 程序的控制结构有 3 类,即_____、_____、_____。

三、判断题

1. 条件语句中的条件表达式可以是任何表达式。 （　　）

2. 在条件语句的嵌套结构中,一个 if 子句最多有一个 else 子句与它配对,而且一定是距离它最近的且还未配对的。 （　　）

3. 开关语句中,case 子句后面的语句序列可以是一个或多个语句。 （　　）

四、简答题

1. 阅读如下程序,给出运行结果。

```
public class Ex3_4_1{
    public static void main(String args[]){
        int i=1,j=10;
        do{
            if(i>j)continue;
            j--;
        }while(++i<6);
        System.out.println("i="+i+",j="+j);
    }
}
```

2. 阅读如下程序,给出运行结果。

```
public class Ex3_4_2{
    public static void main(String args[]){
        int x=2,y=1;
        switch(x+y){
            case 1 :
                System.out.println(x+y);
                break;
            case 3:
                System.out.println(x+y);
            case 0:
                System.out.println(x+y);
                break;
            default:
                System.out.println("没有般配的"+(x+y));
        }
    }
}
```

3. 阅读如下程序,给出运行结果。

```
public class Ex3_4_3{
    public static void main(String args[ ]){
        for(int i=1;i<=4;i++)
        switch(i){
            case 1: System.out.print("a");
```

```
case 2: System.out.print("b"); break;
case 3: System.out.print("c");
case 4: System.out.print("d"); break;
        }
    }
}
```

4. 阅读如下程序,给出运行结果。

```
class Ex3_4_4 {
    public static void main(String args[]){
        int x,y=10;
        if(((x=0)==0)||((y=20)==20)) {
            System.out.println("y="+y);
        }
        int a,b=10;
        if(((a=0)==0)|((b=20)==20)) {
            System.out.println("b="+b);
        }
    }
}
```

五、程序设计题

1. 编写一个程序,输入 3 个整数,分别存放在变量 a、b、c 中,然后把输入的数据重新按由小到大的顺序放在变量 a、b、c 中,最后输出 a、b、c 中的数值。

2. 编写一个程序,计算 5+55+555+5555+⋯的前 10 项的和。

3. 编写一个程序,将 2000—3000 年之间的闰年年号显示出来。

4. 编写一个程序,打印出所有的水仙花数。所谓"水仙花数"是指一个 3 位数,其各位数字的立方和等于该数本身。例如,153 是一个"水仙花数",因为 $153 = 1^3 + 5^3 + 3^3$。

5. 求出 1~1000 之间的完全平方数。完全平方数是指能够表示成另一个整数的平方的整数。要求每行输出显示 8 个。

6. 编写一个程序,计算如下表达式前 30 项的值。

$$1 + \frac{1}{2!} + \frac{1}{3!} + \frac{1}{4!} + \cdots$$

第4章 面向对象的程序设计

教学目标与要求：

本章主要介绍 Java 语言面向对象程序设计的基础理论和概念。通过对本章的学习，读者应该掌握以下内容：

- 类的创建；
- 对象的创建和使用；
- 继承和多态的概念及其实现；
- 访问控制；
- 内部类；
- 包；
- 接口。

教学重点与难点：

类的创建；类的继承和多态性的相关概念及其在 Java 语言中的实现；接口的概念及应用。

4.1 面向对象的程序设计概述

面向对象技术的三大特征分别是继承性、多态性和封装性。

在面向对象的思想和方法中，通过类的概念实现对象的分类。类是一组具有相同特征的对象的抽象描述，它定义了该类对象的共同的特征。类与对象的关系是抽象与具体的关系，是一对多的关系。尽管同一类的所有对象都具有相同的特征表示，但每个对象的具体的特征值是不同的，这也是对象存在的标志。

封装可以实现代码的模块化，也可以实现信息的隐藏。信息隐藏的含义是，一个对象可以维护其私有的信息和方法，对外提供一个公共界面。其他对象可以通过公共界面与之进行通信。也就是说，其他对象要访问一个对象的私有信息和方法，必须通过该对象自身，不能直接访问。

类成员的访问控制方式共有 4 种：公有模式（对应修饰符 public）、保护模式（对应修饰符 protected）、默认模式（无修饰符 public、protected、private）、私有模式（对应修饰符 private）。公有模式具有最大范围的访问控制权限，私有模式具有最小范围的访问控制权限，保护模式的访问控制范围比默认模式的大。

从某一个类出发定义一个类，这种方法称为继承。被继承的类称为父类，继承而得到的类称为子类。子类继承父类的属性和方法，同时也可以修改父类的属性和方法。Java 不支持多重继承，即子类只能有一个直接父类。

继承使得一个类可以从其父类继承属性和方法。继承使得人们考虑问题不必都从头开始，可以借助已有的基础。继承为组织和构造软件程序提供了一个强大且自然的机理。类的继承性使代码重用性增强。

多态是指一个类及其所有子类构成的类家族中，可以出现相同的方法定义，但该方法的具体实现不同；或者是方法名相同但其参数的定义不同。也可以出现相同的属性名，但子类的属性会替代父类的同名属性。

多态的实现，一般有两种方式：覆盖和重载。从程序设计的角度，对于方法而言，覆盖强调的是方法体的计算逻辑的多态，即算法的多态；而重载强调的是方法赖以作用的数据对象的多态，而方法的计算逻辑基本一致，即数据结构的多态；对于属性而言，一般只有覆盖。

抽象类体现了数据抽象的思想，是实现程序多态性的一种手段。接口则是 Java 中实现多重继承的唯一途径。一个 abstract 类只关心它的子类是否具有某种功能，并不关心功能的具体行为，功能的具体行为由其子类负责实现。

接口是一个完整的抽象类，接口中声明的所有方法必须由其子类实现。

包基于树型目录结构管理思想，引入命名空间的概念。也就是分层分类进行管理。一方面使得同一个命名空间中不可能有相同的类名，解决命名冲突问题；另一方面，对庞大数量的类，按其描写的语义和功能进行理性的划分，从而使得引用时较为清晰和方便。包的命名空间映射到文件系统的树型目录结构，各层包名相当于目录（文件夹）名，而包中的类名相当于文件夹下面的文件名。

4.2 "三角形、梯形和圆形的类封装"案例

4.2.1 案例分析

【案例描述】

本案例设计一个应用程序，该程序中有 3 个类：Trangle、Lader 和 Circle，分别用来刻画"三角形"、"梯形"和"圆形"，具体要求如下。

(1) Trangle 类具有类型为 double 的 3 条边，以及周长、面积属性，Trangle 类具有返回周长、面积以及修改 3 条边的功能。另外，Trangle 类还具有一个 boolean 型的属性，该属性用来判断 3 个数能否构成一个三角形。

(2) Lader 类具有类型为 double 的上底、下底、高、面积属性，具有返回面积的功能。

(3) Circle 类具有类型为 double 的半径、周长和面积属性，具有返回周长、面积的功能。

【案例目的】

使用类来封装对象的属性和功能。

【技术要点】

(1) 当用类创建一个对象时，类中的成员变量被分配内存空间，这些内存空间称为该对象的实体或变量。而对象中存放着引用，以确保这些变量由该对象使用。

(2) 没有实体的对象称做空对象，空对象不能使用，即不能让一个空对象去调用方法产生行为。假如程序中使用了空对象，程序在运行时会出现异常：NullPointerException。由于对象是动态分配实体，所以 Java 的编译器对空对象不做检查。因此，在编写程序时要避免使用空对象。

4.2.2　代码实现

```java
//文件 CDemo.java
class Trangle{                                        //三角形类
    double sideA,sideB,sideC,area,length;
    boolean boo;
    public Trangle(double a,double b,double c){  //构造方法:参数用来给 3 条赋值
        sideA=a;
        sideB=b;
        sideC=c;
        System.out.println("三角形的三边:"+a+","+b+","+c);
        if(a+b>c&&a+c>b&&c+b>a) {                //a,b,c 构成三角形的条件表达式
            boo=true;
        }
        else{
            boo=false;
        }
    }
    double getLength(){                          //计算三角形周长 length 的值并返回
        if(boo){
            length=sideA+sideB+sideC;
            return length;
        }
        else{
            System.out.println("不是一个三角形,不能计算周长");
            return 0;
        }
    }
    public double getArea(){                     //计算三角形面积 area 的值并返回
     if(boo){
        double p= (sideA+sideB+sideC)/2.0;
        area=Math.sqrt(p * (p-sideA) * (p-sideB) * (p-sideC)) ;
        return area;
    }
    else{
        System.out.println("不是一个三角形,不能计算面积");
        return 0;
     }
    }
    public void setABC(double a,double b,double c){
                                                 //修改 3 条边:参数用来给 3 条边赋值
        sideA=a;
        sideB=b;
        sideC=c;
    System.out.println("三角形的三边:"+a+","+b+","+c);
```

```java
            if(a+b>c&&a+c>b&&c+b>a){
                 boo=true;
            }
            else {
               boo=false;
              }
            }
        }
class Lader{                                        //梯形类
    double above,bottom,height,area;
    Lader(double a,double b,double h){              //构造方法：参数用来给上底、下底和高赋值
        above=a;
        bottom=b;
        height=h;
        System.out.println("梯形的上底、下底和高:"+a+","+b+","+h);
    }
    double getArea(){                               //计算梯形面积 area 的值并返回
        area=(above+bottom)/2*height;
        return area;
    }
}
class Circle{                                       //圆形类
    double radius,area;
    Circle(double r){                               //构造方法：参数用来给圆半径赋值
        radius=r;
        System.out.println("圆的半径:"+r);
    }
    double getArea(){                               //计算圆面积 area 的值并返回
        return 3.14*radius*radius;
    }
    double getLength(){                             //计算圆周长 length 的值并返回
        return 3.14*2*radius;
    }
    void setRadius(double newRadius){
        radius=newRadius;
    }
    double getRadius(){
        return radius;
    }
}
public class CDemo {
    public static void main(String args[]){
        double length,area;
        Circle circle=null;                         //说明引用变量 circle 暂时不指向任何的对象实体
        Trangle trangle;
```

```
        Lader lader;

        circle=new Circle(5);
        length=circle.getLength();
        System.out.println("圆的周长:"+length);
        area=circle.getArea();
        System.out.println("圆的面积:"+area);
        System.out.println("");

        trangle=new Trangle(3,4,5);
        length=trangle.getLength();
        System.out.println("三角形的周长:"+length);
        area=trangle.getArea();
        System.out.println("三角形的面积:"+area);
        System.out.println("");

        lader=new Lader(3,4,10);
        area=lader.getArea();
        System.out.println("梯形的面积:"+area);
        System.out.println("");

        trangle.setABC(1,2,3);
        area=trangle.getArea();
        System.out.println("三角形的面积:"+area);
        length=trangle.getLength();
        System.out.println("三角形的周长:"+length);
    }
}
```

程序运行结果如图 4-1 所示。

图 4-1　三角形、梯形和圆形的类封装

4.2.3 案例知识点

1. 类

类是组成 Java 程序的基本要素,也是 Java 中重要的引用数据类型。类封装了一类对象的状态属性和行为方法。类是用来定义对象的模板。

一个完整的类定义基本格式为:

[类修饰符列表] class 类名 [extends 父类名][implements 接口名称列表] {
　　类体
}

其中,类修饰符用来说明类的属性,包括 public、abstract 和 final。类修饰符 public 表示定义的类可以被 Java 的所有包使用,如果在类修饰符列表中不含 public 关键字,表示定义的类只能在当前的包中使用。类修饰符 abstract 表示定义的类是一个抽象类。类修饰符 final 表示定义的类不能用做父类。

class 关键字,用来定义类。类名必须是合法的 Java 标识符。

可选项"extends 父类名"指定所定义类的父类,即所定义的类将具有其父类所定义的一些属性和功能。如果不含有选项"extends 父类名",则定义的类的父类是 java. lang. Object,即不含选项"extends 父类名"与包含选项"extends java. lang. Object"具有相同的功能。类 java. lang. Object 是除了其自身外的所有类的直接或间接父类。

可选项"implements 接口名称列表",表明定义的类是实现这些给定接口的类,即定义的类将具有这些给定接口的属性和功能。接口名称列表可以包含一个或多个接口名称。如果存在多个接口,则在接口之间采用逗号分隔开。

类体的内容由两部分构成:一部分是变量的定义,用来刻画属性;另一部分是方法的定义,用来刻画功能。例如:

```
class 梯形
{
    float 上底,下底,高,laderArea;              //变量定义部分
    float 计算面积()                          //方法定义
    {
        laderArea=(上底+下底)*高/2.0f;
        return laderArea;
    }
    void 修改高(float h)                      //方法定义
    {
        高=h;
    }
}
```

1) 成员变量

成员变量,通常用来表示和存储类所需要的数据,其格式为:

[修饰符列表] 类型　变量名或带初始化的变量名列表;

其中，"类型"指定当前成员变量的类型。"类型"可以是基本数据类型，也可以是引用数据类型。变量名或带初始化的变量名列表可以包含一个或多个变量名，其中每个变量名是一个合法的标识符。如果含有多个变量名，则在相邻的变量名或带初始化的变量名之间采用逗号分隔开。例如：

```
int i=10,j;
```

上面的语句采用初始化的变量名定义了成员变量 i，它的值为 10。在同一个类中，各成员变量不能同名。

修饰符列表可以包括 0 个或者 1 个或者多个修饰符。如果存在多个修饰符，则在相邻的两个修饰符之间采用空格分隔开。修饰符通常包括 public、protected、private、static、final、transient 和 volatile。修饰符 static 表明当前定义的成员变量是静态的。修饰符 public、protected 和 private 不能同时存在，它们表示当前定义的成员变量的访问控制属性，即当前定义的成员变量的应用范围。修饰符 final 要求立即对当前定义的成员变量赋值，即要求当前的成员变量采用带初始化的变量名的形式定义，而且在定义成员变量及赋值之后不能再修改该成员变量的值。修饰符 transient 表明当前的成员变量是一种暂时的成员变量，即当进行对象保存时可以不必保存当前的成员变量。修饰符 volatile 主要用在多线程的程序设计中，表明访问当前成员变量时将采用同步机制。

2）成员方法

类的成员方法简称方法，通常用来实现类的各种功能。方法的定义包括两部分：方法声明和方法体。Java 语言中写一个方法和 C 语言中写一个函数类似，只不过在这里称做方法。

在一个类中，成员方法定义的格式如下：

```
［方法修饰符列表］ 类型 方法名（方法的参数列表）｛
    方法体
｝
```

其中，方法修饰符列表是可选项，即可以不含该选项；格式第一行的内容称为成员方法定义的头部或者当前定义的成员方法的声明。类型即方法返回值的类型，可以是基本类型，也可以是引用类型。如果成员方法不返回任何数据，则应当在类型处写上关键字 void；否则，将出现编译错误。方法名是一个合法的标识符。方法的参数列表可以包含 0 个或者 1 个或者多个参数，并且在相邻的两个参数之间采用逗号分隔开。注意，当参数列表不含任何参数时，不能在参数列表处写上关键字 void；否则，将出现编译错误。在参数列表中，每个参数的格式是：

类型 参数变量名

其中，类型可以是基本数据类型或引用数据类型，参数变量名是一个合法的标识符。

方法修饰符列表可以包括 0 个或者 1 个或者多个修饰符。如果存在多个修饰符，则在相邻的两个修饰符之间采用空格分隔开。方法修饰符通常包括 public、protected、private、abstract、static、final、synchronized 和 strictfp。修饰符 public、protected 和 private 不能同时存在，它们表示当前定义的成员方法的访问控制属性，即当前成员方法的封装性。修饰符

abstract 表明当前定义的成员方法是抽象的成员方法。抽象成员方法不能含有方法体。修饰符 static 表明当前定义的成员方法是静态的。如果当前成员方法的定义含有修饰符 final,则在当前成员方法所在的类的子类中不能出现与当前成员方法相同的声明。修饰符 synchronized 表明当前的成员方法是一种同步成员方法。修饰符 strictfp 表明在当前成员方法中各个浮点数的表示及其运算严格遵循 IEEE 754 算术国际标准。

方法体包括局部变量的定义和合法的 Java 语句,如下面的程序输出 20 以内的所有素数。

```
public class PrimNumber{
    public void getPrimnumber(int n){          //成员方法
        int i,j;
        for(i=2;i<=n;i++){
            for(j=2;j<=i/2;j++){
                if(i% j==0) break;              //如果 i 能被 j 整除,跳出内层循环
            }
            if(j>i/2)                           //如果 i 不能被 j 整除,i 是素数
                System.out.print(" "+i);
        }
    }
    public static void main(String args[]){     //主方法
        PrimNumber p=new PrimNumber();
        p.getPrimnumber(20);
    }
}
```

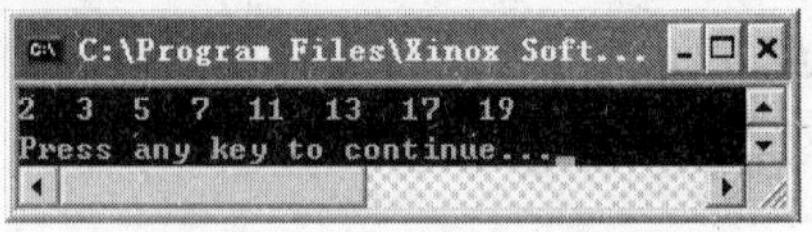

图 4-2　输出 20 以内的所有素数

程序运行结果如图 4-2 所示。

方法参数在整个方法内有效,方法内定义的局部变量从它定义的位置之后开始有效。如果局部变量的定义是在一个复合语句中,那么该局部变量的有效范围是该复合语句,即仅在该复合语句中有效,如果局部变量的定义是在一个循环语句中,那么该局部变量的有效范围是该循环语句,即仅在该循环语句中有效。

2. 成员变量和局部变量

已知类体分为两部分,变量定义部分所定义的变量被称为类的成员变量。在方法体中定义的变量和方法的参数被称为局部变量。

成员变量与局部变量的区别如下。

(1) 成员变量在整个类内都有效,局部变量只在定义它的方法内有效。

(2) 成员变量又分为实例成员变量(简称实例变量)和类变量(也称静态变量)。如果成员变量的类型前面加上关键字 static,这样的成员变量称为类变量或静态变量。

(3) 如果局部变量的名字与成员变量的名字相同,则成员变量被隐藏,即这个成员变量在这个方法内暂时失效。例如:

```
class A{
    int x=100,y;
```

```
    void fun(){
    int x=3;
    y=x;                                        //y 得到的值是 3,而不是 100。
    }
}
```

这时如果想在该方法内使用成员变量,必须使用关键字 this。如:

```
class A{
    int x=100,y;
    void fun(){
    int x=3;
    y=this.x;                                   //y 得到值 100。
    }
}
```

注意:方法中的局部变量不能用修饰符修饰。若在一个方法中定义局部变量时用了修饰符,则编译会产生错误。

3. 方法的重载

多态性是面向对象技术的一个重要特征。在 Java 语言中,提供了两种多态机制:方法的重载和方法的重写(或覆盖)。

在同一个类中定义了多个同名而内容不同的成员方法,称这些方法是重载的方法。重载的方法主要通过参数列表中参数的个数、参数的类型和参数的顺序来进行区分。在编译时,Java 编译器检查每个方法所用的参数数目和类型,然后调用正确的方法。

对于重载的方法,方法名称相同,返回值的类型可以不同,但返回值不能作为区分不同方法的唯一条件。重载的方法必须至少满足下列条件中的一项:参数的类型不同、参数的个数不同或参数的排列顺序不同。

例如,下面定义了一个 AddOverridden 类,利用其重载的成员方法 add 可以求解两个整数、3 个整数、两个实数、3 个实数的和。

```
class AddOverridden{
    int add(int a,int b){                       //两个整数的求和
        return (a+b);
    }
    int add(int a,int b,int c){                 //3 个整数的求和
        return (a+b+c);
    }
    double add(double a,double b){              //两个实数的求和
        return (a+b);
    }
    double add(double a,double b,double c){     //3 个实数的求和
        return (a+b+c);
    }
}
```

4. 构造方法

构造方法是一种特殊方法，它的名字必须与它所在的类的名字完全相同，而且没有类型，构造方法也可以重载。

类的构造方法主要用来创建类的对象，通常同时完成新创建对象的初始化工作，即给对象的成员变量赋初值。构造方法定义的一般格式为：

```
[public] 类名(方法的参数列表) {
    方法体
}
```

其中，方法的参数列表和方法体这两个部分与成员方法的这两部分格式完全相同。方法的参数列表可以包含 0 个或者 1 个或者多个参数，并且在相邻的两个参数之间采用逗号分隔开。

构造方法的修饰符一般采用 public。构造方法不能像一般成员方法那样通过对象显式地直接调用，而是在创建一个类的对象时，系统自动地调用该类的构造方法将新对象初始化。

在构造方法定义格式处的类名必须与该构造方法所在的类的类名完全相同。

构造方法是类的一种特殊方法，它的特殊性主要体现在如下几个方面。

(1) 构造方法的方法名必须与类名相同。

(2) 构造方法不具有任何返回类型，即在上面的定义格式中不能在 public 和类名之间添加任何类型符，包括关键字 void。

(3) 任何一个类都含有构造方法。如果没有显式地定义类的构造方法，则系统会为该类定义一个默认的构造方法，这个默认的构造方法不含任何参数。一旦在类中定义了构造方法，系统就不会再创建这个默认的不含参数的构造方法。

构造方法可以带参数，也可以重载。构造方法的重载和类中的其他方法重载要求是一样的，即方法名一样，但是参数表不同。编译器会根据参数表中参数的数目及类型区分这些构造方法，并决定要使用哪个构造方法初始化对象。

例如：

```
class 梯形
{
    float 上底,下底,高;
    梯形() {                              //构造方法
        上底=60;
        下底=100;
        高=20;
    }
    梯形(float x, int y, float h) {        //构造方法
        上底=x;
        下底=y;
        高=h;
    }
}
```

5．对象

类的定义只是给出了对象的应有特征，并没有建立具体的对象。建立对象意味着在内存中，按照类的定义分配一定的空间，并将类的属性保存在该内存空间中，进行必要的初始化，然后就可以使用对象。

1）对象的创建

对象的建立分为两个基本步骤：定义对象和创建对象。定义对象的目的是为了给要建立的对象取名，并说明它应该按哪一种类去建立；创建对象的作用是真正在内存中建立对象，并将建好的对象与定义时取的名称联系起来。

在 Java 语言中，定义对象的基本格式如下：

类名　对象名；

创建对象的基本格式如下：

对象名=new 构造方法名([构造方法调用参数列表])；

其中，构造方法名必须与该构造方法所在的类同名；构造方法调用参数列表由 0 个或 1 个或多个表达式组成，在相邻的两个表达式之间采用逗号分隔开。这些表达式称为构造方法的调用参数。构造方法的调用参数必须与定义构造方法时的参数列表中的参数一一对应，即调用参数应当与相应参数的数据类型相匹配。

定义对象时并不为对象分配内存空间。使用 new 运算符和类的构造方法为对象分配内存空间并且实例化一个对象。

使用 new 运算符可以为一个类实例化多个不同的对象，这些对象占据不同的内存空间，改变其中一个对象的属性值，不会影响其他对象的属性值。

例如：

```java
class Point
{
    int x,y;
    Point(int a, int b) {
        x=a;
        y=b;
    }
}
public class A
{
public static void main(String args[])
    {
        Point p1,p2;                //定义对象 p1 和 p2
        p1=new Point(10,10);        //为对象 p1 分配内存,使用 new 和类中的构造方法
        p2=new Point(23,35);        //为对象 p2 分配内存,使用 new 和类中的构造方法
    }
}
```

对象的定义和分配内存两个步骤可以用一个等价的步骤完成，如：

```
Point p1=new Point(10,10);
```

使用 new 运算符和类的构造方法为声明的对象分配内存,如果类中没有构造方法,系统会调用默认的构造方法(默认的构造方法是无参数的)。

2) 对象的使用

对象不仅可以操作自己的变量改变状态,而且还拥有了使用创建它的那个类中的方法的能力,对象通过使用这些方法可以产生一定的行为。

通过使用运算符".",对象可以实现对自己的变量访问和方法的调用。

当对象调用方法时,方法中出现的成员变量就是指该对象的成员变量。

设有引用类型的变量指向该对象,则通过该变量访问该对象的成员变量的格式是:

引用变量名.成员变量名

通过该变量访问该对象的成员方法的格式是:

引用变量名.成员方法名(成员方法调用参数列表)

其中,成员方法调用参数列表由 0 个或 1 个或多个表达式组成,在相邻的两个表达式之间采用逗号分隔开。这些表达式称为成员方法的调用参数。成员方法的调用参数必须与在定义成员方法时的参数列表中的参数一一对应,即调用参数应当与相应参数的数据类型相匹配。

当用类创建一个对象时,类中的成员变量被分配内存空间,这些内存空间称为该对象的实体。没有实体的对象称做空对象,空对象不能使用,即不能让一个空对象去调用方法产生行为。假如程序中使用了空对象,程序在运行时会出现异常:NullPointerException。由于对象是动态分配实体,所以 Java 的编译器对空对象不做检查。因此,在编写程序时要避免使用空对象。

3) 对象的废弃及垃圾回收

在 Java 语言中,对象内存的回收是通过垃圾回收机制完成的。垃圾回收机制的基本原理是在适当的时机自动回收不再被 Java 程序所用的内存。这些不再被 Java 程序所用的内存称为垃圾。

对于一个对象,如果没有任何引用指向该对象,则该对象所占据的内存是不再被 Java 程序所用的内存,即垃圾。例如:

```
Integer sum=new Integer(100);
```

创建 Integer 类的对象,变量 sum 指向该对象。下面的语句:

```
sum=null;
```

使得变量 sum 不再指向该对象。如果没有其他引用指向该对象,则该对象是被废弃的对象,它所占据的内存称为垃圾。

Java 系统提供的类 System 中含有成员方法:

```
public static void gc()
```

调用该成员方法可以向 Java 虚拟机申请尽快进行垃圾回收。

6. static 关键字

在类中声明属性和方法时,可使用关键字 static 作为修饰符。static 修饰的变量或方法由整个类共享,被称为类变量和类方法。

1) 实例变量和类变量

在类体中定义的成员变量又分为实例变量和类变量,其中使用 static 修饰的成员变量是静态变量,也称为类变量,没有用 static 修饰的成员变量是实例变量。

一个类通过使用 new 运算符可以创建多个不同的对象,不同的对象的实例变量将被分配不同的内存空间,如果类中的成员变量有类变量,那么所有的对象的这个类变量都分配给相同的一处内存,改变其中一个对象的这个类变量会影响其他对象的这个类变量。

类变量是和该类创建的所有对象相关联的变量,因此,类变量不仅可以通过某个对象访问也可以直接通过类名访问。实例变量仅仅是和相应的对象关联的变量,也就是说,不同对象的实例变量互不相同,即分配不同的内存空间,改变其中一个对象的实例变量不会影响其他对象的这个实例变量。实例变量可以通过对象访问,不能使用类名访问。

2) 实例方法和类方法

类中的方法分为实例方法和类方法两种,用 static 修饰的是类方法。当一个类创建了一个对象后,通过这个对象就可以调用该类的方法。

实例方法可以被类创建的任何对象调用执行。类方法不仅可以被类创建的任何对象调用执行,也可以直接通过类名调用。

7. this 关键字

this 关键字可以出现在实例方法和构造方法中,但不可以出现在类方法中。当 this 关键字出现在类的构造方法中时,代表使用该构造方法所创建的对象。当 this 关键字出现在类的实例方法中时,代表正在调用该方法的当前对象。

实例方法可以操作类的成员变量,当实例成员变量在实例方法中出现时,默认的格式为:

this.成员变量

当 static 成员变量在实例方法中出现时,默认的格式为:

类名.成员变量

通常情况下,可以省略实例成员变量名字前面的"this."以及 static 变量前面的"类名."。但是,当实例成员变量的名字和局部变量的名字相同时,成员变量前面的"this."或"类名."就不可以省略。

类的实例方法可以调用类的其他方法,对于实例方法调用的默认格式为:

this.方法([参数表]);

对于类方法调用的默认格式为:

类名.方法([参数表]);

当有重载的构造方法时,this 关键字还用来引用同类的其他构造方法,其使用形式如下:

```
this([参数表]);
```

例如，设有如下程序段：

```
class A{
    int a,b;
    public A(int a){
        this.a=a;                              //this.a访问当前对象的成员变量
    }
    public A(int a,int b){
        this(a);                               //调用该类的其他构造方法
        this.b=b;                              //this.b访问当前对象的成员变量
    }
    public int add(){
        return a+b;
    }
    public void display(){
        System.out.println("a="+a+",b="+b);
        System.out.println("a+b="+this.add());
                        //this.add()访问当前对象的成员方法,此处的 this 可以省略
    }
}
public class ThisDemo{
    public static void main(String[]args){
        A a=new A(15,8);
        a.display();
    }
}
```

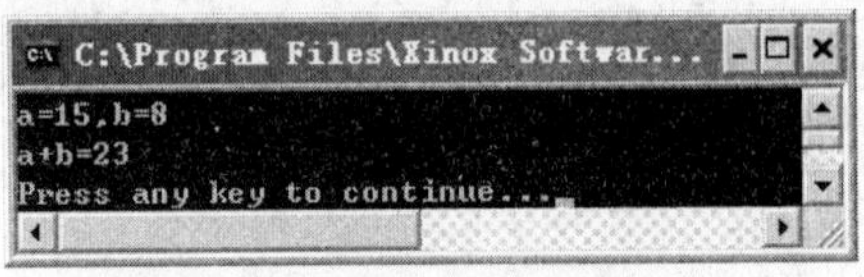

图 4-3　this 关键字应用

程序运行结果如图 4-3 所示。

注意：当有同名的构造方法时，调用该类的其他构造方法，必须使用 this 关键字，并且必须是方法的第一个语句，否则，编译时将出现错误。

8. 包

在 Java 语言中，通过包的机制实现了类的组织问题。将某个领域中，所有相关的各种类定义组织成一个包，通过包区分各种不同领域描写的分类管理。从程序设计角度，包中类是经过测试的一些可以直接使用的类，整个包是一个类的仓库，类仓库中的类还具有一定的逻辑关系。

一个包事实上就是一个文件夹。包就像目录一样可以有多层次结构，而各层之间以"."分隔。

1) 包的定义

Java 语言中的所有类都属于某些包。如果没有明确指定包的说明，则使用默认的包（也称为全局包）。默认包没有名字，它是透明的。也就是说，默认包是一个假设的虚包。

一个包实际上对应于语言赖以运行的支持环境文件系统的一个目录（文件夹），该文件夹下存放一系列相关的经过编译的类字节码文件。文件夹的名称就是包名，同时还需要在源代码中通过包定义语句定义包名，使得源代码中定义的类与文件夹建立关系，即使得源代码编译后生成的类字节码文件能够存放到所需文件夹下。

在 Java 中通过 package 语句定义包。package 语句作为 Java 源文件的第一条语句，指明该源文件定义的类所在的包。

package 语句的一般格式为：

package 包名；

利用这个语句可以定义一个包，当前 Java 源文件中的所有类经过编译后生成的字节码文件都被放在这个包中。

如果源程序中省略了 package 语句，源文件中定义命名的类被隐含地认为是默认包的一部分，即源文件中定义命名的类也在同一个包中，但该包没有名字。

包名可以是一个合法的标识符，也可以是若干个标识符加“.”分割而成 。例如：

package mypackage1；
package mypackage1. mypackage2；

创建包就是在当前文件夹下创建一个子文件夹，存放这个包中包含的所有类的 .class 文件。在“package mypackage1. mypackage2；”语句中的符号“.”代表包名分隔符，说明这个语句创建两个文件夹：第一个是当前文件夹下的子文件夹 mypackage1，第二个是 mypackage1 文件夹下的 mypackage2 文件夹，当前包中的所有类文件就存在这个文件夹下。

注意：

（1）程序中如果有 package 语句，该语句一定是源文件中的第一条可执行语句，它的前面只能有注释或空行。一个文件中最多只能有一条 package 语句。

（2）不管有几个类，分成几个文件，只要在每个文件前面加上同一个包的声明，便可将它们归属于同一个包。

（3）使用 package 语句说明一个包时，该包的层次结构必须与文件目录的层次相同。否则，在编译时可能出现查找不到包的问题。

2）包的使用

使用一个包时，通过 import 语句实现。

在编写源文件时，除了自己编写类外，经常需要使用 Java 提供的许多类，这些类可能在不同的包中。为了能使用 Java 提供的类，可以使用 import 语句来引入包中的类。也可以使用 import 语句来引入自己的包。

在一个 Java 源文件中可以有多个 import 语句，它们必须写在 package 语句和源文件中类或接口的定义之间。

import 语句的格式如下：

import 包名.类名；   //引入包中某个类
import 包名.*；   //引入整个包中所有的类及接口

例如：

```
import java.awt.Color;                    //把 java.awt 包中的 Color 类引入进来
import.java.awt.*;                        //把 java.awt 包中所有的类及接口引入进来
```

注意：

（1）在类定义之前加上 public 修饰符，是为了让其他 package 里的类也可以使用此类里的成员。如果省略了 public 修饰符，则只能让同一个 package 里的类来使用。

（2）Java 语言的 java.lang 包是编译器自动引入的。因此，编程时使用该包中的类，可省去 import 语句。但使用其他包中的类，必须用 import 语句引入。

3）常用的 Java 标准包

java.lang 包是 Java 的核心包，包含基本的数据类型、基本的数学函数类、字符串类、线程类以及异常处理类等。如表 4-1 所示列出了 Java 常用包及包中主要的类。

表 4-1　Java 常用包及其类

包 名 称	包中主要的类
java.lang	Object、String、Thread 等核心类与接口，此包会自动引入
java.applet	Applet 类，该类是所有小应用程序的父类
java.awt	图形类、组成类、容器类、排列类、几何类、事件类、工具类
java.io	与输入/输出相关的类
java.net	与网络相关的类和接口
java.util	日期类、堆栈类、随机数类、向量类
java.security	包含 java.security.acl 和 java.security.interfaces 子类库
javax.swing	具有完全的用户界面组件集合，是在 AWT 基础上的扩展

4）Java 程序的基本结构

Java 程序的基本结构包括如下内容。

（1）package 语句，即包的定义语句。（可选）

（2）任意数量的 import 语句。（可选）

（3）类或接口定义。

这 3 个要素必须以上述顺序出现。即任何 import 语句出现在所有类定义之前。如果使用包语句，则包语句必须出现在类定义和 import 语句之前。

9. 访问控制

类创建了一个对象之后，该对象可以通过"."运算符操作自己的变量、使用类中的方法，但对象操作自己的变量和使用类中的方法是有一定限制的。

所谓访问权限是指对象是否可以通过"."运算符操作自己的变量或通过"."运算符使用类中的方法。

访问限制修饰符有 private、protected 和 public，都是 Java 的关键字，用来修饰成员变量或方法。

通过控制访问,可以控制类将如何使用其他类。类中的某些变量和方法只能在该类中使用,这称为封装。封装性是面向对象技术的基本特征之一。

1) 类的访问控制

类的访问控制方式有两种：公有模式(有修饰符 public)和默认模式(无修饰符 public、protected、private)。

如果在定义类时使用了关键字 public,则该类的访问控制方式为公有模式。具有公共访问控制模式的类,能够被所有包中的类访问。

如果在定义类时没有使用关键字 public、protected、private,则该类的访问控制方式为默认模式。具有默认访问控制模式的类只能被在同一个包中的类访问,但不能被在其他包中的类访问。

2) 类成员的访问控制

类成员的访问控制方式共有 4 种：公有模式(对应修饰符 public)、保护模式(对应修饰符 protected)、默认模式(无修饰符 public、protected、private)、私有模式(对应修饰符 private)。这里的类成员主要包括成员变量和成员方法。

如果在定义类的成员时使用了关键字 public,则该成员的访问控制方式为公有模式。对于具有公有访问控制模式的成员,所有能访问该类的那些类都能访问该成员。

如果在定义类的成员时使用了关键字 protected,则该成员的访问控制方式为保护模式。对于具有保护访问控制模式的成员,在同一个包中的类都能访问该成员。如果该成员所在类的访问控制方式为默认模式,则在其他包中的类不能访问该成员。如果该成员所在类的访问控制方式为公有模式,则在其他包中的该类的子类能够访问该成员。

如果在定义类的成员时没有使用关键字 public、protected、private,则该成员的访问控制方式为默认模式。具有默认访问控制模式的成员只能被在同一个包中的类访问,但不能被在其他包中的类访问。

如果在定义类的成员时使用了关键字 private,则该成员的访问控制方式为私有模式。对于具有私有访问控制模式的成员,只能被所在类访问。

类和类成员的访问控制模式及其允许访问的范围如表 4-2 所示。

表 4-2　类和类成员的访问控制模式及其允许访问的范围

修饰符	类	成员变量	成员方法	接口	说　　明
默认	√	√	√	√	可被在同一个包中的类访问
public	√	√	√	√	可被所有包中的类访问
private		√	√		只能被所在类访问
protected		√	√		能被在同一个包中的类访问,以及被其他包中该类的子类访问

构造方法的修饰符一般采用 public,如果采用 private,就不能创建该类的对象,因为构造方法是在类的外部被调用的。构造方法不能像一般成员方法那样通过对象显式地调用,而是在创建一个类的对象时,系统自动地调用该类的构造方法将新对象初始化。

4.3 "教师学生类构造"案例

4.3.1 案例分析

【案例描述】

本案例设计一个应用程序,用来描述人类、学生类、研究生类、老师类和在职研究生老师类等的主要权利和义务,可以定义为接口或类、抽象类等,每个类或接口中的常用方法主要有:人包括吃饭方法;学生有姓名、性别等属性和学习的方法;研究生中除了具备学生的基本方法外还和普通学生的学习方法不同;老师有工作的权利,当然老师首先应该属于人类;另外还有一种特殊的人群,他们既是老师又是学生。程序运行界面如图 4-4 所示。

【案例目的】

(1)学习并掌握面向对象程序设计的一般过程。

(2)学习并掌握面向对象中的类和对象的定义和使用方法,并在此过程中体会类、对象、继承和封装的概念。

(3)学习并掌握抽象类和接口的定义和使用方法,并理解接口和抽象类的作用。

(4)掌握包的定义和使用方法及使用它的好处。

【技术要点】

(1)根据题意绘制各类或接口之间的关系,并确定哪些应该定义为类,哪些应该定义为接口,确定类或接口的成员变量和主要成员方法,类和接口之间的关系图并不是唯一的,程序中使用的关系图如图 4-5 所示。

图 4-4 各类角色的不同权利和义务

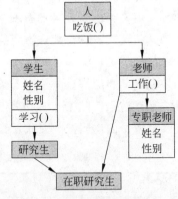

图 4-5 类或接口之间的关系

(2)根据关系图定义各种类和接口中的详细内容。

(3)定义 main()方法,将上述的各种类和接口联系起来,完成最终的功能。

4.3.2 代码实现

```
//文件 HumanClass.java
package human;                      //创建包 human
interface Human{                    //定义人类接口,添加吃饭方法
```

```java
        void eat();
    }

interface Teacher extends Human{              //定义老师接口,老师首先应该属于人,添加工作方法
        void work();
    }
//定义学生类,此类只是一般的学生总类,定义为抽象类,只是规定学生的一般格式,具体学生类中的
//每一个方法,在其子类中进行定义
abstract class Student implements Human{
        String name;
        String sex;
        Student(String name,String sex){
            this.name=name;
            this.sex=sex;
        }
        abstract void study();                        //抽象方法
        public void eat(){                            //实现人类接口中的吃饭方法
            System.out.println("学生的生活费 150~200 之间。");
        }
    }
//定义大学生类,作为学生的子类
class Univeser extends Student{
        Univeser(String name,String sex){
            super(name,sex);
        }
        void study(){                                 //实现 Student 抽象类中的学习方法
            System.out.println("在学校学习各门科学知识。");
        }
    }
//定义老师类,实现人类和老师接口中拥有的各种方法
class TeacherOn implements Human,Teacher{
        String name,sex;
        TeacherOn(String name,String sex){
            this.name=name;
            this.sex=sex;
        }
        public void eat(){                            //实现接口 Human 中的方法
            System.out.println("老师的生活费 350~400 之间");
        }
        public void work(){                           //实现接口 Teacher 中的方法
            System.out.println("此人是老师,有工作。");
        }
    }
//在职研究生既是老师又是学生,拥有老师和学生的权利和职责
class Teacher_Univeser extends Univeser implements Teacher{
```

```
    Teacher_Univeser(String name,String sex){
        super(name,sex);
    }
    public void eat(){                                //重写 Univeser 中的方法
        System.out.println("既是老师又是学生,生活费在 250~300 之间。");
    }
    public void work(){                               //实现接口 Teacher 中的方法
        System.out.println("此人:有一半老师的工作,有一半学生的职责。");
    }
}
//定义主类,将上述定义的类,进行组合完成总的功能
public class HumanClass{
    public static void main(String args[]){
        Univeser u=new Univeser("Tom","male");
        System.out.println("姓名:"+u.name+"\t"+"性别:"+u.sex);
        u.eat();
        u.study();
        System.out.println("");

        TeacherOn t=new TeacherOn("Marry","female");
        System.out.println("姓名:"+t.name+"\t"+"性别:"+t.sex);
        t.eat();
        t.work();
        System.out.println("");

        Teacher_Univeser tu=new Teacher_Univeser("Lili","female");
        System.out.println("姓名:"+tu.name+"\t"+"性别:"+tu.sex);
        tu.eat();
        tu.work();
        tu.study();
    }
}
```

4.3.3 案例知识点

1. 类的继承

继承是一种由已有的类创建新类的机制。利用继承,可以先创建一个公有属性的一般类,根据该一般类再创建具有特殊属性的新类,新类继承一般类的状态和行为,并根据需要增加它自己的新的状态和行为。由继承而得到的类称为子类,被继承的类称为父类(超类)。

Java 不支持多重继承,即子类只能有一个直接父类。

继承性是实现软件可重用性的一种重要手段。在 Java 语言中,所有的类都是通过直接或间接地继承 java.lang.Object 类得到的。

1) 子类的定义

创建子类的一般格式:

```
class  子类名  extends 父类名{
    类体
}
```

其中,子类名是一个合法的 Java 标识符,通过在关键字 extends 后面添加父类名,指定当前定义的类的父类,即直接父类。通过这种方式,使得当前定义的类可以继承其父类的成员变量或成员方法,即在当前定义的类与其父类之间建立起一种继承关系。这种继承关系具有传递性,例如,类 A 可以拥有父类 B,同样类 B 还可以拥有父类 C;这时类 C 也可以称为类 A 的父类,即间接父类。

如果不出现 extends 子句,则该类的父类为 java. lang. Object,子类可以继承父类中访问权限为 public 和 protected 的成员变量和方法,但不能继承访问权限为 private 的成员变量和方法。

2)子类的继承性

类有两种重要的成员:成员变量和方法。子类的成员中有一部分是子类自己声明定义的,另一部分是从它的父类继承的。

所谓子类继承父类的成员变量作为自己的一个成员变量,就好像它们是在子类中直接声明一样,可以被子类中自己声明的任何实例方法操作。

所谓子类继承父类的方法作为子类中的一个方法,就像它们是在子类中直接声明一样,可以被子类中自己声明的任何实例方法调用。

(1)子类和父类在同一包中的继承性。

如果子类和父类在同一个包中,那么,子类自然地继承了其父类中不是 private 的成员变量作为自己的成员变量,并且也自然地继承了父类中不是 private 的方法作为自己的方法,继承的成员或方法的访问权限保持不变。

(2)子类和父类不在同一包中的继承性。

如果子类和父类不在同一个包中,那么,子类继承了父类的 protected、public 成员变量作为子类的成员变量,并且继承了父类的 protected、public 方法作为子类的方法,继承的成员或方法的访问权限保持不变。如果子类和父类不在同一个包里,子类也不能继承父类的没有用任何访问限制修饰符修饰的成员变量和方法。

3)成员变量的隐藏和方法的重写

子类也可以隐藏继承的成员变量,对于子类可以从父类继承的成员变量,只要子类中定义的成员变量和父类中的成员变量同名时,子类就隐藏了继承的成员变量,即子类对象以及子类自己声明定义的方法操作的是子类中新定义和父类中同名的成员变量。

例如:

```
class A{
    protected double x=22.5;
}
class B extends A{
    double x=0.0;                    //隐藏了父类的变量 x
    void print(){
        x=x+50;
```

```
            System.out.println(x);
        }
    }
    public class OverRiddenDemo2{
        public static void main(String args[]){
            B a1=new B();
            a1.x-=50;
            a1.print();
            A a2=new B();
            System.out.println(a2.x);
        }
    }
```

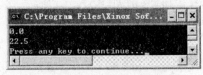

图 4-6　成员变量的隐藏

程序运行结果如图 4-6 所示。

子类通过方法的重写可以隐藏继承的方法。方法重写是指：子类中定义一个方法，并且这个方法的名字、返回类型、参数个数和类型与从父类继承的方法完全相同。

对于子类创建的一个对象，如果子类重写了父类的方法，则运行时系统调用子类重写的方法，如果子类继承了父类的方法（未重写），那么子类创建的对象也可以调用这个方法，只不过方法产生的行为和父类的相同而已。

例如：

```
class A{
    void display(){
        System.out.println("A's method display() called!");
    }
    void print(){
        System.out.println("A's method print() called!");
    }
}
class B extends A{
    void display(){
        System.out.println("B's method display() called!");
    }
}
public class OverRiddenDemo1{
    public static void main(String args[]){
        A a1=new A();
        a1.display();
        a1.print();
        A a2=new B();
        a2.display();
        a2.print();
    }
}
```

程序运行结果如图 4-7 所示。

在某些情况下,当重写一个方法时,实际目的不是要完全更换现有的行为,而是要在某种程度上扩展现有行为。

注意:方法重写时一定要保证方法的名字、参数个数和参数类型同父类的某个方法完全相同,只有这样,子类继承的这个方法才被重写。如果子类在准备重写父类的方法时,参数个数或参数类型与其父类的方法不尽相同,实际上就没有重写父类的同名方法。这时子类中就出现两个方法具有相同的名字。

图 4-7 方法的重写

子类通过成员变量的隐藏和方法的重写可以将父类的属性和行为改变为自身的属性和行为。

4) 子类的构造方法

对于类的构造方法,在继承时需要特别注意。因为子类的对象中包含了从父类继承来的成员变量,也包含了子类新定义的成员变量。因此在子类对象构造前,父类的成员变量必须先构造好才能继承。因此,构造方法一般是按照类的继承层次进行调用的。

在子类的构造方法中,通过 super 语句调用父类的构造方法进行父类成员变量的初始化。super 语句必须是当前定义子类的构造方法的第一条语句,以确保子类对象构造前从父类继承来的成员变量已经构造好。

super 语句调用格式是:

super(调用参数列表);

其中,super 是关键字,表示父类的构造方法。这里的调用参数列表必须与其父类的某个构造方法的参数列表相匹配。如果在父类中不含与当前调用相匹配的构造方法,则将会出现编译错误。

如果子类的构造方法没有显式地调用其父类的某个构造方法,则 Java 虚拟机一般会在当前定义的子类的构造方法的第一条语句前自动地隐式地添加调用父类的不带任何参数的构造方法的语句,格式为:

super();

需要注意的是,如果这时在父类中没有不含任何参数的构造方法,则编译时将出现错误。

2. super 关键字

简单地说,super 关键字有两种用法:一种用法是子类使用 super()语句调用父类的构造方法;另一种用法是子类使用 super 调用被隐藏的父类成员变量和被重写的父类的方法。

例如,设有如下程序段:

```
class A{
    int x,y;
    public A(int x,int y){
        this.x=x;                    //this.x访问当前对象的成员变量
        this.y=y;                    //this.y访问当前对象的成员变量
    }
```

```
    public void display(){
            System.out.println("In class A: x="+x+" ; y="+y);
    }
}
class B extends A{
    int m,n;
    public B(int x,int y,int m,int n){
        super(x,y);                          //调用父类的构造方法
        this.m=m;                            //this.m访问当前对象的成员变量
        this.n=n;                            //this.n访问当前对象的成员变量
    }
    public void display(){
        super.display();                     //调用父类被重写的成员方法
        System.out.println("In class B: m="+m+" , n="+n);
    }
}
public class SuperDemo{
    public static void main(String[]args){
        B b=new B(10,20,30,40);
        b.display();
    }
}
```

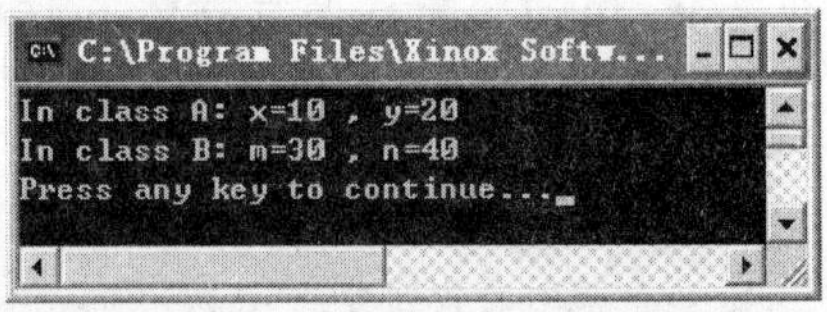

程序运行结果如图 4-8 所示。

图 4-8　super 关键字应用

3. 抽象类

抽象类就是那些存在一些没有完全实现的方法的类。定义抽象类的目的是提供可由其子类共享的一般形式,子类可以根据自身需要而扩展抽象类。

抽象方法可以看做是一种缺少具体实现细节的方法的接口。虽然抽象方法没有一个完整的定义体,但实现了一定的目的,它可以作为一个方法的占位符,在所有派生类中必须实现对该方法的完整定义。

如果一个类中拥有一个或多个抽象方法,则称这个类为抽象类。在 Java 中必须在抽象类的定义时加修饰符 abstract。

用 abstract 关键字来定义一个方法时,这个方法叫做抽象方法。对于抽象方法只允许声明,而不允许实现,而且不允许使用 final 修饰 abstract 方法。抽象方法定义的格式如下:

abstract　类型符　方法名([参数表]);　　　　　　　//抽象方法

抽象类可以有任意多个抽象方法,而且也可以有非抽象的一般方法。若一个类中有抽象方法,则该类必须被定义为抽象类。如果抽象类的派生类中没有将父类的所有抽象方法实现,或者又定义了抽象方法,那么该派生类也是抽象类,同样必须增加修饰符 abstract。

对于 abstract 类,不能使用 new 运算符创建该类的对象,需产生其子类,由子类创建对象,如果一个类是 abstract 类的子类,它必须实现其父类的 abstract 方法,这就是为什么不允许使用 final 修饰 abstract 方法的原因。

抽象类中可以没有抽象方法,但是有抽象方法的类必须是抽象类。

abstract 修饰符的使用说明如下。

（1）abstract 和 final 不能同时修饰一个类。

（2）abstract 不能与 private、static、final 或 native 同时修饰一个方法。

（3）abstract 类中不能有 private 修饰的属性和方法。

在抽象类的继承中，对于抽象类的一般方法，其继承与普通类的继承的规则一致。而对抽象类的抽象方法，则是通过覆盖的形式来实现继承。

4. 上转型对象

假设类 B 是类 A 的子类或间接子类，当用子类 B 创建一个对象，并把这个对象的引用放到 A 类的对象中时，如：

A a;
a=new B();

或

A a;
B b=new B();
a=b;

称这个 A 类对象 a，是子类对象 b 的上转型对象。

对象的上转型对象的实体是由子类负责创建的，但上转型对象会失去原子类对象的一些属性和功能。上转型对象具有如下特点：

（1）上转型对象不能操作子类新增的成员变量（失掉了这部分属性）；不能使用子类新增的方法（失掉了一些功能）。

（2）上转型对象可以操作子类继承或隐藏的成员变量，也可以使用子类继承的或重写的方法。

（3）上转型对象操作子类继承或重写的方法时，就是通知对应的子类对象去调用这些方法。因此，如果子类重写了父类的某个方法后，对象的上转型对象调用这个方法时，一定是调用了这个重写的方法。

（4）可以将对象的上转型对象再强制转换到一个子类对象，这时，该子类对象又具备了子类的所有属性和功能。

例如：

```
class SuperClass{
    int a=5,b=8,c=85;
    void show(){
        System.out.println("Super:");
        System.out.println("a="+a+"\t b="+b+"\t c="+c);
    }
}
class SubClass extends SuperClass{
    int b=26,d=32;
    void show(){                            //子类重写了父类的同名方法
```

```
        System.out.println("Sub:");
        System.out.println("a="+a+"\t b="+b+"\t c="+c+"\t d="+d);
    }
}
public class ClassExchangeDemo{
    public static void main(String args[]){
        SuperClass super1,super2;              //声明父类引用变量
        SubClass sub1,sub2;                    //声明子类引用变量
        super1=new SuperClass();               //父类引用变量指向父类对象
        super1.show();
        sub1=new SubClass();                   //子类引用变量指向子类对象
        sub1.show();
        super2=sub1;                           //父类引用变量指向子类对象
        super2.show();
        sub2=(SubClass)super2;                 //子类引用变量指向子类对象
        sub2.show();
    }
}
```

程序运行结果如图 4-9 所示。

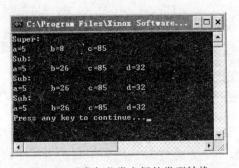

图 4-9　子类与父类之间的类型转换

子类的对象同时也是父类的对象；但反过来，由父类的构造方法创建的对象一般不是子类的对象。

5. 接口

接口在某种意义上类似于特殊的抽象类，是一些抽象方法和常量的集合。虽然接口不是类，但它能应用于实现该接口的任何类中。准确地说，接口是类的一个属性，说明了类执行这个接口时必须有的方法。接口指定了在实现接口的类中必须定义的方法名。定义接口的语法和定义类的语法相似，除了把关键字 class 改为 interface，并且仅需给出方法名而不用给出方法体。必须注意，接口没有实例变量和方法体的定义。

Java 不支持多继承性，即一个类只能有一个父类。单继承性使得 Java 简单，易于管理程序。为了克服单继承的缺点，Java 使用了接口，一个类可以实现多个接口。

1) 接口的定义

使用关键字 interface 来定义一个接口。接口定义的格式如下：

```
[public] interface   接口名   [extends 接口名称列表]｛
    接口体
｝
```

其中,如果缺少 public 修饰符,则该接口只能被在同一个包中的类实现。extends 子句与类定义时的 extends 子句基本相同,不同的是一个接口可以有多个父接口,相邻的两个父接口之间用逗号隔开,而一个类只能有一个父类。

接口的定义和类的定义很相似,分为接口的声明和接口体。

接口体中包含常量定义和方法定义两部分。接口体中只进行方法的声明,不许提供方法的实现,所以,方法的定义没有方法体,且用分号";"结尾。如:

```
interface Printable
{
    final int MAX=100;                        //常量定义
    void add();                               //方法的声明
    float sum(float x ,float y);              //方法的声明
}
```

在接口体中不含构造方法,所以一般不能直接通过接口创建接口的对象。

接口常量的定义格式为:

类型   常量名=常量值; //该常量被实现该接口的多个类共享,具有 public、final、static 的属性

接口的方法只能是抽象方法,其声明格式为:

类型   方法名(参数列表);   //具有 public 和 abstract 属性

其中,类型可以是基本数据类型或引用数据类型,参数变量名是一个合法的标识符。

2) 接口的实现

接口中只包含抽象方法,因此不能同一般类使用 new 运算符直接产生对象。用户必须利用接口的特性来打造一个类,再用它来创建对象。利用接口打造新类的过程,称为接口的实现。

一个类通过使用关键字 implements 声明自己实现一个或多个接口。如果实现多个接口,用逗号隔开接口名。

接口实现的一般语法格式为:

```
class   类名   implements 接口名称列表｛
    类体
｝
```

如果一个类实现了某个接口,那么这个类必须实现该接口的所有方法,即为这些方法提供方法体。如果一个类实现一个接口,但没有实现接口中的所有方法,那么这个类必须是抽象类。如果一个类实现了两个或两个以上的接口,那么这个类必须实现每一个接口中的所有方法。

例如:

```
interface shape{
    double PI=3.14159;
```

```
        double area();
        double volume();
    }
    interface color{
        void setcolor(String str);
    }
    class Circle implements shape,color{
        double radius;
        String color;
        public Circle(double r){                      //构造方法
            radius=r;
        }
        public double area(){                         //实现接口 shape 中的方法
            return PI * radius * radius;
        }
        public double volume(){                       //实现接口 shape 中的方法
            return 4 * PI * radius * radius * radius/3;
        }
        public void setcolor(String str){             //实现接口 color 中的方法
            color=str;
        }
        String getcolor(){                            //自定义方法
            return color;
        }
    }
    public class Interface2Demo{
        public static void main(String args[]){
            Circle cir=new Circle(15);
            System.out.println("Circle area="+cir.area());
            System.out.println("Circle vloume="+cir.volume());
            cir.setcolor("Red");
            System.out.println("Circle colore="+cir.getcolor());
        }
    }
```

需要注意的问题如下。

(1) 在类中实现接口的方法时,方法的名字、返回类型、参数个数及类型必须与接口中的完全一致。

(2) 接口中的方法默认是 public abstract 方法,所以类在实现接口的方法时必须给出方法体,并且一定要用 public 来修饰,而且接口中的常量默认是 public static 常量。由于接口体中只有常量定义和 public abstract 方法定义,程序在编写接口时,允许省略常量前面的 public、final 和 static 修饰符,也允许省略方法前面的 public 和 abstract 修饰符。

类和接口的关系如下。

(1) 一个类只能单继承一个父类,但可以实现多个接口。

(2) 一个接口可以被多个类实现。

(3) 抽象类可以定义非抽象的方法,但接口不能定义非抽象的方法。

（4）接口的继承实际上是一种聚合关系，将多个接口聚合为一个接口。

（5）一个类实现某个接口后，必须实现该接口的全部方法，包括该接口所有的父接口。被实现的方法的定义，必须与接口中的定义完全一致。

（6）被实现的方法必须显式地给出 public 修饰符。

3）接口的继承

接口也可以通过关键字 extends 继承其他接口。子接口将继承父接口中所有的常量和抽象方法。此时，子接口的实现类不仅要实现子接口的抽象方法，而且需要实现父接口的所有抽象方法。

例如：

```java
interface shape2D{
    double PI=3.14159;
    abstract double area();
}
interface shape3D extends shape2D{
    double volume();
}
class Circle implements shape3D{
    double radius;
    public Circle(double r)    {
        radius=r;
    }
    public double area(){                          //实现 shape2D 接口的方法
        return PI * radius * radius;
    }
    public double volume(){                        //实现 shape3D 接口的方法
        return 4 * PI * radius * radius * radius/3;
    }
}
public class InterfaceExtends{
    public static void main(String args[]){
        Circle cir=new Circle(10);
        System.out.println("Circle area="+cir.area());
        System.out.println("Circle vloume="+cir.volume());
    }
}
```

4）接口的回调

接口回调是多态的一种体现。接口的回调是指，可以把实现某一接口的类创建的对象的引用赋给该接口声明的接口变量中，那么该接口变量就可以调用被类实现的接口中的方法，当接口变量调用被类实现的接口中的方法时，就是通知相应的对象调用接口的方法，这一过程称为对象功能的接口回调。

不同的类在使用同一接口时，可能具有不同的功能体现，即接口的方法体不必相同，因此，接口回调可能产生不同的行为。

例如：

```
interface Show{                                          //接口
    void ShowMessage (String s);
}
class TV implements Show{                                 //类 TV
    public void ShowMessage (String s) {
        System.out.println(s);
    }
}
class PC implements Show{                                 //类 PC
        public void ShowMessage (String s) {
            System.out.println(s);
        }
}
public class InterfaceDemo{
    public static void main(String args[]){
            Show sm;                                      //定义接口变量
            sm=new TV();                                  //接口变量指向 TV 对象
            sm. ShowMessage ("长城牌电视机");                //接口回调
            sm=new PC();                                  //接口变量指向 PC 对象
            sm. ShowMessage ("联想奔月 5008PC");            //接口回调
    }
}
```

6. final 关键字

final 关键字可以修饰类、方法和变量。对于类、方法和变量,final 的含义各不相同。

(1) final 类不能被继承,即不能有子类。

(2) 如果一个方法被修饰为 final 方法,则这个方法不能被重写。

(3) 如果一个成员变量被修饰为 final 的,就是常量,常量必须赋初值,而且不能再发生变化。如果方法的参数被修饰为 final 的,该参数的值不能被改变。

final 关键字不可以用来修饰 abstract 类、接口、构造方法、abstract 方法以及接口的成员方法。

4.4 "匿名类"案例

4.4.1 案例分析

【案例描述】

本案例设计一个应用程序,直接使用匿名类创建对象。

【案例目的】

(1) 学习并掌握面向对象程序设计的一般过程。

(2) 学习并掌握类和对象的定义和使用方法,并在此过程中体会类、对象和封装的概念。

(3) 学会使用匿名类创建对象,并将对象作为参数传递给方法。

【技术要点】

(1) 如果匿名类继承了父类的方法,匿名类对象就调用继承的方法;如果匿名类重写了父类的方法,匿名类对象就调用重写的方法。

（2）如果匿名类是抽象类的一个子类,那么必须实现抽象类的所有抽象方法。

4.4.2　代码实现

```
class Cubic {
    double getCubic(int n){
        return 0;
    }
}
abstract class Sqrt{                                    //抽象类
        public abstract double getSqrt(int x);
}
class A{
    void fun(Cubic cubic){
        double result=cubic.getCubic(3);
        System.out.println(result);                    //输出 27
    }
}
public class FtpDemo{
    public static void main(String args[]){
        A a=new A();
        a.fun(new Cubic(){                    //使用匿名类创建对象,并将该对象传递给方法 fun()
            double getCubic(int n){           //匿名类重写了父类 Cubic 的方法 getCubic()
            return n * n * n;
            }
        }
        );
        Sqrt ss=new Sqrt(){                   //使用匿名类创建对象
            public double getSqrt(int x){     //由于匿名类是抽象类 Sqrt 的一个子类,所以必须实
                                              //现抽象类的方法 getSqrt()
                return Math.sqrt(x);
            }
        };
        double m=ss.getSqrt(5);               //输出 2.23606797749979
        System.out.println(m);
    }
}
```

程序运行结果如图 4-10 所示。

图 4-10　匿名类应用

4.4.3 案例知识点

1. 内部类

内部类是在其他类中定义的类。而包含内部类的类称为外部类。外部类的成员变量在内部类中仍然有效，内部类中的方法也可以调用外部类的方法。

内部类的定义不一定处于外部类的第一行，但是为了便于查找，一般把其置于外部类的开头或者末端。

内部类的类体中不可以声明类变量和类方法。外部类的类体中可以用内部类声明对象，作为外部类的成员。

一个类可以把内部类看做是自己的成员。内部类的外部类的成员变量在内部类中仍然有效，内部类中的方法也可以调用外部类的方法。

例如，下面的程序中在外部类 Test 中嵌套定义了一个内部类 Inner。

```
class Test{
    int dataOuter=1;
    static int dataOuterstatic =2;
    class Inner{                                    //内部类 Inner
        int data;
        static final int datastatic=4;
        public Inner(){
            data=3;
        }
        public void mb_method(){
            System.out.println( "dataOuter=" +dataOuter );
                                        //外部类的实例变量在内部类中有效
            System.out.println( "dataOuterstatic=" +dataOuterstatic );
                                        //外部类的类变量在内部类中有效
            System.out.println( "data=" +data );
            System.out.println( "datastatic=" +datastatic );
            mb_methodOuter();            //内部类调用外部类的实例方法
        }
    }                                   //内部类 Inner 结束
    public void mb_methodOuter(){
        System.out.println( "mb_methodOuter" );
    }
}

public class InnerTest{
    public static void main(String args[ ]){
        Test a=new Test( );
        Test.Inner b=a.new Inner( );    //由外部类对象创建内部类对象
        b.mb_method( );
    }
}
```

程序运行结果如图 4-11 所示。

图 4-11　内部类应用

2. 匿名类

如果创建一个对象，但是又没有必要去命名这个对象的类，可以把类的定义嵌套在 new 运算符的表达式中。由于这些类没有类名，所以称这些类为匿名类。

不可以用匿名类声明对象，但可以直接用匿名类创建一个对象。使用匿名类创建一个对象时，除了构造方法还有类体。

例如，假设 Shape 是类，下面的代码就是用匿名类 Shape 创建对象。

```
new Shape(){类体}
```

使用匿名类时，必须是在某个类中直接用匿名类创建对象，因此匿名类一定是内部类。匿名类可以访问外部类中的成员变量和方法，匿名类的类体中不可以声明 static 成员变量和 static 方法。

匿名类的主要用途就是向方法的参数传值。

如果匿名类继承了父类的方法，匿名类对象就调用继承的方法；如果匿名类重写了父类的方法，匿名类对象就调用重写的方法。如果匿名类是抽象类的一个子类，那么匿名类必须实现抽象类的所有抽象方法。

Java 允许直接用一个接口名和一个类体创建一个匿名类对象，这时的匿名类是实现了该接口的匿名类，所以必须实现接口的所有方法。

例如，下面的代码就是实现了用接口 Cubic 或接口 Sqrt 的匿名类创建对象。

```
interface Cubic {                              //接口 Cubic
    double getCubic(int n);
}
interface Sqrt {                               //接口 Sqrt
    public double getSqrt(int x);
}
class A{
    void fun(Cubic cubic){
        double result=cubic.getCubic(3);
        System.out.println(result);
    }
}
public class Ftp{
    public static void main(String args[]){
        A a=new A();
        a.fun(new Cubic(){
                        //使用实现接口 Cubic 的匿名类创建对象并将对象传递给方法 fun()
            public double getCubic(int n){         //实现接口 Cubic 的方法
                return n * n * n;
            }
        }
```

```
          );
   Sqrt ss=new Sqrt(){                      //使用实现接口 Sqrt 的匿名类创建对象
       public double getSqrt(int x) {       //实现接口 Sqrt 的方法
           return Math.sqrt(x);
           }
       };
   double m=ss.getSqrt(5);
   System.out.println(m);
       }
}
```

习　题　4

一、选择题

1. static 方法(　　)。

　　A. 可以访问实例变量　　　　　　　　　　　B. 可以使用 this 关键字

　　C. 可以访问实例方法　　　　　　　　　　　D. 直接用类名称来调用

2. 当子类方法与父类方法同名且参数类型及个数都相同时,表示子类方法(　　)父类方法。

　　A. 重写或覆盖　　　　　B. 过度使用　　　　　C. 重载　　　　　D. 过度代替

3. 当创建一个子类对象时,首先执行(　　)的构造方法。

　　A. 子类　　　　　　　　B. 父类　　　　　　　C. 扩展的类　　　　D. 派生的类

4. 对于一个接口,下面的说法正确的是(　　)。

　　A. 所有的变量必须是公有的　　　　　　　　B. 所有的变量必须是私有的

　　C. 所有的方法必须是空的　　　　　　　　　D. 所有的方法必须是抽象的

5. 假定子类 Doll 继承了父类 Toy,且两类都有一个 public void play()方法。下面哪一条语句可以从 Doll 类中调用属于 Toy 类的 play()方法? (　　)

　　A. play()　　　　　　　B. this. paly()　　　　C. super. play()　　D. Doll. play()

6. 出现在 Java 程序类定义外面的语句,包含(　　)语句。

　　A. while 语句　　　　　B. System 语句　　　　C. package 语句　　D. 以上都是

7. 对于继承,下面哪个说法是正确的? (　　)

　　A. 子类能继承父类的所有方法及其访问属性

　　B. 子类只能继承父类的 public 方法及其访问属性

　　C. 子类能继承父类的非私有方法及其访问属性

　　D. 子类只能继承父类的方法,而不能继承方法的访问属性

8. 下面哪个函数是 public void example(){…}的重载函数? (　　)

　　A. public String example(){…}

　　B. public int example(){…}

　　C. public void example2(){…}

　　D. public int example (int m, float f){…}

9. 下列对接口的说法，哪个是正确的？（   ）

    A. 接口与抽象类是相同的概念

    B. 一个接口可以继承其他接口中的变量

    C. 接口之间不能有继承关系

    D. 一个类可以实现多个接口

10. 设 student 类的 setid() 方法有一个整型参数，给 id 赋值。若创建了一个名为 scholar 的含有 20 个 student 对象的数组，则下面哪条语句正确地为第一个对象赋了一个 id 号？（   ）

    A. student[0]. setid(1234);   B. scholar[0]. setid(1234);

    C. student. setid[0](1234);   D. scholar. setid[0](1234);

11. 下列类定义中，（   ）是合法的抽象类定义。

    A. class A{abstract void fun1();}

    B. abstract A{ abstract void fun1();}

    C. abstract class A{abstract void fun1();}

    D. abstract class A{abstract void fun1(){…}}

12. 下列方法中，哪种类型的方法可以被声明为抽象方法？（   ）

    A. 构造方法   B. 静态方法

    C. 私有方法   D. 以上都不是

13. 下列哪个类声明是正确的？（   ）

    A. abstract final class HI{}   B. abstract private m ve(){}

    C. protected private number;   D. public abstract class Car{}

二、填空题

1. Object 类是 Java 所有类的_____。

2. 在一个类的内部嵌套定义的类称为_____。

3. new 是_____对象的操作符。

4. 接口是一种含有抽象方法或_____的一种特殊的抽象类。

5. 请在画线处填写适当的内容，使下面的程序能正常运行。

```
interface ShowMessage{
    void showTradeMark();
}
class TV implements ShowMessage{
    public void _____{
        System.out.println("我是电视机");
    }
}
class PC _____ ShowMessage{
    public void _____{
        System.out.println("我是计算机");
    }
}
```

```
public class Ex4_2_5{
    public static void main(String args[]){
        ShowMessage sm;
        sm=new _____;
        sm.showTradeMark();                        //显示"我是电视机"
        sm=new _____;
        sm.showTradeMark();                        //显示"我是计算机"
    }
}
```

三、判断题

1. 构造方法用于创建类的对象,构造方法名应与类名相同,返回类型为 void。　　（　　）

2. 有 abstract 方法的类是抽象类,但抽象类中可以没有 abstract 方法。　　（　　）

3. Java 中类和接口的继承都可以是多重继承。　　（　　）

4. 重载是指方法名称相同,根据参数个数的不同,或参数类型的不同来设计不同的功能。　　（　　）

5. Java 语言中,所有类或接口的父类名称是 Frame。　　（　　）

6. 父类的变量不能访问子类的成员,子类的变量也不能访问父类的成员。　　（　　）

7. 在抽象类中可以定义构造方法。　　（　　）

8. 方法覆盖是指定义多个方法名称相同,但参数个数不同或参数类型不同。　　（　　）

9. 如果类之前省略了 public 修饰符,则此类只能让同一文件中的类访问。　　（　　）

10. Java 程序若创建新的类对象用关键字 new,若回收无用的类对象使用关键字 free。　　（　　）

11. 子类可以继承父类的方法,也可以重写或覆盖父类的方法。　　（　　）

四、简答题

1. 指出下面程序的错误。

```
class A{
    public int getNumber(int a ){
        return a+1;
    }
}
class B extends A{
    public int getNumber(int a,char c){
        return a+2;
    }
    public static void main(String args[]){
        B b=new B();
        System.out.println(getNumber(0));
    }
}
```

2. 阅读如下程序,给出运行结果。

```
class A{
```

```
    protected double x=10,y=12.56;
    public void speak(){
        System.out.println("I love NBA");
    }
    public void cry(){
        y=x+y;
        System.out.println("y="+ (float)y);
    }
}
class B extends A{
        int y=100,z;
        public void speak(){
            z=2 * y;
            System.out.println("I love This Game");
            System.out.println("y="+y+",z="+z);
        }
}
class Ex4_4_2{
    public static void main(String args[]){
        B b=new B();
        b.cry();
        b.speak();
    }
}
```

3. 阅读如下程序,给出运行结果。

```
class SuperClass{
    private long id=0L;
    public SuperClass(long id){
        this.id=id;
        System.out.println("定义 SuperClass 的构造方法");
    }
    public long getId(){
        return id;
    }
    public void setId(long id)    {
        this.id=id;
    }
    public void doSth(){
        System.out.println("调用 SuperClass 的 doSth()方法");
    }
}
public class SubClass extends SuperClass{
    private String name="";
```

```java
    public SubClass(long id,String name){
        super(id);
        this.name=name;
        System.out.println("定义 SubClass 的构造方法");
    }
    public String getName(){
        return name;
    }
    public void setName(String name){
         this.name=name;
    }
    public void doSth(){
        super.doSth();
        System.out.println("调用 SubClass 的 doSth()方法");
    }
    public static void main(String args[]){
        SubClass sc=new SubClass(1000L,"Zidane");
        sc.doSth();
    }

}
```

4. 阅读如下程序,给出运行结果。

```java
class Point{
int x,y;
public Point(int x,int y){
    this.x=x;
    this.y=y;
}
Point move(int hx,int hy){
    Point p=new Point(0,0);
    p.x+=hx;
    p.y+=hy;
    return p;
}
}
public class ReturnClassDemo{
public static void main(String args[]){
    Point p1=new Point(0,0);
    System.out.println("point1:("+p1.x+","+p1.y+")");
    Point p2;
    p2=p1.move(80,100);
    System.out.println("point2:("+p2.x+","+p2.y+")");
}
}
```

5. 阅读如下程序,给出运行结果。

```java
class Outer{
    private static int size=2;                    //定义外部类的成员变量
    public class Inner{                           //声明内部类
        private int size=1;                       //定义内部类的成员变量
        public void doSomething(int size){
            size++;
            this.size++;                          //访问内部类的成员变量
            Outer.size++;                         //访问外部类的成员变量
            System.out.println(size+" "+this.size+" "+Outer.size);
        }
    }
    public void taskInner(){                      //外部类的方法
        Inner k=new Inner();                      //使用内部类对象
        k.doSomething(8);
    }
    public static void main(String args[]){
        Outer i=new Outer();
        i.taskInner();
    }
}
```

五、程序设计题

1. 编写一个类 A,该类创建的对象可以调用方法 f()输出小写英文字母表,然后再编写一个该类的子类 B,要求子类 B 必须继承 A 类的方法 f()(不允许重写),子类创建的对象不仅可以调用方法 f()输出小写英文字母表,而且调用子类新增的方法 g()可以输出大写英文字母表。

2. 编写一个类,该类有一个方法 public int f(int a ,int b),该方法返回 a 和 b 的最大公约数。然后再编写一个该类的子类,要求子类重写方法 f(),而且重写的方法将返回 a 和 b 的最小公倍数。要求在重写的方法的方法体中首先调用被隐藏的方法返回 a 和 b 的最大公约数 m,然后将乘积(a＊b)/m 返回。要求在应用程序的主类中分别使用父类和子类创建对象,并分别调用方法 f()计算两个正整数的最大公约数和最小公倍数。

3. 卡车要装载一批货物,货物有 3 种商品:电视机、计算机和洗衣机。需要计算出大货车和小货车各自所装载的 3 种货物的总重量。

要求:

(1) 有一个 Weight 接口,该接口有一个能够获得重量的方法:public double getWeight();。

(2) 有 3 个实现该接口的类:Television、Computer 和 WashMachine。这 3 个类通过实现接口 Weight 给出自己的重量。

(3) 还有一个类 Car,该类用 Weight 接口类型的数组作为成员,那么该数组就可以存放 Television 对象的引用、Computer 对象的引用或 WashMachine 对象的引用。程序能输出 Car 对象所装载的货物的总重量。

第 5 章　数组和字符串

教学目标与要求:

本章主要介绍数组和字符串的相关知识。通过本章的学习,读者应该掌握以下内容:

- 一维数组及其应用;
- 二维数组及其应用;
- 字符串;
- StringBuffer 类。

教学重点与难点:

数组的应用;字符串的基本运算。

5.1　数组和字符串概述

当处理大量数据时,一般来说,需要使用数组。数组对象是非常特殊的,它不仅记录各个组成元素,而且还具有成员域 length。这种特性增加了使用数组的便利性。

字符串类型 java.lang.String 是经常用到的数据类型。为了方便阅读和理解,常常需要将各种计算机数据转化成为字符串数据。在 Java 语言中,所有类型的数据都可以转化成为字符串数据。

类 String 的实例对象一旦创建就不能改变其所包含的字符序列。如果需要频繁地改变字符序列的组成和长度,应当考虑使用字符串缓冲区类 java.lang.StringBuffer。每个字符串缓冲区实例对象具有缓冲区内存容量及字符序列长度两种指标,它们分别记录内存分配与占用情况。

5.2　“两个有序序列合并”案例

5.2.1　案例分析

【案例描述】

本案例设计一个应用程序,使用数组实现两个有序序列的合并。

【案例目的】

(1) 熟悉定义和初始化一维数组、二维数组的方法以及引用数组元素的方法。

(2) 熟练掌握有序序列合并的方法。

【技术要点】

解决方案:分别扫描两个序列,比较当前位置上的两个数值,根据大小关系选择一个值放入新序列的当前位置上。若一个序列扫描已结束,将扫描未结束的序列剩余的数值复制到新序列中。

5.2.2 代码实现

```java
//文件 Merge.java
public class Merge{
    public static void MergeList(int a[],int n,int b[],int m,int c[]){
                                                    //两个有序序列的合并
        int i,j,k;
        i=j=k=0;                         //初始化 3 个指示器,分别指示 3 个序列的当前位置
        while(i<n &&j<m) {                            //两个有序序列的扫描都没有结束
            if(a[i]<=b[j]){c[k++]=a[i++];}
            else   {c[k++]=b[j++];}
        }
        while(i<n) {                                  //序列 a 的扫描还没结束
            c[k++]=a[i++];
        }
        while(j<m) {                                  //序列 b 的扫描还没结束
            c[k++]=b[j++];
        }
    }

    public static void Print(int a[]){               //输出数组中的数据
    for(int k=0;k<a.length;k++){
        System.out.print(" "+a[k]);
    }
    System.out.println();
    }

    public static void main(String[] args){
        int a[]={3,5,8,11};
        int b[]={2,6,8,9,11,15,20};
        int c[]=new int[a.length+b.length];
        MergeList(a,a.length,b,b.length,c);          //合并方法的调用

        System.out.print("序列 a:");
        Print(a);
        System.out.print("序列 b:");
        Print(b);
        System.out.print("合并序列:");
        Print(c);
    }
}
```

程序运行结果如图 5-1 所示。

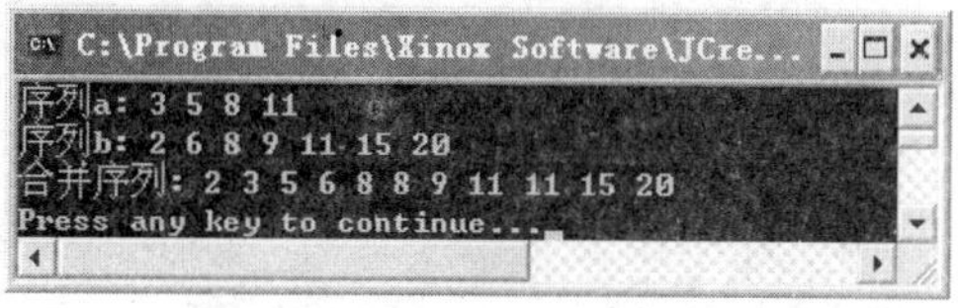

图 5-1　两个有序序列合并

5.2.3　案例知识点

数组是一种引用数据类型。数组对象不仅包含一系列具有相同类型的数据元素,还含有成员域 length,用来表示数组的长度。数组对象所包含的元素个数称为数组的长度。数组的长度在数组对象创建之后就固定了,不能再发生改变。数组元素的类型可以是任何数据类型。当数组元素的类型仍然是数组类型时,就构成了多维数组。

通过数组名加数组下标来使用数组中的数据。数组元素的下标是从 0 开始的,即第 1 个元素的下标是0。

1.　一维数组

数组类型的变量,称为数组变量,其存储单元内存放的是数组对象的引用。

1) 一维数组的声明

单个一维数组变量的声明有下列两种格式:

```
数组元素类型 数组名[];
数组元素类型[] 数组名;
```

其中,数组元素的数据类型可以是任何一种 Java 数据类型,数组名由合法的标识符构成。上面两种格式是等价的,只是第一种格式较为常用。例如,一维数组 Fibonacci 的声明如下:

```
int Fibonacci[];
```

也可以在一条语句中声明多个数组变量。

2) 一维数组对象的创建

声明数组仅仅是给出了数组名字和数组元素的数据类型,要想真正地使用数组还必须为它分配内存空间,即创建数组。

一维数组对象有两种创建形式。第一种是通过 new 操作符,其格式如下:

```
new 数组元素类型[数组元素的个数]
```

例如,下面的语句创建了具有 32 个整数元素的数组对象,并赋值给数组变量 Fibonacci。

```
Fibonacci=new int[32];
```

数组变量的声明和数组对象的创建这两个操作可以写成一条语句,例如:

```
int Fibonacci[]=new int[32];
```

创建一维数组对象的第二种形式是通过数组初始化语句:

```
数组元素类型   []数组名={数组元素 1, 数组元素 2,…,数组元素 n};
数组元素类型   数组名[]={数组元素 1, 数组元素 2,…,数组元素 n};
```

例如,语句

```
int Fibonacci[]={1,1,2,3,5,8};
```

创建了具有 6 个整数元素的数组对象,并将其引用值赋值给变量 Fibonacci。执行结果的内存示意图如图 5-2 所示。

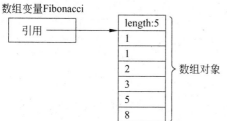

数组变量 Fibonacci

图 5-2　数组变量及其对象的存储单元示意图

3)一维数组元素的访问

数组元素在使用功能上有点类似于变量,即可以获取数组元素的值或给数组元素赋值。访问数组元素的方式如下:

数组变量名[数组元素下标]

其中,数组变量名是数组变量的名字;数组元素下标是非负整数,而且应当小于该数组的长度。这里要求该数组变量指向某个数组对象。例如,该数组变量的值不能是 null;否则,会引起程序出现异常。这里需要注意的是,数组元素的下标是从 0 开始的,即第 1 个元素的下标是 0。

例如,语句

```
int Fibonacci[]={1,1,2,3,5,8};
```

上面语句正确执行后,Fibonacci[0] 的值为 1,Fibonacci[1] 的值为 1,Fibonacci[2] 的值为 2,Fibonacci[3] 的值为 3,Fibonacci[4] 的值为 5,Fibonacci[5] 的值为 8。

当数组元素的数据类型是引用数据类型时,"数组变量名[数组元素下标]"的值是引用。在没有给它赋值前,其默认值为 null。因此,还需要通过 new 运算符及赋值语句给它们分别赋值。例如:

```
String S[]=new String [3];
S[0]=new String("abc");
S[1]=new String("def");
S[2]=new String("gh");
```

Java 中,每个一维数组都有一个属性 length 指明它的长度。例如:

```
public class ArrayDemo{
    public static void main(String args[]){
        int a[]={100,2000,30000};
        int b[]={10,11,12,13,14,15,16};
        b=a;
        b[0]=123456;
        System.out.println("数组 a:"+a[0]+","+a[1]+","+a[2]);
        System.out.println("数组 b:"+b[0]+","+b[1]+","+b[2]);
        System.out.println("数组 b 的长度:"+b.length);
    }
}
```

程序运行结果如图 5-3 所示。

2. 二维数组

1)二维数组的声明

二维数组变量的声明有下列两种格式:

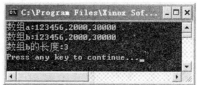

图 5-3　数组应用

```
数组元素类型 变量名[][];
数组元素类型[][] 变量名;
```

例如：

```
int[][] TriangleYH;
```

2）二维数组对象的创建

二维数组对象也有两种创建形式。第一种是通过 new 操作符，其格式如下：

```
数组名=new 数组元素类型[行数][列数];
```

例如：

```
TriangleYH=new int[10][10];
```

Java 要求在编译时（即在源代码中）二维数组至少有一维的尺度已确定，其余维的尺度可以在以后分配。声明数组和创建数组可以一起完成，例如：

```
int TriangleYH=new int[10][10];
```

创建二维数组对象的第二种形式是通过数组初始化语句。例如：

```
int [][]TriangleYH={{1,0},{1,1}};
```

执行的结果是创建了一个二维数组对象，而且每个元素的值分别是：

```
TriangleYH[0][0]=1;
TriangleYH[0][1]=0;
TriangleYH[1][0]=1;
TriangleYH[1][1]=1;
```

3）二维数组元素的访问

二维数组元素的使用方式为：

```
数组名[下标1][下标2]
```

5.3 "字符串基本运算"案例

5.3.1 案例分析

【案例描述】

本案例使用字符串的常用方法实现其基本运算，并将结果输出。程序运行结果如图 5-4 所示。

【案例目的】

熟悉并掌握字符串类的常用方法。

【技术要点】

案例分别使用 String 类的几种构造方法构造字符串，再使用字符串的常用方法：比较字符串、字符串前后缀判断、查找字符串、提取字符串、字符串大小写转换等，对字符串进行操作。

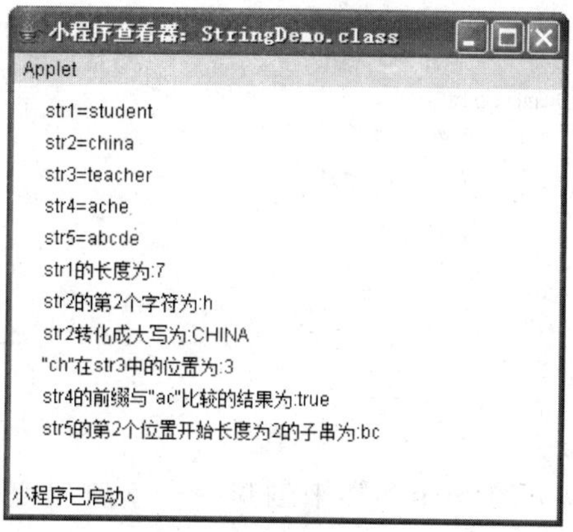

图 5-4　字符串基本运算

5.3.2　代码实现

```java
//文件 StringDemo.java
import java.awt.*;
import java.applet.*;
public class StringDemo extends Applet{
  String str1="student";
  String str2=new String("china");
  char a[]={'t','e','a','c','h','e','r'};
  String str3=new String(a);
  String str4=new String(a,2,4);
  byte b[]={97,98,99,100,101};
  String str5=new String(b,0);
  public void init() {
  }
  public void paint(Graphics g) {
      g.drawString("str1="+str1,20,20);
      g.drawString("str2="+str2,20,40);
      g.drawString("str3="+str3,20,60);
      g.drawString("str4="+str4,20,80);
      g.drawString("str5="+str5,20,100);
      g.drawString("str1的长度为:"+str1.length(), 20, 120 );
      g.drawString("str2的第 2 个字符为:"+str2.charAt(1), 20, 140 );
      g.drawString("str2转化成大写为:"+str2.toUpperCase(), 20, 160 );
      g.drawString("\"ch\"在 str3 中的位置为:"+str3.indexOf("ch"), 20, 180);
      g.drawString("str4的前缀与\"ac\"比较的结果为:"+str4.startsWith("ac"), 20, 200);
      g.drawString("str5的第 2 个位置开始长度为 2 的子串为:"+str5.substring(1,3),20,220);
  }
}
```

//文件 StringDemo.html

```
<html>
<applet
    code   ="StringDemo.class"
    width  ="400"
    height ="400" >
</applet>
</html>
```

5.3.3 案例知识点

1. 字符串

Java 使用 java.lang 包中的 String 类来创建一个字符串变量,因此字符串变量是一个对象。

1) 字符串常量

字符串常量,是使用双引号括起来的字符序列。例如: "Let's learn Java!"。

2) 创建字符串

使用 String 类的构造方法,例如:

```
String s1=new String("we are students");
```

也可以使用一个已创建的字符串来创建另一个字符串,如:

```
String s2=new String(s1);
```

还可以使用一个字符数组来创建一个字符串,如:

```
char data[]={'a','b','c'};
String str=new String(data);
```

如表 5-1 所示列出了 String 类的构造方法。

表 5-1 String 类构造方法

构 造 方 法	主 要 功 能
String()	创建一个空字符串对象
String(byte b[])	用一个字节数组 b 创建一个字符串对象
String(byte b[],int startIndex, int length)	提取字节数组 b 中的一部分字符创建一个字符串对象,startIndex 指定在 b 中提取字符的开始位置,length 指定提取的字符个数
String(char c[])	用一个字符数组来创建一个字符串对象
String(char c[],int startIndex, int length)	提取字符数组 c 中的一部分字符创建一个字符串对象,startIndex 指定在 c 中提取字符的开始位置,length 指定提取的字符个数
String(String original)	用一个已知字符串创建另一个字符串

由于字符串常量是对象,因此可以把字符串常量的应用赋值给一个字符串变量,例如:

```
String s1, s2;
s1="how old are you";
s2="how old are you";
```

这样,s1、s2 就具有相同的引用,因而具有相同的实体。

2. 字符串的常用方法

String 类提供了相当多的方法来处理字符串,如字符串的比较、字符串的替换等。

1) public int length()

字符串对象调用 length()方法,可以获取该字符串的长度。如:

```
String s1="He is a boy", s2="他是男孩";
int n1,n2;
n1=s1.length();
n2=s2.length();
```

其中,n1 的值为 11,n2 的值为 4。

2) public boolean equals(String s) 和 public boolean equalsIgnoreCase(String s)

字符串对象调用 equals(String s)方法,比较当前字符串对象的实体是否与参数指定的字符串 s 的实体相同。如:

```
String s1=new String ("he is a boy");
String s2=new String ("He is a boy");
String s3=new String ("he is a boy");
```

s1. equals(s2)的值是 false,s1. equals(s3)的值是 true。

字符串对象调用 equalsIgnoreCase(String s)方法,比较当前字符串对象与参数指定的字符串 s 是否相同,比较时忽略大小写。例如,s1. equalsIgnoreCase(s2)的值是 true,而不是 false。

3) public boolean endsWith(String s)和 public boolean startsWith(String s)

字符串对象调用 startsWith(String s)方法,判断当前字符串对象的前缀是否是参数指定的字符串 s;字符串对象调用 endsWith(String s) 方法,判断当前字符串的后缀是否是字符串 s。

例如,每一个地区的电话号码都是以一些特定数字串开始,如果想要区分不同地区的电话号码,则可用如下的语句:

```
String phone=User.getPhone();        //假设 User 为用户对象
if (phone. startsWidth("0536") ){     //0536 为山东省潍坊市的区号
    …                                //执行相关的操作
}
```

4) public boolean regionMatches(int firstStart,String other,int otherStart,int length)

字符串调用 regionMatches(int firstStart,String other,int ortherStart,int length)方法,从当前字符串中由参数 firstStart 指定的位置开始处,取长度为 length 的一个子串,并将这个子串和参数 other 指定的一个子串进行比较,其中,other 指定的子串是从参数 otherStart 指定的位置开始,从 other 中取长度为 length 的一个子串。如果两个子串相同,该方法就返回 true,否则返回 false。

例如,下面的程序用来计算字符串"student;entropy;engage,english,client"中子串"en"出现的次数。

```
class regionMatDemo {
    public static void main(String args[]){
        int number=0;
        String s="student,entropy,engage,english,client";
        for(int k=0;k<s.length();k++){
            if(s.regionMatches(k,"en",0,2)) {
                number++;
            }
        }
        System.out.println("number="+number);
    }
}
```

使用该方法的重载方法：

```
public boolean regionMatches (boolean b, int firstStart, String other, int
otherStart,int length)
```

可以通过参数 b 决定是否忽略大小写，当 b 取 true 时，忽略大小写。

5) public int compareTo(String s)和 public int compareToIgnoreCase(String s)

字符串对象可以使用 compareTo(String s)方法，按字典序与参数 s 指定的字符串比较
大小。如果当前字符串与 s 相同，该方法返回 0；如果当前字符串对象大于 s，该方法返回正
值；如果小于 s，该方法返回负值。

按字典序比较两个字符串还可以使用 compareToIgnoreCase(String s)方法，该方法忽
略大小写。

例如，下面的程序使用选择法将若干字符串按字典序重新排列。

```
class StringSort {
    public static void main(String args[]){
        String a[]={"door","apple","Applet","girl","boy"};
        for(int i=0;i<a.length-1;i++) {
            for(int j=i+1;j<a.length;j++) {
              if(a[j].compareTo(a[i])<0) {   //若字符串 a[j]小于 a[i]的话，交换两个字符串
                    String temp=a[i];
                    a[i]=a[j];
                    a[j]=temp;
                }
            }
        }
        for(int i=0;i<a.length;i++) {
            System.out.print(a[i]+" ");
        }
        System.out.println("");
    }
}
```

6) public int indexOf(String s)、public int indexOf(String s，int startpoint)和 public int lastIndexOf(String s)

字符串调用方法 indexOf(String s)从当前字符串的开头开始检索字符串 s，并返回首次出现 s 的位置。如果没有检索到字符串 s，该方法返回的值是－1。

字符串调用 indexOf(String s,int startpoint)方法从当前字符串的 startpoint 位置处开始检索字符串 s，并返回首次出现 s 的位置。如果没有检索到字符串 s，该方法返回的值是－1。

字符串调用 lastIndexOf(String s)方法从当前字符串的开头开始检索字符串 s，并返回最后出现 s 的位置。如果没有检索到字符串 s，该方法返回的值是－1。

7) public String substring(int startpoint)和 public String substring(int start,int end)

字符串对象调用 substring(int startpoint)方法获得一个当前字符串的子串，该子串是从当前字符串的 startpoint 处截取到字符串的末尾所得到的字符串。

字符串对象调用 substring(int start,int end)方法获得一个当前字符串的子串，该子串是从当前字符串的 start 处截取到 end 处所得到的字符串，但不包括 end 处所对应的字符。

例如，下面的程序用来计算字符串"student；entropy；engage，english，client"中子串"en"出现的次数。

```
class substringDemo {
    public static void main(String args[]){
        int number=0;
        String s="student,entropy,engage,english,client";
        for(int k=0;k<s.length()-1;k++){
            String sub=s. substring(k ,k+2);          //截取长度为 2 的子串
            if(sub.equals("en")) {                     //判断截取的子串是否与"en"相同
                number++;
            }
        }
        System.out.println("number="+number);
    }
}
```

8) public String replaceAll（String oldString，String newString）和 public String replaceFirst(String oldString,String newString)

字符串对象 s 调用 replaceAll(String oldString,String newString)方法可以获得一个串对象，这个串对象是通过用参数 newString 指定的字符串替换 s 中由 oldString 指定的所有字符串而得到的字符串。

字符串对象 s 调用 replaceFirst(String oldString,String newString)方法可以获得一个串对象，这个串对象是通过用参数 newString 指定的字符串替换 s 中由 oldString 指定的第一个字符串而得到的字符串。

9) public String trim()

一个字符串 s 通过调用方法 trim()得到一个字符串对象，该字符串对象是 s 去掉前后空格后的字符串。

10）char charAt(int index)

得到参数 index 指定位置上的单个字符。当前对象实体中的字符串序列的第一个位置为 0，第二个位置为 1，以此类推。index 的值必须是非负的，并且小于对象实体中字符串序列的长度。例如：

```java
import javax.swing.JOptionPane;
public class CheckPalindrome{
    public static void main(String[] args) {
        String s=JOptionPane.showInputDialog("Enter a string:");
                                            //提示用户输入字符串
        String output="";                   //声明初始化输出字符串
        if (isPalindrome(s))
            output=s +" is a palindrome";
        else
            output=s +" is not a palindrome";
        JOptionPane.showMessageDialog(null, output);    //显示结果
    }
    public static boolean isPalindrome(String s) {
                        //判断字符串 s 是否是回文,是回文返回 true;否则返回 false
        int low=0;                          //字符串中第一个字符的下标
        int high=s.length()-1;              //字符串中最后一个字符的下标
        while (low <high) {
            if (s.charAt(low) !=s.charAt(high))
                        //使用 charAt 方法判断 low 与 high 位置上的对应字符是否相同
                return false;               //不是回文串
            low++;
            high--;
        }
        return true;                        //是回文串
    }
}
```

程序运行结果如图 5-5 所示。

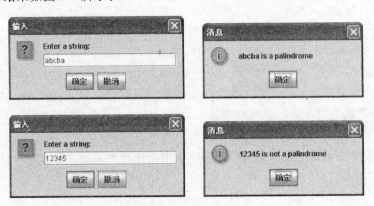

图 5-5　回文串

3. 字符串与基本数据的相互转化

1）基本类型的类包装

Java 的基本数据类型包括 byte、int、short、long、float、double、char。Java 同时也提供了基本数据类型相关的类，实现了对基本数据类型的封装。这些类在 java.lang 包中，分别是 Byte、Integer、Short、Long、Float、Double 和 Character 类。

（1）Double 和 Float 类。

Double 类和 Float 类，实现了对 double 和 float 基本型数据的类包装。

可以使用 Double 类的构造方法：

```
Double (double num)
```

创建一个 Double 类型的对象；

使用 Float 类的构造方法：

```
Float (float num)
```

创建一个 Float 类型的对象。

Double 对象调用 doubleValue()方法可以返回该对象含有的 double 型数据；Float 对象调用 floatValue()方法可以返回该对象含有的 float 型数据。

（2）Byte、Integer、Short、Long 类。

下述构造方法分别可以创建 Byte、Integer、Short 和 Long 类型的对象：

```
Byte (byte num)
Integer (int num)
Short (short num)
Long (long num)
```

Byte、Integer、Short 和 Long 对象分别调用 byteValue()、intValue()、shortValue()和 longValue()方法可以返回该对象含有的基本型数据。

（3）Character 类。

Character 类，实现了对 char 基本型数据的类包装。

可以使用 Character 类的构造方法：

```
Character (char c)
```

创建一个 Character 类型的对象。

Character 对象调用 charValue()方法可以返回该对象含有的 char 型数据。

2）字符串转化为基本类型的数据

使用 java.lang 包中的 Byte、Short、Integer、Long、Float、Double 类中相应的类方法：

```
public static byte parseByte(String s) throws NumberFormatException
public static short parseShort(String s) throws NumberFormatException
public static int parseInt(String s) throws NumberFormatException
public static long parseLong(String s) throws NumberFormatException
public static float parseFloat(String s) throws NumberFormatException
public static double parseDouble(String s) throws NumberFormatException
```

可以将"数字"格式的字符串转化为相应的基本数据类型。

3）基本类型的数据转化为字符串

使用 String 类的下列类方法：

```
public static String valueOf(long n)
public static String valueOf( int n)
public static String valueOf(byte n)
public static String valueOf( double n)
public static String valueOf( float n)
```

将基本类型的数值转化为相应的字符串。

4）字符串与字符、字节数组

public void getChars(int start,int end,char c[],int offset)字符串调用 getChars 方法将当前字符串中的一部分字符复制到参数 c 指定的数组中。将字符串中从位置 start 到 end-1 位置上的字符复制到数组 c 中，并从数组 c 的 offset 处开始存放这些字符。需要注意的是，必须保证数组 c 能容纳下要被复制的字符。

public char[] toCharArray()字符串对象调用该方法可以初始化一个字符数组，该数组的长度与字符串的长度相等，并将字符串对象的全部字符复制到该数组中。

public byte[] getBytes()使用平台默认的字符编码，将当前字符串转化为一个字节数组。

4. StringBuffer 类

String 类创建的字符串对象是不可修改的，也就是说，String 字符串不能修改、删除或替换字符串中的某个字符，即 String 对象一旦创建，那么实体是不可以再发生变化的。

StringBuffer 类能创建可修改的字符串序列，也就是说，该类的对象的实体的内存空间可以自动地改变大小，便于存放一个可变的字符序列。

1）StringBuffer 类的构造方法

（1）StringBuffer()。

使用无参数的构造方法创建一个 StringBuffer 对象，系统分配给该对象的实体的初始容量可以容纳 16 个字符。当该对象的实体存放的字符序列的长度大于 16 时，实体容量自动增加，以便存放所增加的字符。StringBuffer 对象可以通过 length()方法获得实体中存放的字符序列的长度，通过 capacity()方法获取当前实体的实际容量。

（2）StringBuffer(int size)。

使用该构造方法创建一个 StringBuffer 对象，指定实体的初始容量为参数 size 指定的字符个数。当该对象的实体存放的字符序列的长度大于 size 时，实体容量自动增加，以便存放所增加的字符。

（3）StringBuffer(String s)。

使用该构造方法创建一个 StringBuffer 对象，指定实体的初始容量为参数字符串 s 的长度额外再加 16 个字符。当该对象的实体存放的字符序列的长度大于 s. length()+16

时,实体容量自动增加,以便存放所增加的字符。

2) StringBuffer 类的常用方法

如表 5-2 所示列出了 StringBuffer 类常用的一些方法。

表 5-2　StringBuffer 类常用的方法

方　　法	主　要　功　能
StringBuffer append(String str)	用来在已有字符串末尾添加一个字符串 str
StringBuffer append(char ch)	用来在已有字符串末尾添加一个字符 ch
char CharAt(int index)	得到下标为 index 的字符
void setCharAt(int index, char ch)	用参数 ch 指定的字符替换字符串中下标为 index 的字符
StringBuffer deleteCharAt(int index)	删除下标为 index 的字符
StringBuffer delete(int start,int end)	删除从下标 start 到 end−1 的字符子序列
StringBuffer insert(int offset,String str)	用来在字符串的 offset 位置处插入字符串 str
StringBuffer replace(int start,int end, String str)	以字符串 str 取代串中从下标 start 到 end−1 的字符子序列
StringBuffer reverse()	将字符串反向排列
String toString()	将 StringBuffer 字符串转换成为 String 字符串

例如:

```java
class StringBufferDemo{
    public static void main(String args[ ]){
        StringBuffer str=new StringBuffer("62791720");
        str.insert(0,"010-");              //在 str 字符串的开始处插入字符串"010-"
        str.setCharAt(7 ,'8');
        str.setCharAt(str.length()-1,'7');
        System.out.println(str);
        str.append("-446");               //在 str 字符串的结尾处追加字符串"-446"
        System.out.println(str);
        str.reverse();                    //字符串逆转
        System.out.println(str);
    }
}
```

程序运行结果如图 5-6 所示。

图 5-6　StringBuffer 类应用

习 题 5

一、选择题

1. int m[]={0,1,2,3,4,5,6},下面的结果与数组元素个数相同的是(　　)。

    A. m.length　　　　B. m.length()　　　　C. m.length+1　　　　D. m.length()+1

2. 设有如下定义：

```
int index=1;
String test[]=new String[3];
String foo=test[index];
```

    则 foo 的值是(　　)。

    A. " "　　　　　　B. null　　　　　　C. throw Exception　　D. 不能编译

3. 如果声明如下两个字符串：

```
String word1=new String("happy");
String word2=new String("happy");
```

    则 word1.equal(word2)的值为(　　)。

    A. 1　　　　　　　B. 0　　　　　　　C. true　　　　　　D. false

4. 若 int A[][]={{51,28,32,12,34},{72,64,19,31}};则值为 19 的元素是(　　)。

    A. a[1][3]　　　　B. A[2][3]　　　　C. A[0][2]　　　　D. A[1][2]

5. 语句"int m[]=new int[34];"为(　　)个整数分配了内存空间。

    A. 0　　　　　　　B. 33　　　　　　　C. 34　　　　　　　D. 35

6. 当传递数组名给方法时,方法接收(　　)。

    A. 数组的备份　　　　　　　　　　　B. 数组中第一个元素

    C. 数组的首地址　　　　　　　　　　D. 无

7. 下列关于 Java 语言的数组描述中,错误的是(　　)。

    A. 数组的长度通常用 length 表示　　B. 数组下标从 0 开始

    C. 数组元素是按顺序存放在内存的　　D. 数组在赋初值或赋值时都不需要判界

8. 下列关于数组的定义格式,正确的是(　　)。

    A. int a[];a=new int;　　　　　　　B. char b[];b=new char[80];

    C. int c[]=new char[10];　　　　　　D. int []d[3]=new int[2][];

二、填空题

根据注释将下面的程序进行填空。

```
class StringExample
{   public static void main(String args[])
    {   String s1=new String("you are a student"),
            s2=new String("how are you");
        if(_____)                          //使用 equals 方法判断 s1 与 s2 是否相同
        {
            System.out.println("s1 与 s2 相同");
```

```java
    }
    else
    {
        System.out.println("s1 与 s2 不相同");
    }
    String s3=new String("22030219851022024");
    if(_____)                      //判断 s3 的前缀是否是"220302"
    {
        System.out.println("吉林省的身份证");
    }
    String s4=new String("你"),
        s5=new String("我");
    if(_____)                      //按字典序 s4 大于 s5 的表达式
    {
        System.out.println("按字典序 s4 大于 s5");
    }
    else
    {
        System.out.println("按字典序 s4 小于 s5");
    }
    int position=0;
    String path="c:\\java\\jsp\\A.java";
    position=_____                 //获取 path 中最后出现目录分隔符号的位置
    System.out.println("c:\\java\\jsp\\A.java 中最后出现\\的位置:"+position);
    String fileName=_____          //获取 path 中"A.java"子字符串
    System.out.println("c:\\java\\jsp\\A.java 中含有的文件名:"+fileName);
    String s6=new String("100"),
        s7=new String("123.678");
    int n1=_____                   //将 s6 转化成 int 型数据
    double n2=_____                //将 s7 转化成 double 型数据
    double m=n1+n2;
    System.out.println(m);
    String s8=_____       //String 调用 valueOf(int n)方法将 m 转化为字符串对象
    position=s8.indexOf(".");
    String temp=s8.substring(position+1);
    System.out.println("数字"+m+"有"+temp.length()+"位小数");
    String s9=new String("ABCDEF");
    char a[]=_____                 //将 s8 存放到数组 a 中
    for(int i=a.length-1;i>=0;i--)
    {
        System.out.print(" "+a[i]);
    }
    System.out.println();
    }
}
```

三、判断题

1. 创建数组时,系统自动将数组元素个数存放在 length 变量中,可供用户对数组操作时使用。 （　　）

2. 字符串可分为字符串常量和字符串变量,它们都是对象。 （　　）

3. 声明数组时不分配内存大小,创建数组时分配内存大小。 （　　）

四、简答题

1. 使用 java.lang 包中的 System 类的静态方法 arraycopy 可以实现数组的快速复制。写出如下程序的输出结果。

```java
public class Ex5_4_1{
    public static void main(String[] args)
    {
        char c1[ ]={ 'a','b','c', 'd','e','f'};
        char c2[ ]={ '1','2','3', '4','5','6'};
        System. arraycopy(c1,0,c2,1,c1.length-1);
        System.out.println(new String(c1));
        System.out.println(new String(c2));

        byte b1[ ]={10,11,12,13,14,15};
        byte b2[ ]={65,66,67,68,6970};
        System. arraycopy(b2,0,b1,3,b2.length-3);
        System.out.println(new String(b1));
        System.out.println(new String(b2));
    }
}
```

2. 阅读如下程序,给出运行结果。

```java
public class Ex5_4_2{
    public static void main(String args[]){
        String s1,s2;
        s1=new String("we are students");
        s2=new String("we are students");
        System.out.println(s1.equals(s2));
        System.out.println(s1==s2);
        String s3,s4;
        s3="how are you";
        s4="how are you";
        System.out.println(s3.equals(s4));
        System.out.println(s3==s4);
    }
}
```

3. 使用 java.util 包中的 Array 类的静态方法 public static void sort(int a[]),可以把参数 a 指定的 int 型数组按升序排序;使用 java.util 包中的 Array 类的静态方法 public

static void sort(double a[],int start,int end)可以把参数 a 指定的 double 型数组中位置为 start～end－1 位置的数按升序排序。写出如下程序的输出结果。

```java
import java.util.*;
public class Ex5_4_3{
  public static void main(String[] args)
    {
        int a[]={49,38,65,97,76,13,27};
        double b[]={12.89,90.87,34,678.987,-98.78,0.89,20};
        Arrays.sort(a);
        Arrays.sort(b,0,b.length);

        for(int i=0;i<a.length;i++){
            System.out.print(a[i]+"\t");
        }
        System.out.println("");
        for(int i=0;i<b.length;i++){
            System.out.print(b[i]+"\t");
        }
        System.out.println("");
    }
}
```

4. 阅读如下程序,给出运行结果。

```java
public class Ex5_4_4{
    public static void main(String args[]){
        int a[]=new int[1];
        modify(a);
        System.out.println(a[0]);
    }
    public static void modify(int a[]){
        a[0]++;
    }
}
```

5. 阅读如下程序,给出运行结果。

```java
class Ex5_4_5{
    public static void main(String args[]){
        char a[]={'A', 'B', 'C', 'D', 'E' };
        for(int i=0;i<=a.length/2;i++){
            char c=a[i];
            a[i]=a[a.length-1-i];
            a[a.length-1-i]=c;
        }
        for(int i=0;i<a.length;i++){
```

```
            System.out.print(a[i]);
        }
    }
}
```

五、程序设计题

1. 编写一个程序,使用选择法对一维数组中的 N 个整数进行从小到大的排序。

2. 编写一个程序,分别通过一维数组实现 Fibonacci 数列前 32 项的求值,通过二维数组实现杨辉三角形前 10 行的求值。

第6章 异常处理程序设计

教学目标与要求：

本章主要讲解 Java 语言中异常的基本概念及其处理等内容。通过对本章的学习，读者应该掌握以下内容：

- Java 异常；
- 异常类；
- 异常的抛出；
- 异常的处理；
- 用户自定义异常。

教学重点与难点：

异常处理的两种方式，即捕获异常和转移异常。

6.1 异常概述

异常处理方法是一种非常有用的辅助性程序设计方法。采用这种方法可以使得在程序设计时将程序的正常流程与错误处理分开，有利于代码的编写与维护。而且异常处理方法具有统一的模式，从而进一步简化了程序设计。

异常是正常程序流程所不能处理或没有处理的异常情况或异常事件。异常又称为例外。

异常可以由 JVM 在执行程序时自动发现并产生，也可以在程序中显式生成。这种显式生成异常的方法称为抛出异常。抛出异常可以利用 throw 语句。

异常处理的方式有两种：捕获异常方式与转移异常方式。捕获异常方式是通过 try-catch-finally 语句处理异常；如果在当前方法中不想立即处理可能产生的异常，则可以将该异常转移到该方法的调用者来处理，即在方法声明时增加 throws 关键字及异常类型列表。

6.2 "两数相除"案例

6.2.1 案例分析

【案例描述】

本案例设计一个应用程序，从键盘输入两个实数，计算两数相除的结果并输出。

【案例目的】

（1）熟悉异常的基本概念、异常类及其方法。

（2）熟练掌握捕获异常、转移异常以及抛出异常的方法。

【技术要点】

程序在 try-catch 语句中调用可能发生异常的方法，由 catch 部分捕获并处理相应的异常。若某一个异常在 catch 部分没有被捕获和处理，必须通过 throws 关键字将这个异常转移给该方法的调用者来处理。

6.2.2 代码实现

```java
//文件 ThrowsDemo.java
import java.io.*;
public class ThrowsDemo{
static double c;

public static double division(double x, double y)throws ArithmeticException{
                                //将异常抛给方法的调用者来处理

    if(y==0)
        throw new ArithmeticException("除数不能为 0,否则结果是无限大 ");
                                //抛出异常

    else{
        double result;
        result=x/y;
        return result;
    }
}

public static void main(String []args)throws IOException{
                                //将 IOException 转移给方法的调用者来处理
    BufferedReader readin=new BufferedReader(new InputStreamReader(System.in));
    try{
        System.out.println("请任意输入一个被除数(数字): ");
        String input1=readin.readLine();          //会产生 IOException
        float a=Float.parseFloat(input1);         //会产生 NumberFormatException
        System.out.println("请任意输入一个非零的除数: ");
        String input2=readin.readLine();          //会产生 IOException
        float b=Float.parseFloat(input2);         //会产生 NumberFormatException
        c=division(a,b);                          //会产生 ArithmeticException
        System.out.println("两数相除的结果是 : "+'\n'+c);
                                //没有任何异常发生时执行该语句

    }catch(NumberFormatException nfe){            //处理 NumberFormatException
        System.out.println("所输入的数值是 : ");
        System.out.println(nfe.getMessage());
        System.out.println("程序无法处理,中断退出!");
    }catch(ArithmeticException ae){               //处理 ArithmeticException
        System.out.println(ae.getMessage());
    }
  }
}
```

程序运行结果如图 6-1 所示。

(a) NumberFormatException异常信息

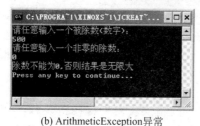

(b) ArithmeticException异常

(c) 无异常时的输出

图 6-1　除法运算

程序分析：main()方法中 try-catch 部分调用的方法会产生 3 种异常：IOException、NumberFormatException 和 ArithmeticException。在 main() 中捕获并处理的异常有 NumberFormatException 和 ArithmeticException,而异常 IOException 通过 throws 关键字转移给了 main()方法的调用者来处理。

6.2.3　案例知识点

1. 异常的概念

运行时发生的错误称为异常。处理这些异常就称为异常处理。

程序运行出现异常时,Java 运行环境就用异常类 Exception 的相应子类创建一个异常对象,并等待处理。例如,读取一个不存在的文件时,运行环境就用异常类 IOException 创建一个对象。

异常对象可以调用如下方法得到或输出有关异常的信息。

（1）public String getMessage()。

（2）public void printStackTrace()。

printStackTrace()是类 java. lang. Throwable 的成员方法,该方法通过标准错误输出流(System. err)在窗口中输出异常的类型以及异常发生的方法调用堆栈跟踪信息。

（3）public String toString()。

toString()是类 java. lang. Exception 的成员方法,该方法可以获得异常对象的字符串表示。

2. 异常类

在 Java 语言中,异常是以类的形式进行封装的。程序可以处理的异常对应的类是 java. lang. Exception 及其子类,错误异常对应的类是 java. lang. Error 及其子类,运行时异常对应的类是 java. lang. RuntimeException 及其子类,其中,类 java. lang. RuntimeException 是类 java. lang. Exception 的子类。在类 java. lang. Exception 的子类中,除了类 java. lang. RuntimeException 及其子类之外,都是受检异常所对应的类。这些类都是类 java. lang. Throwable 的子类。它们

之间的层次关系图如图 6-2 所示。

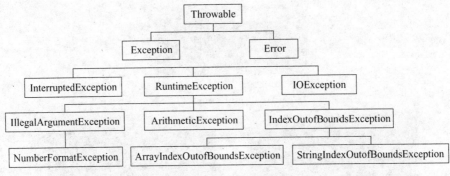

图 6-2　异常相关类的继承关系图

Error 类的子类通常用于表示一些非常严重的错误。发生这些错误后,是没有任何补救方法的,只能终止程序运行。例如 Error 类的 ClassFormatError 子类。当 Java 运行系统从一个文件中调入类时,发现该文件所包含的类是不可运行的乱码,就会产生一个 ClassFormatError。在这种情况下,程序是没有办法继续运行下去的,只能终止程序的运行。

而 Exception 类的子类用于描述可捕获的异常。这些异常经捕获处理后,程序还可继续运行下去。可捕获异常从编程的角度可分为强制捕获异常和非强制捕获异常。InterruptedException 类及其子类、IOException 类及其子类表示的异常是强制捕获异常。它们必须在程序中以显式方式捕获,否则程序不能通过编译。而 RuntimeException 就是非强制捕获异常,即使没有编写异常处理的程序代码,依然可以成功编译。

Exception 类有以下两个构造方法。

(1) public Exception()。用于构造一个不指明详细信息的异常。

(2) public Exception(String s)。用于构造一个由字符串参数 s 指明其详细信息的异常。

3. 异常处理机制

异常处理机制执行过程如下。

出现异常事件时,Java 系统自动产生一个异常对象,然后将这个对象传递给 Java 运行时系统,这个异常产生和提交的过程称为抛出异常(throw);当 Java 运行时系统得到异常对象以后,它将会寻找处理这一异常的代码,找到能处理这一异常的方法以后,运行时系统把当前异常对象交给这个方法进行处理,这一过程称为捕获(catch)。

4. 捕获和处理异常

一般来说,Java 程序在运行过程中如果发生了异常,不进行捕获的话,程序就会终止运行。要捕获一个或多个异常,一般都采用 try-catch 语句来实现。

Java 使用 try-catch 语句来处理异常,将可能出现异常的操作放在 try-catch 语句的 try 部分。当 try 部分中的某个语句发生异常后,try 部分将立刻结束执行,而转向执行相应的 catch 部分,所以程序可以将发生异常后的处理放在 catch 部分。try-catch 语句可以由几个 catch 子句组成,分别处理发生的相应异常。

try-catch 语句的格式为:

```
try{
        //可能会产生异常的程序段
}catch(异常类 1      异常对象 1){
        //异常处理程序段 1
}catch(异常类 2      异常对象 2){
        //异常处理程序段 2
}
...
[finally{
        //异常处理程序段
}]
```

其中,try 包含的程序段表示有可能产生异常、需要控制的一段代码。catch 包含的异常处理程序段表示用于处理相应异常问题的一段代码。

try-catch 语句的语义是:对由 try 包含的程序段进行监控,一旦该程序段在运行时发生异常,则会自动抛出一些异常,而这些异常都由 catch 子句接收。catch 子句可以有多个,表示处理多种异常。每次接收异常时,接收到的异常对象就与 catch 子句中的异常类型比较,查看这次抛出的异常对象是否就是这种类型的异常。如果是,就将这个抛出的异常对象传递给 catch 子句中的异常参数,然后执行这个异常处理程序段。如果不是,就按序跳到下一个 catch 子句进行类似的判断处理。以此类推,直到找到对应的 catch 子句,并进行相应异常的处理。如果找到一个 catch 子句并进行了处理,则就认为异常情况已经得到控制,不再进行其他异常的匹配处理,即不再进行下面的 catch 子句匹配,后面的 catch 子句将被忽略。

finally 异常处理程序段一般放在整个 catch 子句的最后,它的语义是:当异常抛出被接收时,无论前面的 catch 子句是否会执行,控制流都会执行 finally 指明的异常处理程序段。

说明:

(1) 若 try 程序段中没有发生异常。在这种情况下,首先执行 try 程序段中的所有语句,然后执行 finally 子句中的所有语句,最后执行 try-catch-finally 语句后面的语句。

(2) 若 try 程序段中发生了异常,而且此异常在 catch 子句中被捕获。在这种情况下,Java 首先执行 try 程序段中的语句,直到产生异常处;当产生的异常找到了第一个与之相匹配的 catch 子句,就跳过 try 程序段中剩余的语句,执行捕获此异常的 catch 子句中的代码,若此 catch 子句中的代码没有再产生异常,则执行完 catch 子句后,程序恢复执行,但不会回到异常发生处继续执行,而是执行 finally 子句中的代码。若在 catch 子句中又重新抛出异常,则 Java 将这个异常抛给方法的调用者。

(3) 若 try 程序段中发生了异常,而此异常在 catch 子句中没有被捕获。在这种情况下,Java 首先执行 try 程序段中的语句,直到产生异常处,然后跳过 try 程序段中剩余的语句和所有的 catch 子句,而去执行 finally 子句中的代码,最后将这个异常抛给方法的调用者。

(4) 若 try 程序段中发生了异常,try-catch 语句就会自动在后面的各个 catch 子句中找出与该异常类型相匹配的参数。当参数符合下列条件之一时,就认为这个参数与产生的异常相匹配。

① 参数与产生的异常属于一个类。

② 参数是产生异常的父类。

③ 参数是一个接口时,产生的异常实现这一接口。

(5) 在某些情况下,同一段程序可能产生不止一种"异常",这时,可以放置多个 catch 子句,其中每一种异常类型都将被检查,第一个类型匹配的就会被执行。如果一个类和其子类都有的话,应将子类放在前面,否则子类将永远不会到达。

6.3 "求三角形的面积"案例

6.3.1 案例分析

【案例描述】

本案例设计一个应用程序,输入 3 个数,作为三角形 3 条边的边长。若 3 个数构成一个三角形,求其面积并输出;否则抛出异常,给出"数据错误!"等提示信息。程序运行结果如图 6-3 所示。

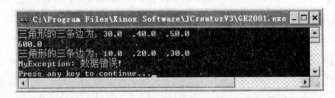

图 6-3　求三角形的面积

【案例目的】

使用自定义异常类进行程序设计。

【技术要点】

(1) 在程序中通过扩展 Exception 类定义用户自己的异常类。

(2) 定义抛出异常的方法。一个方法可以使用 throws 关键字转移要产生的若干个异常,并在该方法的方法体中具体给出产生异常的操作,即用相应的异常类创建对象,并使用 throw 语句抛出该异常对象,导致该方法结束执行。

(3) 程序在 main()方法的 try-catch 语句中调用可能发生异常的方法,其中 catch 子句的作用就是捕获 throw 语句抛出的异常对象。

6.3.2 代码实现

```java
//文件 TriangleDemo.java
import java.math.*;
import java.lang.*;
class MyException extends Exception{              //自定义的异常类
    MyException(){
        super("数据错误!");
    }
}
```

```
class Triangle{
    float a,b,c;
    Triangle(float a,float b,float c){
        this.a=a; this.b=b;this.c=c;
    }
    double area() throws MyException{
                        //该方法抛出 MyException 异常,并将其转移给方法的调用者来处理
        double p;
        if(a+b>c&&a+c>b&&b+c>a){
            p= (a+b+c)/2;
            System.out.println("三角形的三条边为: "+this.a+" ,"+this.b+" ,"+this.c);
            return Math.sqrt(p * (p-a) * (p-b) * (p-c));
        }
        else{
            System.out.println("三角形的三条边为: "+this.a+" ,"+this.b+" ,"+this.c);
            throw new MyException();                //抛出自定义异常 MyException
        }
    }
}
public class TriangleDemo{
    public static void main(String args[]) {
        Triangle t1=new Triangle(30,40,50);
        Triangle t2=new Triangle(10,20,30);
        try{
                System.out.println(t1.area());
                System.out.println(t2.area());          //调用产生异常的方法
        }catch(MyException e){                            //捕获 MyException 异常
                System.out.println(e.toString());
                                            //e.toString()获得异常对象的字符串表示
        }
    }
}
```

6.3.3 案例知识点

1. 自定义异常类

Java 语言允许用户定义自己的异常类,从而实现用户自己的异常处理机制。用户自定义的异常类通常是直接或间接地继承 Exception 类。

用户自定义异常类的格式如下:

```
class 自定义异常类名 extends Exception{
        …
}
```

自定义异常类一般重写父类的 getMessage()方法,或利用 super()方法调用父类的构造方法,设置异常描述信息。例如:

```
class ArraySizeException extends NegativeArraySizeException{
    ArraySizeException() {
        super("您传递的是非法的数组大小");
    }
}
```

在程序中可以通过扩展 Exception 类定义用户自己的异常类,然后规定哪些方法产生这样的异常。

2. 抛出异常

抛出异常可以利用 throw 语句。throw 语句的一般格式为:

```
throw 异常对象;
```

例如:

```
IOException e=new IOException ();
throw e;
```

需要注意的是,抛出的只能是 java.lang.Throwable 类型或其子类的实例对象。

throw 语句的语义是:建立一个特定类型的异常对象,该对象中含有一定的信息,然后将该对象抛出。在 Java 语言中,每个方法必须通过 throw 语句抛出可能产生的异常。如果某个方法可能抛出异常,但程序中没有通过 throw 语句抛出这个异常,或没有通过 try-catch 语句对异常进行处理,则程序在编译时就会提示编程者必须对这个异常进行控制。

3. 转移异常

如果方法内的程序代码可能会产生异常,且方法内又没有使用任何的 try-catch 语句来捕捉和处理这些异常,则必须在声明方法时一并指明所有可能产生的异常,以便让该方法的调用者做好准备来捕捉未处理的异常。这种处理异常的方式称为转移异常。

转移异常的格式是:

```
<类型><方法名>([参数列表])  throws 异常类型列表{
    方法体
}
```

在异常类型列表中应当罗列所有需要转移的受检异常类型。

习　题　6

一、选择题

1. 下列关于异常的描述中,错误的是(　　　)。

　　A. 异常是一种经过修正后程序仍可以执行的错误

　　B. 异常是一种程序在运行中出现的不可恢复执行的错误

　　C. 不仅 Java 有异常处理,C++ 语言也有异常处理

　　D. 出现异常不是简单地结束程序,而是执行某种处理异常的代码,设法恢复程序的执行

2. 下列关于异常处理的描述中,错误的是(　　)。

A. 程序运行时异常由 JVM 自动进行处理

B. 使用 try-catch-finally 语句捕获异常

C. 使用 throw 语句抛出异常

D. 捕获到的异常只能在当前方法中处理,不能抛给方法的调用者处理

3. 下列关于 try-catch-finally 语句的描述中,错误的是(　　)。

A. try 包含的程序段将给出处理异常的语句

B. catch 子句跟在 try 后面,可以有一个或多个

C. catch 子句的参数是某种异常类的对象

D. finally 子句包含的程序段总是被执行的

4. 下列关于抛出异常的描述中,错误的是(　　)。

A. 捕获到的异常可以在当前方法中处理,也可以抛给方法的调用者处理

B. 在说明要抛出异常的方法时应使用关键字 throws

C. throws 后面的异常列表可以有多个用逗号分隔的异常

D. 使用 throw 语句抛出异常时,throw 后面是一个异常类名

5. 下列关于用户自定义异常的描述中,错误的是(　　)。

A. 创建自己的异常应先创建一个异常类

B. 为实现抛出异常,须在可能抛出异常的方法中书写 throw 语句

C. 使用异常处理不会使整个系统更加安全和稳定

D. 用户自定义异常的捕获也是通过 try-catch-finally 语句实现的

二、填空题

在下面的程序中,创建了一个 ScoreException 异常类。当用户输入的学生分数 score 小于 0 或大于 100 时抛出一个 ScoreException 异常,捕捉后显示信息"分数超出范围"。请在画线处填写合适的代码。

```
class ScoreException extends Exception{ }
public class ThrowDemo{
    public static void main(String args[])
        {
            try {
                if (score>100||score<0)
                    throw _____;
                else
                    …
            } catch (_____){
                System.out.println("分数超出范围");
            }
        }
}
```

三、判断题

1. 异常是一种特殊的运行错误的对象。　　　　　　　　　　　　　　　　（　　）
2. 异常处理可以使整个系统更加安全稳定。　　　　　　　　　　　　　　（　　）
3. 异常处理是在编译时进行的。　　　　　　　　　　　　　　　　　　　（　　）
4. Java 语言中异常类都是 java.lang.Throwable 的子类。　　　　　　　　　（　　）
5. Throwable 类有两个子类：Error 类和 Exception 类。前者由系统保留,后者供应用程序使用。　　　　　　　　　　　　　　　　　　　　　　　　　　　　　（　　）

四、简答题

1. 阅读如下程序,给出运行结果。

```java
public class TryCatchFinally{
    static void fun(int sel){
        try{
            if(sel==0){
              System.out.println("no Exception ");
            }
            else if(sel==1){
                int i=0;
                int j=4/i;
            }
        }catch(ArithmeticException e){
            System.out.println("Catch ");
        }catch(Exception e){
            System.out.println("Will not be executed");
        }finally{
            System.out.println("finally");
        }
    }
    public static void main(String args[]){
        fun(0);
        fun(1);
    }
}
```

2. 阅读如下程序,给出运行结果。

```java
class NopositiveException extends Exception{
    String message;
    NopositiveException(int m,int n) {
        message="数字"+m+"或"+n+"不是正整数";
    }
    public String toString(){
        return message;
    }
}
```

```
class Computer{
    public int getMaxCommonDivisor(int m,int n) throws NopositiveException{
     if(n<=0||m<=0) {
        NopositiveException exception=new NopositiveException(m,n);
        throw exception;
        }
     if(m<n) {
        int temp;
        temp=m;
        m=n;
        n=temp;
        }
     int r=m%n;
     while(r!=0) {
        m=n;
        n=r;
        r=m%n;
        }
     return n;
     }
}
public class ThrowExample{
    public static void main(String args[]){
        int m=24,n=36,result=0;
        Computer a=new Computer();
        try{
            result=a.getMaxCommonDivisor(m,n);
            System.out.println(m+"和"+n+"的最大公约数 "+result);
            m=-12;
            n=22;
            result=a.getMaxCommonDivisor(m,n);
            System.out.println(m+"和"+n+"的最大公约数 "+result);
            }
        catch(NopositiveException e) {
            System.out.println(e.toString());
            }
        }
}
```

五、程序设计题

1. 编写一个异常类 MyException，再编写一个类 Student，该类有一个产生异常的方法 public void speak(int m)throws MyException，要求参数 m 的值大于 1000 时，方法抛出一个 MyException 对象。最后编写主类，在主类的 main()方法中用 Student 创建一个对象，让该对象调用 speak 方法。

2. 定义一个 circle 类，其中有求面积的方法，当圆的半径小于 0 时，抛出一个自定义的异常。

第7章　图形用户界面设计

教学目标与要求：

本章主要学习创建用户界面，特别地，将讨论构成用户界面的各种 GUI 组件，学习如何使它们工作起来。通过对本章的学习，读者应该掌握以下内容：

- Java 图形用户界面；
- 窗口的创建；
- 组件的添加；
- 常用图形组件；
- 布局管理器；
- Java 的事件处理机制；
- 创建 GUI 对象以及各种 GUI 对象的事件处理。

教学重点与难点：

Java 图形用户界面；常用图形组件的使用方法；创建 GUI 对象以及各种 GUI 对象的事件处理。

7.1　图形用户界面设计概述

计算机程序按照运行界面的效果分为字符界面和图形界面，随着 Windows 操作系统的流行，图形用户界面（Graphical User Interface，GUI）已经成为趋势。图形用户界面不仅可以提供各种数据的直观的图形表示图案，而且可以建立友好的交互方式，从而使得用户与计算机的交互变得直观而形象。从 Java 语言诞生到现在，Java 语言提供了两类图形用户界面，一种是早期版本的 AWT 图形用户界面，另一种是较新的 Swing 图形用户界面。相对于 AWT 图形用户界面，Swing 图形用户界面不仅增强了功能，而且减弱了平台相关性。

组件和容器是 Swing 图形用户界面的组成部分。在 Swing 图形用户界面程序设计中，要求按照一定的布局方式将组件和容器添加到给定的容器中。这样通过组件和容器的组合形成图形用户界面。然后通过事件处理的方式实现在图形界面上的人机交互。

在 Java 图形用户界面中，按照组件和容器的用途来分，大致可以分为顶层容器、一般容器、基本控件等。顶层容器主要有 3 种：小应用程序（JApplet）、对话框（JDialog）和框架（JFrame）。小应用程序主要用来设计嵌入在网页中运行的程序，对话框通常用来设计具有依赖关系的窗口，框架主要用来设计应用程序的图形界面。

一般容器包括面板（JPanel）、滚动面板（JScrollPane）和选项面板（JTabbledPane）等。面板是一种界面通常只有背景颜色的普通容器，滚动面板具有滚动条，选项面板允许多个组件共享相同的界面空间。

基本控件包括命令按钮（JButton）、单选按钮（JRadioButton）、复选框（JCheckBox）、组合框（JComboBox）和列表（JList）等。

组件在容器中的位置和大小应该合理，符合实际要求，所以要设置它们的布局，为了使图形用户界面具有良好的平台无关性，Java 语言中提供了专门用来管理组件在容器中的布局的工具：布局管理器。在 Java 语言中，提供了多种布局管理器，主要有 FlowLayout、GriderLayout、BorderLayout、CardLayout 和 GridbagLayout 等。

对于一个 GUI 程序来说，仅有友好美观的界面而不能实现与用户的交互，是不能满足用户需要的，让 GUI 程序响应用户的操作，从而实现真正的交互是十分重要的。发生在用户界面上的，用于交互行为所产生的一种效果就叫做事件。

Java 的事件处理是采用了一种叫做"事件授权模型"的事件处理机制。当用户与 GUI 程序交互时，会触发相应的事件，产生事件的组件称为事件源。触发事件后系统会自动创建事件类的对象，组件本身不会处理事件，而是将事件对象交给 Java 运行系统，系统将事件对象委托给专门的处理事件的实体，该实体对象会调用自身的事件处理方法进行对事件的相应处理，处理事件的实体称为监听器。事件源与监听器建立联系的方式是将监听器注册给事件源。

7.2 "简易计算器界面设计"案例

7.2.1 案例分析

【案例描述】

本案例设计一个简易计算器界面，该计算器程序运行后的界面如图 7-1 所示。由图可知，该界面包括菜单、显示文本框和按钮等组件，利用布局管理器恰当安排各个控件的位置。

【案例目的】

（1）掌握图形用户界面创建的一般步骤。

（2）掌握如何创建窗口以及如何向窗口中添加组件的方法。

（3）掌握 Java 中的 JPanel、JButton 等组件的使用方法。

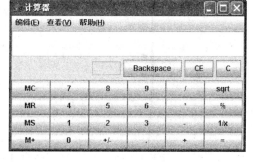

图 7-1 计算器界面窗口

（4）掌握 FlowLayout、GriderLayout、BorderLayout、CardLayout、GridbagLayout 等布局管理器的使用方法。

【技术要点】

布局管理决定放在容器里的组件的位置和大小。组件可以向布局管理器提供有关布局的尺寸以及方式参数等，但最终的布局效果还是由布局管理器来决定。合理使用 JPanel 面板可以更方便地实现窗口的布局。

7.2.2 代码实现

```
//文件 Calculator.java
import java.awt.*;
import javax.swing.*;
import java.awt.event.*;
```

```java
public class Calculator extends JFrame{
    JTextField textAnswer,textMemory;
    JPanel panel,panel1,panel2,panel3;
    JMenuBar mainMenu;
    JButton buttonBk,buttonCe,buttonC;
    JButton button[];
    JButton buttonMC,buttonMR,buttonMS,buttonMAdd;
    JButton buttonDot,buttonAddAndSub,buttonAdd,buttonSub,buttonMul,buttonDiv,
    buttonMod;
    JButton buttonSqrt,buttonDao,buttonEqual;
    JMenu editMenu,viewMenu,helpMenu;
    public Calculator(){
        setTitle("计算器");
        //定义文本框
        textAnswer=new JTextField(15);
        textAnswer.setText("");
        textAnswer.setEditable(false);                    //设置文本框为不可编辑
        textAnswer.setBackground(new Color(255,255,255)); //定义文本框的颜色
        panel=new JPanel();
        getContentPane().add(panel);
        panel1=new JPanel();
        panel2=new JPanel();
        panel.setLayout(new BorderLayout());
        //定义菜单
        mainMenu=new JMenuBar();
        editMenu=new JMenu("编辑(E)");
        editMenu.setMnemonic(KeyEvent.VK_E);              //设置菜单快捷键
        viewMenu=new JMenu("查看(V)");
        viewMenu.setMnemonic(KeyEvent.VK_V);
        helpMenu=new JMenu("帮助(H)");
        helpMenu.setMnemonic(KeyEvent.VK_H);
        mainMenu.add(editMenu);
        mainMenu.add(viewMenu);
        mainMenu.add(helpMenu);
        panel.add(mainMenu,BorderLayout.NORTH);
        panel.add(textAnswer,BorderLayout.CENTER);
        panel.add(panel1,BorderLayout.SOUTH);
        panel1.setLayout(new BorderLayout());
        //定义按钮
        buttonBk=new JButton("Backspace");
        buttonCe=new JButton("CE");
        buttonC=new JButton("C");
        textMemory=new JTextField(4);
        textMemory.setEditable(false);
        panel1.add(panel2,BorderLayout.NORTH);
```

```java
panel2.setLayout(new FlowLayout(FlowLayout.RIGHT));
panel2.add(textMemory);
panel2.add(buttonBk);
panel2.add(buttonCe);
panel2.add(buttonC);
panel3=new JPanel();
panel1.add(panel3,BorderLayout.CENTER);
//定义数字按钮
button=new JButton[10];
for(int i=0;i<10;i++)
    button[i]=new JButton(Integer.toString(i));
panel3.setLayout(new GridLayout(4,6));
buttonMC=new JButton("MC");
buttonMR=new JButton("MR");
buttonMS=new JButton("MS");
buttonMAdd=new JButton("M+");
buttonDot=new JButton(".");
buttonAddAndSub=new JButton("+/-");
buttonAdd=new JButton("+");
buttonSub=new JButton("-");
buttonMul=new JButton("*");
buttonDiv=new JButton("/");
buttonMod=new JButton("%");
buttonSqrt=new JButton("sqrt");
buttonDao=new JButton("1/x");
buttonEqual=new JButton("=");
//添加按钮到控制面板
panel3.add(buttonMC);
panel3.add(button[7]);
panel3.add(button[8]);
panel3.add(button[9]);
panel3.add(buttonDiv);
panel3.add(buttonSqrt);
panel3.add(buttonMR);
panel3.add(button[4]);
panel3.add(button[5]);
panel3.add(button[6]);
panel3.add(buttonMul);
panel3.add(buttonMod);
panel3.add(buttonMS);
panel3.add(button[1]);
panel3.add(button[2]);
panel3.add(button[3]);
panel3.add(buttonSub);
panel3.add(buttonDao);
```

```
        panel3.add(buttonMAdd);
        panel3.add(button[0]);
        panel3.add(buttonAddAndSub);
        panel3.add(buttonDot);
        panel3.add(buttonAdd);
        panel3.add(buttonEqual);
        setDefaultCloseOperation(JFrame.EXIT_ON_CLOSE);
        setSize(400,250);
        setVisible(true);
    }
    public static void main(String[] args){
        new Calculator();
    }
}
```

7.2.3 案例知识点

1. Java GUI 程序的基本编写流程

(1) 引入需要的包和类。

(2) 设置一个顶层的容器。

(3) 根据需要,为容器设置布局管理器或使用默认布局管理器。

(4) 将组件添加到容器内,位置自行设计。

(5) 为响应事件的组件编写事件处理代码。

2. 框架窗口 JFrame

框架窗口是一种带有边框、标题及用于关闭、最大化和最小化窗口的按钮等的窗口。GUI 的应用程序通常至少使用一个框架窗口。JFrame 类是由 Container 类派生而来,是一种顶层容器,可用于创建框架窗口。JFrame 的常用方法如表 7-1 所示。

表 7-1 JFrame 常用方法

方　　法	主 要 功 能
JFrame()	创建一个无标题的 JFrame
JFrame(String title)	创建一个有标题的 JFrame
void setTitle(String title)	设置窗口的标题为 title
void setSize(int width, int height)	设置窗口的大小,使其宽度为 width,高度为 height
void setBackground(Color c)	设置窗口的背景色
void setLocation(int x, int y)	设定窗口左上角的初始位置
void setResizable(boolean b)	设置窗口是否允许改变大小
void setDefaultCloseOperation(int operation)	设置用户在此窗体上发起 close 时默认执行的操作
Container getContentPane()	返回此窗体的内容窗格
voi setVisible(boolean v)	设置窗体是否可见

另外，与 Frame 不同，当用户试图关闭窗口时，JFrame 知道如何进行响应。用户关闭窗口时，默认的行为只是简单地隐藏 JFrame。要更改默认的行为，可调用 setDefaultCloseOperation(int operation)方法，参数 operation 的取值可以有以下几种情况：

```
DO_NOTHING_ON_CLOSE          //当窗口关闭时,不做任何处理
HIDE_ON_CLOSE                //当窗口关闭时,隐藏这个窗口
DISPOSE_ON_CLOSE             //当窗口关闭时,隐藏并处理这个窗口
EXIT_ON_CLOSE                //当窗口关闭时,退出程序
HIDE_ON_CLOSE                //默认
```

3. 按钮 JButton

在图形用户界面中，使用最广泛的就是按钮，其主要功能是用来和用户交互。通常情况下在按钮上单击鼠标会触发某个动作事件。JButton 的常用方法如表 7-2 所示。

表 7-2　JButton 常用方法

方　　法	主　要　功　能
JButton()	建立一个没有标题、没有图标的 JButton 对象
JButton(String text)	创建一个标题为 text 的 JButton 对象
JButton(Icon ico)	建立一个 JButton 对象,图标为 ico,没有标题
void setText(String text)	设置按钮的标题为 text
void setMnemonic(char mnemonic)	设置快捷字母键为 mnemonic
void setToolTipText(String text)	设置提示文本
void setEnabled(boolean b)	设置按钮是否被激活
void setRolloverEnabled(boolean b)	设置是否可翻转

例如，下面的代码段创建一个标题为"变色"的按钮：

```
JButton bt=new JButton("变色");
```

图标是固定大小的图像，通常很小，用于点缀组件。图标可以从图像文件获得，通过使用 ImageIcon 类获得。例如，下面的代码段从文件 sample.gif 中加载了一个图标，并创建了一个以此图标为标题的按钮。

```
Icon sample=new ImageIcon("sample.gif");
JButton bt=new JButton(sample);
```

4. 面板 JPanel

JPanel 是常用的一种中间容器，它可以容纳各种组件，先将组件按照一定的布局添加到 JPanel 中，然后把这个面板添加到底层容器或其他中间容器中。JPanel 的常用方法如表 7-3 所示。

表 7-3　JPanel 常用方法

方　　法	主　要　功　能
JPanel()	建立一个 JPanel 对象
JPanel(LayoutManager layout)	layout 指明布局方式,默认为流式布局

5. 布局管理器

Java 的 GUI 组件被放置在容器中,然后由容器的布局管理器对它们的位置和大小进行管理。Java 共有 6 种基本的布局管理器,它们分别为 FlowLayout、GridLayout、BorderLayout、CardLayout、GridBagLayout 和 null。容器类默认的布局管理器为 FlowLayout。

为容器类设置布局管理器时,可以调用容器类的 setLayout()方法。布局管理器必须在添加任何组件之前被添加到容器中。在为容器设置好布局管理器后,向容器添加的所有组件的位置将由设定的布局管理器进行管理。

1) FlowLayout

流式布局管理器(FlowLayout)是将所有的组件从左到右,从上到下依次放在容器中。当改变容器大小时,组件将重新排列,但组件大小不发生变化。可以通过使用 3 个常量 FlowLayout. RIGHT、FlowLayout. CENTER、FlowLayout. LEFT 指定组件的对齐方式,也可以像素为单位指定元素之间的间距。FlowLayout 是 JPanel、JApplet 的默认布局管理器。

FlowLayout 的常用方法如表 7-4 所示。

表 7-4　FlowLayout 常用方法

方　　法	主　要　功　能
FlowLayout()	默认居中对齐,默认水平、垂直间距是 5 个像素单位
FlowLayout (int align)	可以设置对齐方式,默认水平、垂直间距是 5 个像素单位
FlowLayout (int align, int hgap, int vgap)	可以设置对齐方式、水平间距、垂直间距
void addLayoutComponet (String name, Componet comp)	将指定的组件添加到布局中
void setAlignment(int align)	设置此布局的对齐方式
void setHgap(int hgap)	设置水平间隙
void setVgap(int vgap)	设置垂直间隙
int getAlignment()	获得此布局的对齐方式
int getHgap()	获得组件水平间隙
int getVgap()	获得组件垂直间隙

下面的实例将对 FlowLayout 布局管理器进行测试,运行结果如图 7-2 所示。

```
import javax.swing. * ;
import java.awt. * ;
public class EX7_1 extends JFrame{
    public EX7_1(){
```

```
    //构造 5 个按钮
    JButton b1=new JButton(new ImageIcon("bb2.jpg"));
    JButton b2=new JButton(new ImageIcon("jj2.jpg"));
    JButton b3=new JButton(new ImageIcon("hh2.jpg"));
    JButton b4=new JButton(new ImageIcon("yy2.jpg"));
    JButton b5=new JButton(new ImageIcon("nn2.jpg"));
    //创建流式布局管理器
    FlowLayout flow=new FlowLayout(FlowLayout.LEFT,10,4);
    Container con=getContentPane();              //获取窗口的内容面板
    con.setLayout(flow);                         //设置内容面板的布局管理器
    //添加组件到内容面板
    con.add(b1);
    con.add(b2);
    con.add(b3);
    con.add(b4);
    coh.add(b5);
    setTitle("流式布局");                         //设置界面标题
    setLocation(200,200);                        //设置界面的显示位置
    setSize(450,280);                            //设置界面大小
    setVisible(true);                            //设置对象可见
    setDefaultCloseOperation(JFrame.EXIT_ON_CLOSE); //关闭窗口时终止程序的运行
  }
  public static void main(String args[]){
    EX7_1 frm=new EX7_1();
  }
}
```

图 7-2　FlowLayout 布局演示窗口

注意：在本例中，框架使用 JFrame 类的自定义派生类创建，自定义的框架派生类对 JFrame 进行扩充，这是创建 GUI 应用程序的常用风格。

2）BorderLayout

边界布局管理器（BorderLayout）把容器版面分为 5 个区：北区（North）、南区（South）、东区（East）、西区（West）和中区（Center），使用时最多可以向其中添加 5 个组件，组件可以是容器，这样可以向容器中添加其他组件。边界布局管理器按照"上北下南，左西右东"的规

律进行布局。JFrame、JDialog、JApplet 的内容窗格的默认布局是边界布局。当容器的尺寸发生变化时,组件的相对位置不会改变,North 和 South 组件高度不变、宽度改变,East 和 West 组件宽度改变、高度不变,中间组件尺寸变化。

BorderLayout 的常用方法如表 7-5 所示。

表 7-5　BorderLayout 常用方法

方　　法	主 要 功 能
BorderLayout()	默认组件之间没有间距
BorderLayout (int hgap, int vgap)	可以设置组件之间的水平间距、垂直间距
void addLayoutComponet(String name, Componet comp)	将指定的组件添加到布局中
void setAlignmentx(int align)	设置沿 x 轴的对齐方式
void setAlignmenty(int align)	设置沿 y 轴的对齐方式
int getAlignmentx()	返回沿 x 轴的对齐方式
int getAlignmenty()	返回沿 y 轴的对齐方式

注意:向使用 BorderLayout 布局的容器中添加组件时使用 add()方法,必须指明所添加组件的区域。

使用 add()方法的一般格式为:

```
add(组件名,区域常量);
add(区域常量,组件名);
```

下面的实例将对 BorderLayout 布局管理器进行测试,运行结果如图 7-3 所示。

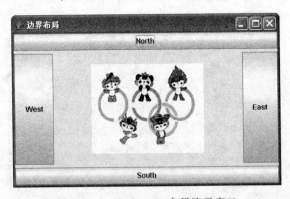

图 7-3　BorderLayout 布局演示窗口

```
import javax.swing.*;
import java.awt.*;
public class EX7_2 extends JFrame{
    public EX7_2 (){
        //构造 4 个按钮组件和一个标签组件
        JButton b1=new JButton("South");
        JButton b2=new JButton("North");
```

```
        JButton b3=new JButton("East");
        JButton b4=new JButton("West");
        JLabel lb=new JLabel(new ImageIcon("fuwa.gif"));
        //创建边界布局管理器
        BorderLayout border=new BorderLayout(7,5);
        Container con=getContentPane();            //获取窗口的内容面板
        con.setLayout(border);                     //设置内容面板的布局管理器
        //添加组件到内容面板
        con.add(b1,"South");
        con.add(b2,"North");
        con.add(b3,"East");
        con.add(b4,"West");
        con.add(lb,"Center");
        setTitle("边界布局");                        //设置界面标题
        setLocation(200,200);                       //设置界面的显示位置
        setSize(450,280);                           //设置界面大小
        setVisible(true);                           //设置对象可见
        setDefaultCloseOperation(JFrame.EXIT_ON_CLOSE); //关闭窗口时终止程序的运行
    }
    public static void main(String args[]){
        EX7_2 frm=new EX7_2 ();
    }
}
```

3) GridLayout

网格布局管理器 GridLayout 将容器分成若干个网格,每一个网格可以放置一个组件,所有组件的大小都相同。当容器窗口改变大小时,各个组件的大小也做相应的变化。当所有的组件大小相同时,可使用此布局。此外,网络布局是以行为基准的,在组件数目多时自动扩展列,在组件数目少时自动收缩列,行数始终不变,组件按行优先顺序排列。GridLayout 的常用方法如表 7-6 所示。

表 7-6　GridLayout 常用方法

方　　法	主 要 功 能
GridLayout()	单行单列
GridLayout (int rows, int cols)	设置行数和列数
GridLayout (int rows, int cols, int hgap, int vgap)	设置行数、列数,组件的水平和垂直间距
void addLayoutComponet(String name, Componet comp)	将指定的组件添加到布局中
void setColumns(int cols)	将此布局中的列数设置为指定值
void setRows(int rows)	将此布局中的行数设置为指定值
int getColumns()	获取此布局中的列数
int getRows()	获取此布局中的行数

注意：向使用 GridLayout 布局的容器中添加组件时使用 add( )方法，每个网格都必须添加组件，所以添加时按顺序进行。

　　下面的实例将对 GridLayout 布局管理器进行测试，运行结果如图 7-4 所示。

图 7-4　GridLayout 布局演示窗口

```
import javax.swing.*;
import java.awt.*;
public class EX7_3 extends JFrame{
    public EX7_3(){
        //构造 6 个按钮
        JButton b1=new JButton(new ImageIcon("bb2.jpg"));
        JButton b2=new JButton(new ImageIcon("jj2.jpg"));
        JButton b3=new JButton(new ImageIcon("hh2.jpg"));
        JButton b4=new JButton(new ImageIcon("yy2.jpg"));
        JButton b5=new JButton(new ImageIcon("nn2.jpg"));
        JButton b6=new JButton(new ImageIcon("qq2.jpg"));
        //创建网格布局管理器
        GridLayout grid=new GridLayout(2,3,8,6);
        Container con=getContentPane();                      //获取窗口的内容面板
        con.setLayout(grid);                                 //设置内容面板的布局管理器
        //添加组件到内容面板
        con.add(b1);
        con.add(b2);
        con.add(b3);
        con.add(b4);
        con.add(b5);
        con.add(b6);
        setTitle("网格布局");                                  //设置界面标题
        setLocation(200,200);                                //设置界面的显示位置
        setSize(450,280);                                    //设置界面大小
        setVisible(true);                                    //设置对象可见
        setDefaultCloseOperation(JFrame.EXIT_ON_CLOSE);      //关闭窗口时终止程序的运行
    }
    public static void main(String args[]){
```

```
        EX7_3 frm=new EX7_3();
    }
}
```

4）CardLayout

卡片布局管理器 CardLayout 不同于前面的几种布局,因为它将容器中所有组件如同"扑克牌"一样地堆叠在一起,每次只能看到最上面的一张,这个被显示的组件将占据所有的容器空间,而要看其他的组件就要调用相应的方法。CardLayout 的常用方法如表 7-7 所示。

表 7-7　CardLayout 常用方法

方　　法	主 要 功 能
CardLayout()	默认组件之间没有间距
CardLayout (int hgap, int vgap)	可以设置水平间距、垂直间距
void addLayoutComponet(Componet comp, Object const)	将指定的组件添加到此卡片布局中
void first(Container parent)	翻转到容器的第一张卡片
void last(Container parent)	翻转到容器的最后一张卡片
void next(Container parent)	翻转到容器的下一张卡片
void previous(Container parent)	翻转到容器的前一张卡片

注意：向使用 CardLayout 布局的容器中添加组件时,为了调用不同的卡片组件,可以为每个卡片的组件命名,使用 add()方法实现。

使用 add()方法的一般格式为:

```
add(名称字符串,组件名);
add(组件名,名称字符串);
```

下面的实例将对 CardLayout 布局管理器进行测试,运行结果如图 7-5 所示。

图 7-5　CardLayout 布局演示窗口

```java
import javax.swing.*;
import java.awt.*;
import java.awt.event.*;
public class EX7_4 extends JFrame implements ActionListener{
    JButton bt1,bt2,bt3,bt4;
    JLabel lb1,lb2,lb3,lb4,lb5;
    CardLayout layout;
    Container con;
    JPanel cpn,bpn;
    public EX7_4(){
        //构造 4 个按钮
        bt1=new JButton("first");
        bt2=new JButton("prev");
        bt3=new JButton("next");
        bt4=new JButton("last");
        //构造 5 个标签
        lb1=new JLabel(new ImageIcon("bb.gif"),JLabel.CENTER);
        lb2=new JLabel(new ImageIcon("jj.gif"),JLabel.CENTER);
        lb3=new JLabel(new ImageIcon("hh.gif"),JLabel.CENTER);
        lb4=new JLabel(new ImageIcon("yy.gif"),JLabel.CENTER);
        lb5=new JLabel(new ImageIcon("nn.gif"),JLabel.CENTER);
        layout=new CardLayout();                  //创建卡片布局管理器
        cpn=new JPanel();                         //创建卡片面板
        cpn.setLayout(layout);                    //设置卡片面板的布局方式为 CardLayout
        //给卡片面板添加 5 个标签
        cpn.add("one",lb1);
        cpn.add("two",lb2);
        cpn.add("three",lb3);
        cpn.add("four",lb4);
        cpn.add("five",lb5);
        bpn=new JPanel();                         //创建按钮面板,默认布局方式为 FlowLayout
        //给按钮面板添加 4 个按钮
        bpn.add(bt1);
        bpn.add(bt2);
        bpn.add(bt3);
        bpn.add(bt4);
        bt1.addActionListener(this);
        bt2.addActionListener(this);
        bt3.addActionListener(this);
        bt4.addActionListener(this);
        con=getContentPane();                     //获取窗口的内容面板
        con.setLayout(new BorderLayout());        //设置窗格的布局方式
        con.add(cpn,BorderLayout.CENTER);         //添加组件到内容窗格
        con.add(bpn,BorderLayout.SOUTH);
        setTitle("卡片布局");                      //设置界面标题
```

```
        setLocation(200,200);                    //设置界面的显示位置
        setSize(450,400);                         //设置界面大小
        setVisible(true);                         //设置对象可见
        validate();
        setDefaultCloseOperation(JFrame.EXIT_ON_CLOSE);   //关闭窗口时终止程序的运行
    }
    public void actionPerformed(ActionEvent e){
        if(e.getSource()==bt1){
            layout.first(cpn);
        }
        else if(e.getSource()==bt2){
            layout.previous(cpn);
        }
        else if(e.getSource()==bt3){
            layout.next(cpn);
        }
        else if(e.getSource()==bt4){
            layout.last(cpn);
        }
    }
    public static void main(String args[]){
        EX7_4 frm=new EX7_4();
    }
}
```

注意：在本例中添加了对事件的处理，随后将详细介绍事件的处理机制。

5) GridBagLayout

网格包布局管理器 GridBagLayout 是对网格布局管理器 GridLayout 的扩展，GridBagLayout 布局管理器中的单元格大小与显示位置都可以调整，一个组件可以占用一个或多个单元格，作为它的显示区域。GridBagLayout 的常用方法如表 7-8 所示。

表 7-8　GridBagLayout 常用方法

方　　法	主　要　功　能
GridBagLayout()	创建网格包布局管理器
void setConstraints(Componet comp,GridBagConstraints conts)	设定对象 comp 的 GridBagConstraints 属性为 conts
GridBagConstraints getConsTraints(Container con)	返回容器 con 中的 GridBagConstraints 设置
float getLayoutAlignmentX(Container con)	返回容器 con 中的沿 X 轴方向的对象对齐方式
float getLayoutAlignmentY(Container con)	返回容器 con 中的沿 Y 轴方向的对象对齐方式

为了有效地使用网格包布局，需要为一个或多个组件创建 GridBagConstraints 对象。通过设置 GridBagConstraints 的属性来控制组件的布局。表 7-9 列出了 GridBagConstraints 的常用属性。

表 7-9　GridBagConstraints 的常用属性

属　　性	主　要　功　能
int gridwidth	指定组件所占的行数
int gridheight	指定组件所占的列数
int gridx	设定组件与前一个的水平距离
int gridy	设定组件与前一个的垂直距离
double weightx	当容器变化时如何分配额外的水平空间
double weighty	当容器变化时如何分配额外的垂直空间
int fill	当组件的大小超出它的显示区域时,如何调整组件的大小
int anchor	当组件小于其显示区域时,它在显示区域中的摆放位置

其中,调整组件的大小的有效取值为 NONE(不扩展)、HORIZONTAL(水平方向扩展)、VERTICAL(垂直方向扩展)、BOTH(四周完全扩展)。默认值为 NONE。

在显示区域中摆放位置的有效取值有 CENTER、NORTH、NORTHEAST、EAST、SOUTHEAST、SOUTH、SOUTHWEST、WEST 和 NORTHWEST。默认值为 CENTER。

下面的实例将对 GridBagLayout 布局管理器进行测试,运行结果如图 7-6 所示。

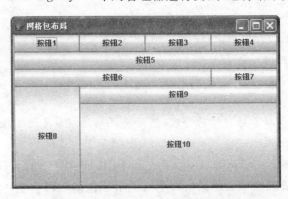

图 7-6　GridBagLayout 布局演示窗口

```java
import javax.swing.*;
import java.awt.*;
public class EX7_5 extends JFrame{
    public EX7_5(){
        GridBagLayout layout=new GridBagLayout();
        GridBagConstraints c=new GridBagConstraints();
        Container con=getContentPane();              //获取窗口的内容面板
        con.setLayout(layout);                       //设置内容面板的布局管理器
        //构造 10 个按钮
        JButton bt1=new JButton("按钮 1");
        JButton bt2=new JButton("按钮 2");
        JButton bt3=new JButton("按钮 3");
        JButton bt4=new JButton("按钮 4");
        JButton bt5=new JButton("按钮 5");
```

```
        JButton bt6=new JButton("按钮 6");
        JButton bt7=new JButton("按钮 7");
        JButton bt8=new JButton("按钮 8");
        JButton bt9=new JButton("按钮 9");
        JButton bt10=new JButton("按钮 10");
        c.fill=GridBagConstraints.BOTH;
                                            //当组件大小超出显示区域时设置为四周完全扩展
        c.anchor=GridBagConstraints.CENTER;
                                            //当组件小于其显示区域时摆放在显示区域的中间
        c.weightx=1.0;
        layout.setConstraints(bt1,c);               //添加按钮
        con.add(bt1);
        layout.setConstraints(bt2,c);
        con.add(bt2);
        layout.setConstraints(bt3,c);
        con.add(bt3);
        c.gridwidth=GridBagConstraints.REMAINDER;    //结束一行
        layout.setConstraints(bt4,c);
        con.add(bt4);
        c.weightx=0.0;                               //重新设置为默认值
        layout.setConstraints(bt5,c);
        con.add(bt5);
        c.gridwidth=GridBagConstraints.RELATIVE;     //倒数第二个
        layout.setConstraints(bt6,c);
        con.add(bt6);
        c.gridwidth=GridBagConstraints.REMAINDER;
        layout.setConstraints(bt7,c);
        con.add(bt7);
        c.gridwidth=1;
        c.gridheight=2;
        c.weighty=1.0;
        layout.setConstraints(bt8,c);
        con.add(bt8);
        c.weighty=0.0;
        c.gridwidth=GridBagConstraints.REMAINDER;
        c.gridheight=1;
        layout.setConstraints(bt9,c);
        con.add(bt9);
        layout.setConstraints(bt10,c);
        con.add(bt10);
        setTitle("网格包布局");                        //设置界面标题
        setLocation(200,200);                       //设置界面的显示位置
        setSize(450,280);                           //设置界面大小
        setVisible(true);                           //设置对象可见
        setDefaultCloseOperation(JFrame.EXIT_ON_CLOSE);  //关闭窗口时终止程序的运行
```

```
    }
    public static void main(String args[]){
        EX7_5 frm=new EX7_5();
    }
}
```

6) null

null 称为无布局管理器,在这种情况下,用户必须为容器中的每个组件设置大小和位置,优点是可以随心所欲地安排容器中组件的大小和位置,缺点是当改变窗口大小或跨平台时,设计好的界面会发生变化。

无布局管理器的使用方法如下:

(1) 使用语句"setLayout(null);"设置容器的布局管理器。

(2) 使用语句"add(component);"向容器中添加组件。

(3) 使用语句"componet. setBounds(top,left,width,heitht);"指定组件的存放位置。

下面的实例将对 null 布局管理器进行测试,运行结果如图 7-7 所示。

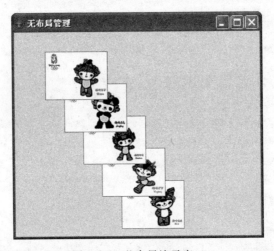

图 7-7　null 布局演示窗口

```
import javax.swing.*;
import java.awt.*;
public class EX7_6 extends JFrame{
    public EX7_6(){
        //构造 5 个按钮
        JButton b1=new JButton(new ImageIcon("bb2.jpg"));
        JButton b2=new JButton(new ImageIcon("jj2.jpg"));
        JButton b3=new JButton(new ImageIcon("hh2.jpg"));
        JButton b4=new JButton(new ImageIcon("yy2.jpg"));
        JButton b5=new JButton(new ImageIcon("nn2.jpg"));
        Container con=getContentPane();                        //获取窗口的内容面板
        con.setLayout(null);
        //添加组件到内容面板
        con.add(b1);
```

```
        con.add(b2);
        con.add(b3);
        con.add(b4);
        con.add(b5);
        b1.setBounds(50,30,100,75);
        b2.setBounds(80,80,100,75);
        b3.setBounds(110,130,100,75);
        b4.setBounds(140,180,100,75);
        b5.setBounds(170,230,100,75);
        setTitle("无布局管理");                          //设置界面标题
        setLocation(200,200);                           //设置界面的显示位置
        setSize(400,350);                               //设置界面大小
        setVisible(true);                               //设置对象可见
        setDefaultCloseOperation(JFrame.EXIT_ON_CLOSE); //关闭窗口时终止程序的运行
    }
    public static void main(String args[]){
        EX7_6 frm=new EX7_6();
    }
}
```

注意：程序运行时，调整窗口的大小，这时可以看到组件的大小和位置不会随窗口大小的变化而调整，与其他布局管理器不同。

6. 菜单

菜单使选择变得简单，因此广泛应用于窗口应用程序中。每个菜单组件包括一个菜单栏（JMenuBar），每个菜单栏又包含若干个菜单（JMenu），每个菜单可以有若干个菜单项，菜单项可以是子菜单项（JMenuItem）、单选菜单项（JRadioButtonMenuItem）和复选菜单项（JCheckBoxMenuItem）。

在 Java 中创建菜单的步骤如下。

（1）创建菜单栏，并使用 setMenuBar()方法将它添加到框架。

JMenuBar 用于创建和管理菜单栏，菜单栏是菜单的容器，用来包容一组菜单。JMenuBar 的常用方法如表 7-10 所示。

表 7-10 JMenuBar 常用方法

方　　法	主 要 功 能
JMenuBar()	创建一个新的 JMenuBar
setJMenuBar(JMenuBar menubar)	将菜单栏 JMenuBar 添加到容器中
int getMenuCount()	返回菜单栏 JMenuBar 中的菜单项总数

注意：将菜单栏 JMenuBar 添加到容器中，与其他组件的添加有所不同，不用 add()方法，而是使用专门的设置菜单栏的方法 setJMenuBar()。菜单栏不响应事件。

例如，下面的代码将创建一个框架和菜单栏，并在框架内设置菜单栏。

```
JFrame frm=new JFrame();
```

```
frm.setTitle("Windows 应用程序窗口");
frm.setDefaultCloseOperation(JFrame.EXIT_ON_CLOSE);
frm.setSize(550,500);
frm.setVisible(true);
JMenuBar menubar=new JMenuBar();              //定义菜单栏对象
frm.setJMenuBar(menubar);                     //将菜单栏添加到窗口上
```

（2）创建菜单并将它们添加到菜单栏。

JMenu 用于创建菜单栏上的各项菜单。JMenu 的常用方法如表 7-11 所示。

表 7-11 JMenu 常用方法

方　　法	主 要 功 能
JMenu()	创建一个空的 JMenu
JMenu(String s)	创建一个具有指定文本的 JMenu
JMenu(Icon icon)	创建一个有图标的 JMenu
JMenu(String s,int mnemonic)	创建一个具有指定文本且有快捷键的 JMenu
add(JMenu menu)	将菜单 menu 加入到菜单栏中
void remove(int index)	从菜单中删除指定位置 index 上的菜单项
void removeAll()	从菜单中删除所有的 MenuItem
void addSeparator()	添加一条分隔线
void insertSeparator(int index)	在指定位置 index 上插入一条分隔线
JMenuItem getItem(int index)	返回指定位置 index 上的 JMenuItem
int getItemCount()	返回 JMenu 中的菜单项 JMenuItem 总数
JMenuItem insert(JMenuItem itm, int index)	在指定位置 index 插入一个 JMenuItem 对象 itm
void insert(String txt, int index)	在指定位置 index 插入标题为 txt 的 JMenuItem 对象
void setMnemonic(int mnemonic)	设置当前菜单的热键

注意：将菜单加入到菜单栏中使用 add()方法，菜单不响应事件。

例如：

```
JMenu fmenu=new JMenu("File");               //定义菜单对象
menubar.add(fmenu);                          //添加菜单对象到菜单栏
JMenu omenu=new JMenu("Option");
menubar.add(omenu);
```

该代码创建了两个标签，分别为 File 和 Option 的菜单，并添加到菜单栏，如图 7-8 所示。

（3）创建菜单项并将它们添加到菜单，其中菜单项可以是子菜单项（JMenuItem）、单选菜单项（JRadioButtonMenuItem）和复选菜单项（JCheckBoxMenuItem）。

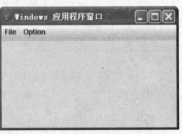

图 7-8 在菜单栏中添加菜单

① 子菜单项(JMenuItem)。

JMenuItem 用于创建菜单中的子菜单项。JMenuItem 的常用方法如表 7-12 所示。

表 7-12　JMenuItem 常用方法

方　　法	主 要 功 能
String getText()	返回 JMenuItem 的标题
void setText(String lab)	设定 JMenuItem 的标题为 lab
void setEnabled(boolean b)	设定 JMenuItem 是否可用
boolean isEnabled()	判断 JMenuItem 是否可用
void setAccelerator(KeyStroke key)	指定 JMenuItem 上的快捷键
KeyStroke getAccelerator()	返回 JMenuItem 上的快捷键
JMenuItem add(String txt)	添加一个标题为 txt 的 JMenuItem 到菜单 JMenu 中
JMenuItem add(JMenuItem mitm)	添加指定的 JMenuItem 对象 mitm 到菜单 JMenu 中

注意：将子菜单项加入到菜单中使用 add()方法，选择菜单项的效果同选择按钮一样，会产生 ActionEvent 事件。

例如：

```
JMenuItem fmt=new JMenuItem("Font");
omenu.add(fmt);
JMenu submenu=new JMenu("Color…");
omenu.add(submenu);
JMenuItem frmt=new JMenuItem("Foreground");
submenu.add(frmt);
JMenuItem bmt=new JMenuItem("Background");
submenu.add(bmt);
```

该代码在 Option 菜单内添加了两个子菜单 Font 和 Color，子菜单项 Foregroung 和 Background 被添加到 Color 中，如图 7-9 所示。

② 复选菜单项(JCheckBoxMenuItem)。

复选菜单项和单选菜单项是两种特殊的菜单项，在复选菜单项前面有一个小方框，在单选菜单项的前面有一个小圆圈，可以对它们进行选和不选的操作，使用方法与复选框和单选按钮类似。

图 7-9　在菜单中添加子菜单项

复选菜单项是可以被选定或取消选定的菜单项。如果被选定，菜单项的旁边通常会出现一个复选标记。如果未被选定或被取消选定，菜单项的旁边就没有复选标记。JCheckBoxMenuItem 的常用方法如表 7-13 所示。

表 7-13　　JCheckBoxMenuItem 常用方法

方　　法	主 要 功 能
JCheckBoxMenuItem()	创建一个空的、最初未选定的 JCheckBoxMenuItem
JCheckBoxMenuItem(String s)	创建一个带文本的、最初未被选定的 JCheckBoxMenuItem
JCheckBoxMenuItem(Icon icon)	创建一个带有指定图标,最初未被选中的 JCheckBoxMenuItem
JCheckBoxMenuItem (String s, Icon icon,boolean b)	创建具有指定文本、图标和选择状态的 JCheckBoxMenuItem
boolean getState()	判断该菜单项是否被选中
void setState(boolean state)	设定该菜单项的选中状态为 state

例如:

```
JCheckBoxMenuItem cm=new JCheckBoxMenuItem("Always On Top");  //复选菜单项
omenu.add(cm);                                //将复选菜单项添加到 Option 菜单
```

该代码在 Option 菜单内添加了复选菜单 Always On Top,如图 7-10 所示。

③ 单选菜单项(JRadioButtonMenuItem)。

JRadioButtonMenuItem 是属于一组菜单项中的一个菜单项,该组中只能选择一个项。被选择的项显示其选择状态。选择此项的同时,其他任何以前被选择的项都切换到未选择状态。单选菜单项的常用方法同复选菜单项。例如:

```
JRadioButtonMenuItem srm=new JRadioButtonMenuItem("Small",true);  //单选菜单项
omenu.add(srm);                                //将单选菜单项添加到 Option 菜单
JRadioButtonMenuItem lrm=new JRadioButtonMenuItem("Large");
omenu.add(lrm);
ButtonGroup group=new ButtonGroup();    //将单选菜单项添加到组中,使 srm 和 lrm 在同一组中
group.add(srm);
group.add(lrm);
```

该代码在 Option 菜单内添加了一组单选菜单,如图 7-11 所示。

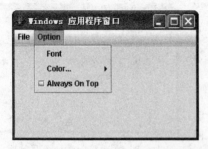

图 7-10　在菜单中添加复选菜单项

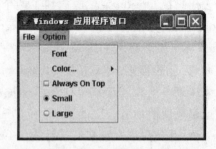

图 7-11　在菜单中添加单选菜单

使用 JMenu 的 addSeparator()方法可以在各个菜单项之间加入分隔线,也可以使用 JMenu 的 setMnemonic(int mnemonic)方法设置当前菜单项的热键,还可以使用 JMenuItem 的 setAccelerator(KeyStroke key)方法设置对应子菜单项的快捷键。例如:

```
JMenuItem fmt=new JMenuItem("Font");
fmt.setMnemonic(KeyEvent.VK_F);                      //设置热键
omenu.add(fmt);
JMenu submenu=new JMenu("Color…");
omenu.add(submenu);
JMenuItem frmt=new JMenuItem("Foreground");
frmt.setMnemonic(KeyEvent.VK_G);
frmt.setAccelerator(KeyStroke.getKeyStroke(KeyEvent.VK_2,ActionEvent.ALT_MASK));
                                                     //设置快捷键
submenu.add(frmt);
JMenuItem bmt=new JMenuItem("Background");
bmt.setMnemonic(KeyEvent.VK_B);
bmt.setAccelerator(KeyStroke.getKeyStroke(KeyEvent.VK_3,ActionEvent.ALT_MASK));
submenu.add(bmt);
omenu.addSeparator();                                //添加分隔线
JCheckBoxMenuItem cm=new JCheckBoxMenuItem("Always On Top");  //复选菜单项
omenu.add(cm);                                       //将复选菜单项添加到 Option 菜单
omenu.addSeparator();                                //添加分隔线
```

该代码设置了相应菜单的热键和快捷键以及添加了分隔线,如图 7-12 所示。

(4) 菜单项产生 ActionEvent 事件,程序必须实现 actionPerformed(ActionEvetnt e)方法,对菜单选择做出响应。在该方法中调用 e. getSource ( ) 或 e. getActionCommand()来判断用户单击的菜单项,并完成这个菜单项定义的操作。例如:

图 7-12　在菜单中添加热键、快捷键以及分隔线

```
public void actionPerformed(ActionEvent e){
    if(e.getActionCommand()=="Exit")
        System.exit(0);
}
```

7.3　"简单计算器模拟"案例

7.3.1　案例分析

【案例描述】

第 7.2 节中的案例只是实现了一个简易计算器的界面设计,在本案例中,实现一个计算器程序的简单事件处理部分。本案例只是实现了简单的四则运算,有兴趣的读者可以自己补充完成其他事件处理部分。程序运行结果如图 7-13 所示。

【案例目的】

(1) 了解 Java 事件处理模型。

(2) 掌握 Java 事件处理的一般步骤和方法。

图 7-13　改进计算器界面

【技术要点】

程序中利用自定义方法 parseExpression()完成对表达式的处理,执行计算,并将结果赋予变量 currentTotal。如果在这个方法中有任何异常,如非法计算表达式、非法运算符号、数字等都将抛出异常。代码中对这些异常进行处理,并显示出错信息,使用户正确使用这个模拟计算器。自定义方法 parseExpression()利用 String 类的 StringTokenizer()完成对表达式的评估。

```
private void parseExpression(){
    String operatorStr;
    char[] operatorArray=new char[1];
    StringTokenizer tokens=new StringTokenizer(expression);
    currentTotal=Double.parseDouble(tokens.nextToken());
    while(tokens.hasMoreTokens()){
        operatorStr=tokens.nextToken();
        operatorArray=operatorStr.toCharArray();
        operator=operatorArray[0];
        operandValue=Double.parseDouble(tokens.nextToken());
        compute();
    }
}
```

7.3.2　代码实现

```
//计算器事件处理部分的主要代码,界面设计代码参照第 7.2 节中的案例
class CalculatorHandler extends KeyAdapter implements ActionListener{
    String expression=null;
    private char operator;
    double operandValue, currentTotal;
    public void actionPerformed(ActionEvent e){      //按钮事件处理
    Object source=e.getSource();
    if(done){
        textAnswer.setText("");
        done=false;
```

```
            }
        for(int i=0; i<button.length; i++){          //10个数字按钮事件处理
            if(source==button[i])
                textAnswer.append(""+i);             //显示
        }
        //操作按钮事件处理
        if(source==buttonAdd)
            textAnswer.append("+");
        else if(source==buttonSub)
            textAnswer.append("-");
        else if(source==buttonMul)
            textAnswer.append(" * ");
        else if(source==buttonDiv)
            textAnswer.append("/");
        else if(source==buttonDot)
            textAnswer.append(".");
        else if(source==buttonEqual){
            showResult();
        }
        else if(source==buttonC||source==buttonCe)
            textAnswer.setText("");
    }
public void keyPressed(KeyEvent e){                   //键盘事件处理
        char source=e.getKeyChar();                   //得到事件触发键字符
        if(done){
            textAnswer.setText("");                   //清除显示
            done=false;                               //重设标志变量
        }
        for(char ch='0'; ch<='9'; ch++){              //10个数字键事件处理
            if(source==ch )
                textAnswer.append(""+ch);             //显示
        }
        //操作键事件处理
        if(source=='+')
            textAnswer.append("+");
        else if(source=='-')
            textAnswer.append("-");
        else if(source==' * ')
            textAnswer.append(" * ");
        else if(source=='/')
            textAnswer.append("/");
        else if(source=='.')
            textAnswer.append(".");
        else if(source=='='||source=='\n')            //回车也代表等号键
```

```
            showResult();                              //调用自定义方法显示运算结果
        else if(source==' ')                           //空格键清除显示
            textAnswer.setText("");
        else if(e.getKeyCode()==KeyEvent.VK_ESCAPE)     //Esc键关闭退出
            System.exit(0);
    }
//自定义方法 parseExpression()利用 String 类的 StringTokenizer()完成对表达式的评估
private void parseExpression(){
        String operatorStr;
        char[] operatorArray=new char[1];
        StringTokenizer tokens=new StringTokenizer(expression);
        currentTotal=Double.parseDouble(tokens.nextToken());
        while(tokens.hasMoreTokens()){
            operatorStr=tokens.nextToken();
            operatorArray=operatorStr.toCharArray();
            operator=operatorArray[0];
            operandValue=Double.parseDouble(tokens.nextToken());
            compute();
        }
    }
//自定义方法 compute()完成计算操作
private void compute(){
        switch(operator){
            case '+': currentTotal+=operandValue;
                    break;
            case '-': currentTotal-=operandValue;
                    break;
            case '*': currentTotal * =operandValue;
                    break;
            case '/': currentTotal/=operandValue;
                    break;
            default: System.out.println("wrong operator…");   //不在运算操作符之内
                    break;
        }
    }
//方法 showResult()对显示在计算器文本窗口中的表达式进行处理评估、执行运算,并将结果
//显示在文本框窗口中
private void showResult(){
        try{
            expression=textAnswer.getText();         //得到显示在文本窗口中的表达式
            parseExpression();                       //调用自定义方法处理表达式
            textAnswer.append("="+currentTotal);     //显示运算结果
            done=true;                               //改变状态显示
        }catch(Exception ex){                        //捕获异常
```

```
            JOptionPane.showMessageDialog(null,"Wrong enter.Click on the textAnswer
            and trye again…");
            textAnswer.setText("");
            done=true;
            textAnswer.requestFocus();
        }
    }
}
```

7.3.3 案例知识点

1. 事件处理模型

Java 语言提供的事件处理模型是一种人机交互模型,使用户能够通过鼠标、键盘或其他输入设备的操作控制程序的执行流程,从而达到人机交互的目的。对鼠标、键盘或其他输入设备的各种操作一般称做事件。

在 Java 语言中,事件处理模型是以对象形式封装的。这种事件处理模型的 3 个基本要素是事件源、事件类对象以及事件监听器。当用户与 GUI 程序进行交互时,会触发相应的事件,产生事件的组件称为事件源。触发事件后系统会自动创建事件类对象,组件本身不会处理事件,而是将事件对象交给 Java 运行系统,系统将事件对象委托给专门的处理事件的实体,该实体对象会调用自身的事件处理方法对事件进行响应的处理,处理事件的实体称为事件监听器。

2. 常用监听器接口

不同的事件由不同的事件监听器监听,每一种事件都对应有其事件监听器接口,有些事件还有其对应的适配器,如表 7-14 所示。

表 7-14　事件与其对应的监听器、适配器

事件类型	监听器接口	方　　法	适配器
ActionEvent	ActionListener	actionPerformed(ActionEvent)	
AdjustmentEvent	AdjustmentListener	adjustmentValue(AdjustmentEvent)	
ComponentEvent	ComponentListener	componentHidden(ComponentEvent) componentMoved(ComponentEvent) componentResized(ComponentEvent) componentShown(ComponentEvent)	ComponentAdapter
ContainerEvent	ContainerListenre	componentAdded(ContainerEvent) componentRemoved(ContainerEvent)	ContainerAdapter
FocusEvent	FocusListener	focusGained(FocusEvent) focusLost(FocusEvent)	FocusAdapter
ItemEvent	ItemListener	itemStateChange(ItemEvent)	
KeyEvent	KeyListener	keyPressed(KeyEvent) keyReleased(KeyEvent) keyTyped(KeyEvent)	KeyAdapter

事件类型	监听器接口	方　　法	适配器
MouseEvent	MouseMontionListener	mouseDragged(MouseEvent) mouseMoved(MouseEvent)	MouseMontionAdapter
	MouseListener	mouseClicked(MouseEvent) mouseEntered(MouseEvent) mouseExited(MouseEvent) mousePressed(MouseEvent) mouseReleased(MouseEvent)	MouseAdapter
TextEvent	TextListener	textValueChanged(TextEvent)	
WindowEvent	WindowListener	windowActivated(WindowEvent) windowClosed(WindowEvent) windowClosing(WindowEvent) windowDeactivated(WindowEvent) windowDeiconified(WindowEvent) windowIconified(WindowEvent) windowOpened(WindowEvent)	WindowAdapter

系统提供的监听器只是接口,确定了事件监听器的类型后,必须在程序中定义类来实现这些接口,重写接口中的所有方法,重写的方法中加入具体的处理事件的代码。定义了事件监听器后,要使用事件源类的事件注册方法来为事件源注册一个事件监听器类的对象,格式为:

事件源.addXxxListener(事件监听器对象);

这样,事件源产生的事件会传送给注册的事件监听器对象,从而捕获事件进行相应的处理。

适配器是一种特殊设计的 API 类,适配器实现了它所对应的接口,对它所对应的接口中的所有方法提供空程序体。应用适配器,可简化事件处理编程,因为只需对感兴趣的方法编写代码。编译时,未提供代码的其他方法都自动使用适配器提供的空程序体。

例如即使程序只涉及 WindowListener 的 windowClosing()方法,如果使用监听器接口必须完善这个接口的所有的 7 个方法,而使用适配器只需编写需要的 windowClosing()方法,其他方法自动使用适配器提供的空程序体,简化了编程。

由此可以总结出 Java 事件处理的一般步骤如下。

(1) 选择正确的事件监听器接口。

(2) 注册每个需要事件处理的事件源。

(3) 编写事件处理的程序代码。在处理事件的方法里可以根据不同的事件源写出不同的处理程序。

例如,下面是利用窗口适配器处理关闭窗口事件。

```
import javax.swing.*;
import java.awt.event.*;
```

```
import javax.swing.event.*;
public class EX7_7 extends JFrame{
    static EX7_7 frm=new EX7_7();
    static WinLis wlis=new WinLis();
    public static void main(String[]args){
        frm.setSize(200,150);
        frm.setTitle("Window Event");
        frm.addWindowListener(wlis);                //注册窗口事件
        frm.setVisible(true);
    }
    static class WinLis extends WindowAdapter{       //窗口事件处理
        public void windowClosing(WindowEvent e){
            System.exit(0);
        }
    }
}
```

3. 鼠标事件处理

几乎所有的 CUI 组件的事件触发都通过鼠标来实现。在绝大多数情况下,都应用专门为该组件量身定做的事件处理接口或适配器来实现事件处理任务。但一个 GUI 组件应用程序离不开鼠标本身的事件处理。鼠标事件处理可以分为以下 3 大类。

(1) 利用鼠标控制 GUI 组件的事件处理。例如,在弹出式菜单事件处理中,由鼠标右键触发这个菜单的显示。

(2) 利用鼠标控制非 GUI 组件的事件处理。例如,根据鼠标在一幅图像中所指的位置、动作以及鼠标键状态的变化,触发不同的事件,完成指定的任务和操作。

(3) 开发由鼠标事件产生的应用程序。例如,利用鼠标操作编写绘画、写字以及游戏等应用程序。

Java 以 MouseListener 和 MouseMontionListener 接口作为鼠标事件的监听器接口。其中 MouseListener 接口里声明了 5 个处理不同事件的方法,如表 7-15 所示。

表 7-15　MouseListener 接口里声明的方法

MouseListener 接口里声明的方法	功 能 说 明
mouseClicked(MouseEvent)	在事件源上方按一下鼠标按键(此操作包括按下和放开两个程序)
mouseEntered(MouseEvent)	鼠标指针进入事件源
mouseExited(MouseEvent)	鼠标指针移出事件源
mousePressed(MouseEvent)	按下鼠标的任意一个按键
mouseReleased(MouseEvent)	放开鼠标被按下的按键

另外,MouseMontionListener 接口里也声明了两个方法,用来处理鼠标的“移动”和“拖拽”事件,如表 7-16 所示。

表 7-16 **MouseMontionListener 接口里声明的方法**

MouseMontionListener 接口里声明的方法	功 能 说 明
mouseDragged(MouseEvent)	当鼠标在事件源上方拖拽时触发该方法
mouseMoved(MouseEvent)	当鼠标在事件源上方移动时触发该方法

同样,MouseListener 和 MouseMontionListener 接口的事件处理方法多于一个,因此 Java 也提供了MouseAdapter 适配器,针对相关的事件编写程序代码。

例如,下面的程序是以 MouseListener 接口处理鼠标事件的范例。在窗口内配置一个 Button 组件,用来检测鼠标事件,还另外配置了一个 TextArea,用来显示是哪一种鼠标事件被触发,如图 7-14 所示。

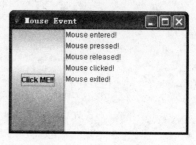

图 7-14 鼠标事件范例

```java
import javax.swing.*;
import javax.swing.event.*;
import java.awt.*;
import java.awt.event.*;
public class EX7_8 extends JFrame implements MouseListener{
    static EX7_8 frm=new EX7_8();
    static JButton btn=new JButton("Click ME!!");
    static JTextArea txa=new JTextArea();
    public static void main(String[] args){
        BorderLayout br=new BorderLayout(2,5);
        frm.setSize(300,200);
        frm.setTitle("Mouse Event");
        frm.setLayout(br);
        btn.addMouseListener(frm);              //设置 frm 为 btn 的监听器
        txa.setEditable(false);
        frm.add(btn,br.WEST);
        frm.add(txa,br.CENTER );
        frm.setVisible(true);
    }
    public void mouseEntered(MouseEvent e){     //鼠标指针进入 btn 上方
        txa.setText("Mouse entered!\n");
    }
    public void mouseClicked(MouseEvent e){     //按下并放开鼠标按钮
        txa.append("Mouse clicked!\n");
    }
    public void mouseExited(MouseEvent e){      //鼠标指针移开 btn 上方
        txa.append("Mouse exited!\n");
    }
    public void mousePressed(MouseEvent e){     //按下鼠标按钮
        txa.append("Mouse pressed!\n");
```

```
    }
    public void mouseReleased(MouseEvent e){          //放开鼠标按钮
        txa.append("Mouse released!\n");
    }
}
```

4. 键盘事件处理

在 Java 中提供了专门用来进行键盘事件处理的接口 KeyListener 以及适配器 KeyAdapter。除了监控键盘本身的按键操作之外,键盘事件处理还可以模拟和执行如下常用键盘功能。

(1) 助记键和快捷键触发的组件事件。当具有助记键和快捷键的组件,如菜单以及菜单选项实现并注册了其事件处理时,这个功能便自动实现。这种情况下,无需再提供键盘事件处理代码。

(2) 定义键的特殊用途,使其具有指定的含义和功能。例如,显示指定的文字、符号、图形、数字等。

(3) 键盘过滤功能。如过滤指定字符、数字以及功能键。

其中 KeyListener 接口里声明了 3 个处理不同事件的方法,如表 7-17 所示。

表 7-17　KeyListener 接口里声明的方法

KeyListener 接口里声明的方法	功能说明
keyPressed(KeyEvent)	按下按键事件
keyReleased(KeyEvent)	放开按键事件
keyTyped(KeyEvent)	按下和放开按键事件

另外,在 KeyEvent 类中还提供了一些用来处理键盘事件的常用方法,如表 7-18 所示列出了一些常用的方法。

表 7-18　KeyEvent 常用方法

方　　法	主　要　功　能
char getKeyChar()	返回按下的字符
char getKeyCode()	返回字符码
boolean isActionKey()	判断所按下的按键是否为 ActionKey,所谓 ActionKey 是指方向键、PgDn、PgUp 以及 F1～F12 等按键
boolean isAltDown()	判断所按下的按键是否为 Alt 键
boolean isControlDown()	判断所按下的按键是否为 Ctrl 键
boolean isShiftDown()	判断所按下的按键是否为 Shift 键

例如,下面的程序是以 KeyAdapter 适配器处理键盘事件的范例。当按键按下时,若按键不是 ActionKey,则输出所按的字符,否则输出"ActionKey is Pressed!"字符串。运行结

果如图 7-15 所示。

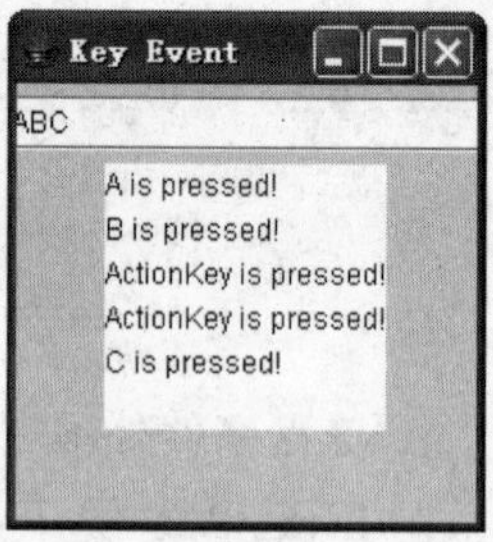

```java
import javax.swing.*;
import java.awt.*;
import java.awt.event.*;
public class EX7_9 extends JFrame{
    static EX7_9 frm=new EX7_9();
    static JTextField txf=new JTextField(18);
    static JTextArea txa=new JTextArea("");
    public static void main(String[] args){
        frm.setSize(200,300);
        frm.setTitle("Key Event");
        frm.setLayout(new FlowLayout(FlowLayout.CENTER));
        txf.addKeyListener(new KeyLis());                 //注册事件
        txa.setEditable(false);
        frm.add(txf);
        frm.add(txa);
        frm.setVisible(true);
    }
    static class KeyLis extends KeyAdapter{               //键盘按键按下事件
        public void keyPressed(KeyEvent e){
            if(e.isActionKey())
                txa.append("ActionKey is pressed!\n");
            else
                txa.append(e.getKeyChar()+" is pressed!\n");
        }
    }
}
```

图 7-15　键盘事件处理范例

7.4　"简单小日历"案例

7.4.1　案例分析

【案例描述】

本案例实现一个日历的功能,可以显示当前的年、月、日和星期。也可以查询、选择年、月后显示当时的日历。程序运行结果如图 7-16 所示。

【案例目的】

(1) 掌握 JApplet 的创建与使用。

(2) 掌握 JComboBox、JLabel 等组件的使用方法以及标准对话框 JOptionPane 的使用方法。

【技术要点】

(1) 获得当前时间的方法。

利用 Calendar 类的 getInstance()方法可以获得当前时间,同时可以使用它的 get(int)方法获取有关年份、月份、小时、星期等信息。例如:

```
Calendar cal=Calendar.getInstance();          //获取当前日历
cal.get(Calendar.MONTH);                      //返回当前月份,1月用 0 表示
```

图 7-16　万年历运行界面

（2）置空按钮的设置方法。

首先要根据选定月份的第一天是星期几来确定绘制按钮的起始位置,假设 day_week 就是要绘制的起始位置,则：

```
day_week=6+cal.get(Calendar.DAY_OF_WEEK);
```

然后对于那些没有数值可以显示的按钮要置空。

```
//第一天前面的按钮置空
for(int i=7;i<day_week;i++){
button_day[i].setText("");
}
//最后一天后面的按钮置空
for(int i=day_week+day;i<49;i++){
button_day[i].setText(" ");
}
```

7.4.2　代码实现

```
//文件 MyCalendar.java
import javax.swing.*;
import java.awt.*;
import java.awt.event.*;
import java.util.*;
```

```java
public class MyCalendar extends JApplet implements ActionListener{
    Calendar cal=Calendar.getInstance();                    //初始化日历对象
    JComboBox Month=new JComboBox();                         //月份下拉列表
    JLabel Year_l=new JLabel("年份:");                       //定义年份标签
    JLabel Month_l=new JLabel("月份:");                      //定义月份标签
    JButton button_day[]=new JButton[49];                   //定义一个数组用来存放日期
    JButton button_today=new JButton("当前日期");           //显示选择日期
    JButton button_ok=new JButton("确定");                  //显示今天按钮
    int now_year=cal.get(Calendar.YEAR);                    //获取年份值
    int now_month=cal.get(Calendar.MONTH);                  //获取月份值
    String year_int=null;                                   //存放年份
    int month_int;                                          //存放月份
    //定义年份微调按钮模型
    SpinnerNumberModel model=new SpinnerNumberModel(now_year,now_year-100,
    now_year+100,1);
    JSpinner Year=new JSpinner(model);                      //定义年份微调按钮
    JPanel pane_ym=new JPanel();                            //放置年份和月份以及控制按钮面板
    JPanel pane_day=new JPanel();                           //定义放置日期面板
    JPanel pane_parent=new JPanel();                        //放置以上两个面板
    int day_week=0;                                         //初始化当前星期
    int day=0;                                              //初始化当前日期
    Font f1=new Font("Courie",Font.BOLD,15);
    public MyCalendar(){
        Year.setEditor(new JSpinner.NumberEditor(Year,"#"));   //设置年份显示模式
        for(int i=1;i<=12;i++){                            //初始化月份下拉列表
            Month.addItem(i+"月");
        }
        pane_ym.add(Year_l);                               //添加年份标签
        pane_ym.add(Year);                                 //添加年份调控
        Month.setSelectedIndex(now_month);                 //设定年份下拉列表为当前月份
        pane_ym.add(Month_l);                              //添加月份标签
        pane_ym.add(Month);                                //添加月份下拉列表框
        pane_ym.add(button_today);                         //添加当前日期按钮
        pane_ym.add(button_ok);                            //添加确定按钮
        button_ok.addActionListener(this);                 //确定按钮添加监听事件
        button_today.addActionListener(this);              //当前日期按钮添加监听事件
        //初始化日期按钮并绘制
        pane_day.setLayout(new GridLayout(7,7,3,3));
        for(int i=0;i<49;i++){
            button_day[i]=new JButton(" ");
            pane_day.add(button_day[i]);
        }
        this.setDay();                                         //调用 setDay()方法
        pane_parent.setLayout(new BorderLayout());         //设置布局管理器
        pane_day.setBorder(BorderFactory.createEmptyBorder(3,3,3,3));
```

```
        Container con=getContentPane();
        con.setLayout(new BorderLayout());
        con.add(pane_day,BorderLayout.SOUTH);
        con.add(pane_ym,BorderLayout.NORTH);
    }
    void setDay(){
        year_int=Year.getValue().toString();              //当前选中的年份赋值
        month_int=Month.getSelectedIndex();               //当前选中的月份赋值
        int year_sel=Integer.parseInt(year_int);          //获得年份值
        cal.set(year_sel,month_int,1);                    //构造一个日期
        String week[]={"星期日","星期一","星期二","星期三","星期四","星期五","星期六"};
        int day=0;                                        //day用来存放某个月份的天数
        //给前7个按钮赋值
        for(int i=0;i<7;i++){
            button_day[i].setText(week[i]);
            button_day[i].setFont(f1);
        }
        //根据月份来设定day的值,其中二月份要判断是否为闰年
        if(month_int==0||month_int==2||month_int==4||month_int==6||month_int==7
        ||month_int==9||month_int==11){
            day=31;
        }
        else if(month_int==3||month_int==5||month_int==8||month_int==10){
            day=30;
        }
        else{
            if(year_sel%4==0&&year_sel%100!=0||year_sel%400==0){
                day=29;
            }
            else{
                day=28;
            }
        }
        day_week=6+cal.get(Calendar.DAY_OF_WEEK);
        int count=1;
        //绘制按钮,在这里要首先根据选定的月份的第一天是星期几来确定绘制按钮的起始位置,
        //其中day_week就是要绘制的起始位置,对于那些没有数值可以显示的按钮要置空
        for(int i=day_week;i<day_week+day;count++,i++){
            if(i%7==0||i==13||i==20||i==27||i==34||i==41||i==48){
                button_day[i].setForeground(Color.RED);
                button_day[i].setText(count+"");
                button_day[i].setFont(f1);
            }
            else{
                button_day[i].setForeground(Color.BLUE);
```

```
                button_day[i].setText(count+"");
                button_day[i].setFont(f1);
            }
        }
        for(int i=7;i<day_week;i++){                    //第一天前面的按钮置空
                button_day[i].setText(" ");
        }
            for(int i=day_week+day;i<49;i++){           //最后一天后面的按钮置空
                button_day[i].setText(" ");
            }


    }
    public void actionPerformed(ActionEvent e){
        if(e.getSource()==button_ok){
            this.setDay();              //如果单击"确定"按钮就调用 setday()方法重新绘制按钮
        }
        else if(e.getSource()==button_today){   //如果单击"当前日期"按钮,得到当前日期
            Month.setSelectedIndex(now_month);       //设定月份下拉列表为当前月份
            Year.setValue(new Integer(now_year));     //设定年份调控为当前年份
            if(day_week==0){
                for(int i=day;i<49;i++){              //按钮全部清空
                    button_day[i].setText(" ");
                }
            }
            this.setDay();
        }
    }
}
```

7.4.3 案例知识点

1. 标签 JLabel

标签既可以显示文本也可以显示图像。标签不能接收键盘的信息输入,只能查看其内容而不能修改,它本身不响应任何事件,也不能获得键盘焦点。JLabel 常用的方法如表 7-19 所示。

表 7-19 JLabel 常用方法

方　　法	主　要　功　能
JLabel()	创建无图像并且其标题为空字符串的 JLabel
JLabel(Icon image)	创建具有指定图像的 JLabel 实例
JLabel(Icon image,int alignment)	创建具有指定图像和对齐方式的 JLabel 实例
JLabel(String text)	创建具有指定文本的 JLabel 实例
JLabel(String text,int alignment)	创建具有指定文本和对齐方式的 JLabel 实例

方　　法	主 要 功 能
String getText()	返回 JLabel 中的标题
void setText(String txt)	设定 JLabel 中的标题为 txt
void setToolTipText(String txt);	设定当光标落在 JLabel 上时显示的文字为 txt
void setHorizontalAlignment(int align)	设定对齐方式为 align
Icon getIcon()	返回 JLabel 中的图标
void setIcon(Icon icon)	设定 JLabel 中的图标为 icon
int getIconTextGap()	返回 JLabel 中的标题与图标的距离(像素)
void setIconTextGap(int gap)	设定 JLabel 中的标题与图标的距离(像素)

说明,JLabel 的对其方式有 3 种:

```
JLabel.LEFT        //左对齐
JLabel.CENTER      //中对齐
JLabel.RIGHT       //右对齐
```

例如,下面的代码段创建两个标签,其对齐方式均为中对齐,第一个标签显示的文字为
"同一个世界,同一个梦想!",第二个标签显示指定的"fuwa.gif"图像。

```
JLabel lb=new JLabel("同一个世界,同一个梦想!",JLabel.CENTER);
JLabel back1=new JLabel(new ImageIcon("fuwa.gif"),JLabel.CENTER);
```

2. 组合框 JComboBox

组合框 JComboBox 是列表框 JList 的一种变体,可以看做是 JTextField 组件和 JList
组件的结合。当用户单击列表按钮时,才会出现下拉选项,所以节省空间。组合框可以设置
成可编辑与不可编辑两种形式,对于不可编辑的 JComboBox,相当于一个 JList,用户只能
在现有的选项列表中进行选择;对于可编辑的 JComboBox,用户既可以在现有的选项中进
行选择,也可以输入新的内容。默认情况下为不可编辑。JComboBox 的常用方法如表 7-20
所示。

表 7-20　JComboBox 常用方法

方　　法	主 要 功 能
JComboBox()	构造一个空 JComboBox 对象
JComboBox(Object[] data)	构造一个 JComboBox 对象,使其显示指定数组中的元素
void addItem(Object item)	在 JComboBox 中添加一个项目 item
void insertItemAt(Object item, int index)	插入一个项目 item 到 index 位置
void removeItemAt(int index)	删除第 index 项
void removeItem(Object item)	删除名为 item 的项目
void removeAllItems()	删除 JComboBox 中的所有项

方　　法	主　要　功　能
Object getItemAt(int index)	返回第 index 项的名称
int getItemCount()	返回 JComboBox 中的项目总数
int getSelectedIndex()	返回 JComboBox 中被选择的项目的索引，－1 表示没有项目被选
Object getSelectedItem()	返回 JComboBox 中被选择的项目的名称
void setSelectedIndex(int index)	选择第 index 项
void setSelectedItem(Object item)	选择名为 item 的项
void setEditable(boolean b)	确定 JComboBox 字段是否可编辑

　　下面通过一个具体的实例来演示如何使用组合框，运行结果如图 7-17 所示。

图 7-17　组合框演示窗口

```java
import java.awt.*;
import javax.swing.*;
public class EX7_10 extends JFrame{
    JComboBox jcb;
    JLabel lb;
    public EX7_10(){
        lb=new JLabel("血型:",JLabel.RIGHT);
        jcb=new JComboBox();
        jcb.addItem("A 型");
        jcb.addItem("B 型");
        jcb.addItem("O 型");
        jcb.addItem("AB 型");
        Container con=getContentPane();
        con.setLayout(new FlowLayout());
        con.add(lb);
        con.add(jcb);
        setTitle("组合框演示");
        setDefaultCloseOperation(JFrame.DISPOSE_ON_CLOSE);
        setSize(200,100);
        setVisible(true);
        validate();
    }
    public static void main(String args[]){
        EX7_10 frm=new EX7_10();
    }
}
```

3. 微调按钮 JSpinner

微调按钮 JSpinner 让用户从一个有序序列中选择一个数字或者一个对象值的单行输

入字段。spinner 通常提供一对带小箭头的按钮以便逐步遍历序列元素。键盘的向上/向下方向键也可循环遍历元素。也允许用户在 spinner 中直接输入合法值。尽管组合框提供了相似的功能,但因为 spinner 不要求可隐藏重要数据的下拉列表,所以有时它也成为首要选择。JSpinner 的常用方法如表 7-21 所示。

表 7-21　JSpinner 常用方法

方　　法	主 要 功 能
JSpinner()	构造一个初值为 0 的 JSpinner 对象
JSpinner(SpinnerModel model)	构造一个具有 next/previous 按钮和 SpinnerModel 编辑器的 spinner
void setEditor(JComponent editor)	更改显示 SpinnerModel 当前值的 JComponent
JComponent getEditor()	返回显示和潜在更改模型值的组件
void setValue(Object value)	更改模型的当前值,通常此值是 editor 所显示的值
Object getValue()	返回模型的当前值,通常此值是 editor 所显示的值
Object getNextValue()	返回序列中由 getValue()所返回的对象之后的对象。如果已达到序列结尾,则返回 null
void setModel(SpinnerModel model)	更改表示此 spinner 值的模型
SpinnerModel getModel()	返回定义此 spinner 值序列的 SpinnerModel

JSpinner 序列的值由其 SpinnerModel 定义。此 model 可指定为构造方法的参数,并且可通过 model 属性进行更改。提供了针对某些常见类型的 SpinnerModel 类:SpinnerListModel、SpinnerNumberModel 和 SpinnerDateModel。

(1) SpinnerListModel 的值由数组或 List 定义的 SpinnerModel 简单实现。例如,创建一个由一周几天的名称数组定义的模型:

```
String[]days=new DateFormatSymbols().getWeekdays();
SpinnerModel model=new SpinnerListModel(Arrays.asList(days).subList(1,8));
```

(2) SpinnerNumberModel 用于数字序列的 SpinnerModel。该序列的上下边界由名为 minimum 和 maximum 的属性定义。nextValue 和 previousValue 方法计算的增加或减少的大小由名为 stepSize 的属性定义。该 minimum 和 maximum 属性可以为 null,指示该序列没有下限和上限。

例如,要创建 0~100 整数范围(初始值为 50)的 SpinnerNumberModel,可以写入:

```
SpinnerNumberModel model=new SpinnerNumberModel(50,0,100,1);
```

(3) SpinnerDateModel Date 序列的一个 SpinnerModel。序列的上下边界由称为 start 和 end 的属性定义,而通过 nextValue 和 previousValue 方法计算的增加和减少的大小由称做 calendarField 的属性定义。start 和 end 属性可以为 null,以指示序列没有下限和上限。

下面通过一个具体的实例来演示如何使用微调按钮,运行结果如图 7-18 所示。

图 7-18　微调按钮演示

```
import javax.swing. * ;
import javax.swing.event. * ;
public class EX7_11 extends JFrame{
    public EX7_11()
    {
        JPanel panel=new JPanel();
        this.add(panel);
        JSpinner s=new JSpinner(new SpinnerDateModel());
        panel.add(s);
        this.setTitle("微调按钮实例");
        this.setSize(200,100);
        this.setVisible(true);
        this.setDefaultCloseOperation(JFrame.EXIT_ON_CLOSE);
    }
    public static void main(String[] args){
        new EX7_11();


    }
}
```

7.5 "用户注册界面"案例

7.5.1 案例分析

【案例描述】

本案例建立的是某网站的一个注册界面,运行结果如图 7-19 所示。当程序运行时,将窗口中的各项填充完整,若各项都填充正确,单击"注册"按钮,则弹出一个"消息"对话框,提示"注册成功",若没有输入用户名,则弹出一个"消息"对话框,提示"用户名不能为空!",若两次输入的密码不相同,则弹出一个"消息"对话框,提示"两次输入的密码不同,请重新输入!"。若单击"清除"按钮,则刚才所填写的内容将被清空。

【案例目的】

掌握 JTextField、JPasswordField、JTextArea、JRadioButton、JCheckBox、JComboBox、JList、JScrollPane 等组件的使用方法以及标准对话框 JOptionPane 的使用方法。

【技术要点】

(1) 创建一个容器类,以容纳其他要显示的组件,在本例中使用 JApplet 作为顶层容器,要想把组件添加到 JApplet,需要把它添加到 JApplet 实例的内容面板中。

(2) 设置布局管理器,根据本例的特点采用网格包布局管理器 GridBagLayout。

(3) 添加相应的组件,本案例用到的组件有标签 JLabel、按钮 JButton、单行文本框 JTextField、口令框 JPasswordField、多行文本框 JTextArea、单选按钮 JRadioButton、多选按钮 JCheckBox、组合框 JComboBox、列表框 JList、滚动面板 JScrollPane 等。

(4) 编写事件处理代码,按钮的事件操作通过注册事件监视器来获得。当单击"注册"按钮时,会根据不同的情况弹出不同的提示对话框,该问题的实现是通过调用标准对话框

JOptionPane 实现的。

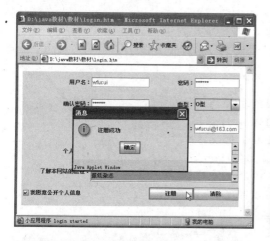

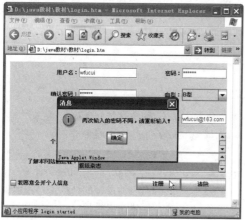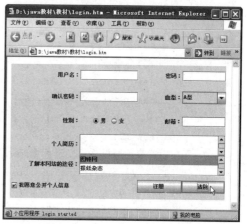

图 7-19　用户注册界面

7.5.2　代码实现

```
//文件 login.java
import java.awt.*;
import java.awt.event.*;
import javax.swing.*;
import javax.swing.event.*;
public class login extends JApplet implements ActionListener{
    JLabel lb1,lb2,lb3,lb4,lb5,lb6,lb7,lb8;
    JTextField tf1,tf2;
    JPasswordField pf1,pf2;
    JTextArea ta;
    JButton bt1,bt2;
    JRadioButton rb[]=new JRadioButton[2];
    ButtonGroup btg;
    JCheckBox cb;
```

```
JList list;
JComboBox jcb;
JPanel pn1,pn2,pn3;
JScrollPane sp1,sp2;
public login(){
    //创建标签组件
    lb1=new JLabel("用户名: ",JLabel.RIGHT);
    lb2=new JLabel("密码: ",JLabel.RIGHT);
    lb3=new JLabel("确认密码: ",JLabel.RIGHT);
    lb4=new JLabel("血型: ",JLabel.RIGHT);
    lb5=new JLabel("性别: ",JLabel.RIGHT);
    lb6=new JLabel("邮箱: ",JLabel.RIGHT);
    lb7=new JLabel("个人简历: ",JLabel.RIGHT);
    lb8=new JLabel("了解本网站的途径: ",JLabel.RIGHT);
    //创建单行文本框组件
    tf1=new JTextField(15);
    tf2=new JTextField(15);
    //创建口令框
    pf1=new JPasswordField(15);
    pf2=new JPasswordField(15);
    ta=new JTextArea(5,15);                              //创建多行文本框
    sp1=new JScrollPane();                               //创建滚动面板
    //设置滚动面板总是显示垂直滚动条
    sp1.setVerticalScrollBarPolicy(JScrollPane.VERTICAL_SCROLLBAR_ALWAYS);
    sp1.getViewport().add(ta);                           //向滚动面板的浏览窗口添加组件
    bt1=new JButton("注册");                             //创建按钮组件
    bt2=new JButton("清除");
    bt1.addActionListener(this);                         //将窗口注册为事件监听器
    bt2.addActionListener(this);
    rb[0]=new JRadioButton("男");                        //创建单选按钮组件
    rb[1]=new JRadioButton("女");
    rb[0].setSelected(true);                             //设置单选按钮的默认选项
    btg=new ButtonGroup();                               //创建按钮组
    btg.add(rb[0]);                                      //向按钮组中添加单选按钮
    btg.add(rb[1]);
    cb=new JCheckBox("我愿意公开个人信息",true); //创建列表框组件
    String[] data={"因特网","报纸杂志","朋友同事","其他方式"};
    list=new JList(data);
    list.setSelectedIndex(0);                            //设置列表框的默认选项
    sp2=new JScrollPane();
    sp2.setVerticalScrollBarPolicy(JScrollPane.VERTICAL_SCROLLBAR_ALWAYS);
    sp2.getViewport().add(list);
    jcb=new JComboBox();                                 //创建组合框组件
    jcb.addItem("A 型");
    jcb.addItem("B 型");
```

```java
jcb.addItem("O 型");
jcb.addItem("AB 型");
jcb.setSelectedIndex(0);                        //设置组合框的默认选项
pn1=new JPanel();
pn1.add(lb5);
pn1.add(rb[0]);
pn1.add(rb[1]);
GridBagLayout gb=new GridBagLayout();
Container con=getContentPane();
con.setLayout(gb);
GridBagConstraints c=new GridBagConstraints();
c.fill=GridBagConstraints.HORIZONTAL;
c.anchor=GridBagConstraints.EAST;
c.weightx=1.0;
c.weighty=1.0;
c.qridwidth=1;
c.gridheight=1;
gb.setConstraints(lb1,c);
con.add(lb1);
gb.setConstraints(tf1,c);
con.add(tf1);
c.gridwidth=1;
gb.setConstraints(lb2,c);
con.add(lb2);
c.gridwidth=GridBagConstraints.REMAINDER;
gb.setConstraints(pf1,c);
con.add(pf1);
c.gridwidth=1;
gb.setConstraints(lb3,c);
con.add(lb3);
gb.setConstraints(pf2,c);
con.add(pf2);
c.gridwidth=1;
gb.setConstraints(lb4,c);
con.add(lb4);
c.gridwidth=GridBagConstraints.REMAINDER;
gb.setConstraints(jcb,c);
con.add(jcb);
c.gridwidth=1;
gb.setConstraints(lb5,c);
con.add(lb5);
gb.setConstraints(pn1,c);
con.add(pn1);
c.gridwidth=1;
gb.setConstraints(lb6,c);
```

```java
            con.add(lb6);
            c.gridwidth=GridBagConstraints.REMAINDER;
            gb.setConstraints(tf2,c);
            con.add(tf2);
            c.gridwidth=1;
            c.gridheight=3;
            c.fill=GridBagConstraints.BOTH;
            gb.setConstraints(lb7,c);
            con.add(lb7);
            c.gridwidth=GridBagConstraints.REMAINDER;
            c.gridheight=3;
            gb.setConstraints(sp1,c);
            con.add(sp1);
            c.gridwidth=1;
            c.gridheight=3;
            gb.setConstraints(lb8,c);
            con.add(lb8);
            c.gridwidth=GridBagConstraints.REMAINDER;
            c.gridheight=3;
            gb.setConstraints(sp2,c);
            con.add(sp2);
            c.weightx=1.0;
            c.gridwidth=2;
            c.fill=GridBagConstraints.HORIZONTAL;
            c.anchor=GridBagConstraints.CENTER;
            gb.setConstraints(cb,c);
            con.add(cb);
            c.gridwidth=1;
            gb.setConstraints(bt1,c);
            con.add(bt1);
            c.gridwidth=GridBagConstraints.REMAINDER;
            gb.setConstraints(bt2,c);
            con.add(bt2);
    }
    public void actionPerformed(ActionEvent e){
        if(e.getSource()==bt1){                          //若单击"注册"按钮
            if(tf1.getText().isEmpty())                  //若用户名称为空
                JOptionPane.showMessageDialog(this,"用户名不能为空!");
                                                         //消息对话框
            else if(pf1.getPassword().length>0)
                if(String.valueOf(pf1.getPassword()).equals(String.valueOf
                (pf2.getPassword())))
                    JOptionPane.showMessageDialog(this,"注册成功");
                else{
                    JOptionPane.showMessageDialog(this,"两次输入的密码不同,请
```

```
                        重新输入!");
                    pf1.setText("");
                    pf2.setText("");
                }
        }
        if(e.getSource()==bt2){                    //若单击"清除"按钮,则将各部分清空
            tf1.setText("");
            tf2.setText("");
            pf1.setText("");
            pf2.setText("");
            ta.setText("");
            rb[0].setSelected(true);
            list.setSelectedIndex(0);
            jcb.setSelectedIndex(0);
            cb.setSelected(true);
        }
    }
}
```

7.5.3 案例知识点

1. 单行文本框 JTextField 和口令框 JPasswordField

1) 单行文本框 JTextField

JTextField 只能对单行文本进行编辑,一般情况下只接收一些简短的信息。JTextField 的常用方法如表 7-22 所示。

表 7-22 JTextField 常用方法

方　　法	主　要　功　能
JTextField()	建立初始文字为空的 JTextField 对象
JTextField (String text)	建立一个初始文字为 text 的 JTextField 对象
JTextField (int len)	建立一个列数为 len 的 JTextField 对象
String getText()	返回文本框中的字符串
void setText(String text)	设定文本框中的显示字符串为 text
void setEditable(boolean b)	设定文本框是否可编辑,若 b 为 true,则文本框可编辑,否则不可编辑
int getColumns()	返回文本框中的列数
void setColumns(int len)	设定文本框中的列数为 len
int getHorizontalAlignment()	返回文本框中的水平对齐方式
void setHorizontalAlignment(int align)	设定文本框中的对齐方式
void requestFocus()	设置文本框 JTextField 的焦点

文本的对齐方式 align 的值有：

```
JTextField.LEFT            //左对齐
JTextField.CENTER          //居中对齐
JTextField.RIGHT           //右对齐
JTextField.LEADING         //前端对齐
JTextField.TRAILING        //尾部对齐
```

2）口令框 JPasswordField

口令框 JPasswordField 是从单行文本框 JTextField 扩展而来的，专门用于用户口令等需要保密的文字的输入，与 JTextField 不同的是在口令框中输入的字符将不会正常显示出来，而是使用字符"＊"替代。JPasswordField 的常用方法如表 7-23 所示。

表 7-23　JPasswordField 常用方法

方　　法	主　要　功　能
JPasswordField()	建立初始文字为空的 JPasswordField 对象
JPasswordField（String text）	建立一个初始文字为 text 的 JPasswordField 对象
JPasswordField（int len）	建立一个列数为 len 的 JPasswordField 对象
char[] getPassword()	返回 JPasswordField 中的字符
void setEchoChar(char c)	设定用字符 c 为密码回显字符
void setToolTipText(String text)	设定当光标落在 JPasswordField 上时显示的提示信息为 text
char getEchoChar()	返回密码回显字符
boolean echoCharIsSet()	判断是否设置了密码回显字符

下面通过一个具体的实例来演示如何使用单行文本框和口令框，运行结果如图 7-20 所示。

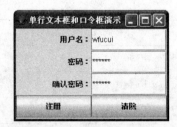

图 7-20　单行文本框和口令框演示窗口

```
import java.awt.*;
import javax.swing.*;
public class EX7_12 extends JFrame{
    JTextField tf;
    JPasswordField pf1,pf2;
    JButton bt1,bt2;
    JLabel lb1,lb2,lb3;
    public EX7_12(){
        lb1=new JLabel("用户名: ",JLabel.RIGHT);
        lb2=new JLabel("密码: ",JLabel.RIGHT);
        lb3=new JLabel("确认密码: ",JLabel.RIGHT);
        tf=new JTextField(15);              //创建单行文本框
        pf1=new JPasswordField(15);         //创建口令框
        pf2=new JPasswordField(15);
        bt1=new JButton("注册");
        bt2=new JButton("清除");
```

```
        Container con=getContentPane();
        con.setLayout(new GridLayout(4,2));
        con.add(lb1);
        con.add(tf);
        con.add(lb2);
        con.add(pf1);
        con.add(lb3);
        con.add(pf2);
        con.add(bt1);
        con.add(bt2);
        setTitle("单行文本框和口令框演示");
        setDefaultCloseOperation(JFrame.DISPOSE_ON_CLOSE);
        setSize(260,180);
        setVisible(true);
        validate();
    }
    public static void main(String args[]){
        EX7_12 frm=new EX7_12();                          //建立窗口
    }
}
```

2. 多行文本框 JTextArea 和滚动面板 JSrollPane

1) 多行文本框 JTextArea

JTextArea 是可以编辑多行文本信息的文本框,但文本区域不能自动进行滚屏处理,即当文本内容超出文本区域的范围时,文本区域不会自动出现滚动条,这时可以将文本区域添加到滚动面板 JSrollPane 中,从而实现给文本区域自动添加滚动条的功能。当文本信息在水平方向上超出文本区域范围时会自动出现水平滚动条;当文本信息在竖直方向上超出文本区域范围时会自动出现竖直滚动条。

JTextArea 的常用方法如表 7-24 所示。

表 7-24　JTextArea 常用方法

方　　法	主 要 功 能
JTextArea()	建立初始文字为空的 JTextArea 对象
JTextArea(String text)	建立一个初始文字为 text 的 JTextArea 对象
JTextArea(int rows,int cols)	建立一个 rows 行、cols 列的 JTextArea 对象
JTextArea(String text,int rows,int cols)	建立一个初始文字为 text、rows 行、cols 列的 JTextArea 对象
String getText()	返回文本编辑框 JTextArea 中的文本
void setText(String text)	设定文本编辑框 JTextArea 中的显示文本为 text
void setToolTipText(String text);	设定当光标落在 JTextArea 上时显示的提示信息为 text
int getColumns()	返回文本编辑框 JTextArea 中的列数
void setColumns(int cols)	设定文本编辑框 JTextArea 中的列数为 cols

方　法	主要功能
int getRows()	返回文本编辑框 JTextArea 中的行数
void setRows(int rows)	设定文本编辑框 JTextArea 中的行数为 rows
void append(String text)	将字符串 text 添加到文本编辑框 JTextArea 中的最后面
void insert(String text,int pos)	将字符串 text 插入到文本编辑框 JTextArea 中的第 pos 位置处
void replaceRange(String text,int start,int end)	将文本编辑框 JTextArea 中的从 start 到 end 之间的字符用 text 代替
void setLineWrap(boolean wrap)	设定文字是否自动换行
Void setWrapStyleWord(boolean wrap)	设定是否以单词为界进行换行
int getTabSize()	返回 Tab 键的大小
void setTabSize(int size)	设定 Tab 键的大小

注意：JTextArea 默认不会自动换行，可以使用回车换行。在多行文本框中按回车键不会触发事件。多行文本框不会自动产生滚动条，超过预设行数会通过扩展自身高度来适应。如果要产生滚动条从而使其高度不会变化，那么就需要配合使用滚动面板（JSrollPane）。

2）滚动面板 JSrollPane

滚动面板 JSrollPane 是带滚动条的面板，主要是通过移动 JViewport 视口来实现的。JViewport 是一种特殊的对象，用于查看基层组件，滚动条实际就是沿着组件移动视口，同时描绘出它在下面看到的内容。在 Swing 中像 JTextArea、JList 等组件都没有自带滚动条，因此需要利用滚动面板附加滚动条。JSrollPane 的常用方法如表 7-25 所示。

表 7-25　**JSrollPane 常用方法**

方　法	主要功能
JSrollPane()	创建一个空的（无视口的视图）JScrollPane，需要时水平和垂直滚动条都可显示
JSrollPane(Componet view)	创建一个显示指定组件内容的 JScrollPane，只要组件的内容超过视图大小就会显示水平和垂直滚动条
JSrollPane(Componet view, int vsbPolicy, int hsbPolicy)	创建一个 JScrollPane，它将视图组件显示在一个视口中，视图位置可使用一对滚动条控制
JSrollPane(int vsbPolicy, int hsbPolicy)	创建一个具有指定滚动条策略的空（无视口的视图）JScrollPane
JScrollBar createHorizontalScrollBar()	创建水平滚动条
JScrollBar createVerticalScrollBar()	创建垂直滚动条
JViewPort getViewport()	返回当前的 JViewport
JScrollBar getHorizontalScrollBar()	返回水平滚动条
JScrollBar getVerticalScrollBar()	返回垂直滚动条

方　　法	主 要 功 能
int getHorizontalScrollBarPolicy()	返回水平滚动策略值
int getVerticalScrollBarPolicy()	返回垂直滚动策略值
void setHorizontalScrollBarPolicy(int policy)	设置水平滚动策略为 policy
void setVerticalScrollBarPolicy(int policy)	设置垂直滚动策略为 policy

另外,可以利用下面这些参数来设置滚动策略:

```
HORIZONTAL_SCROLLBAR_ALAWAYS        //显示水平滚动条
HORIZONTAL_SCROLLBAR_NEVER          //不显示水平滚动条
VERTICAL_SCROLLBAR_ALWAYS           //显示垂直滚动条
VERTICAL_SCROLLBAR_NEVER            //不显示垂直滚动条
```

同时,由于 JScrollPane 为矩形形状,因此就有 4 个位置来摆放边角(Corner)组件,这 4 个地方分别是左上、左下、右上、右下,对应的参数分别如下:

```
JScrollPane.UPPER_LEFT_CORNER
JScrollPane.LOWER_LEFT_CORNER
JScrollPane.UPPER_RIGHT_CORNER
JScrollPane.LOWER_RIGHT_CORNER
```

下面通过一个具体的实例来演示如何使用多行文本框以及如何给多行文本框添加滚动条,运行结果如图 7-21 所示。

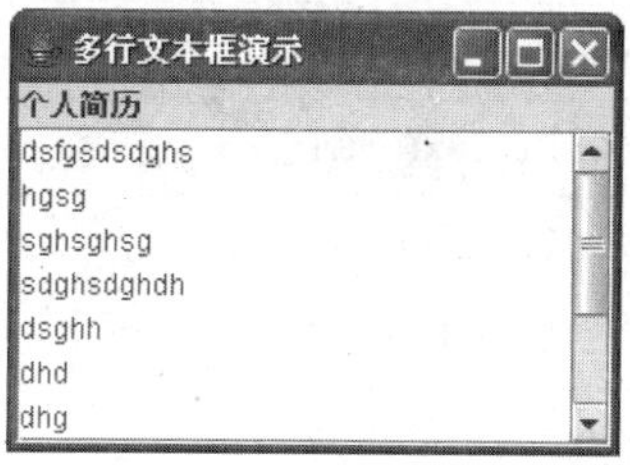

图 7-21　多行文本框演示

```
import java.awt.*;
import javax.swing.*;
public class EX7_13 extends JFrame{
    JTextArea ta;
    JLabel lb;
    JScrollPane sp;
    public EX7_13(){
        lb=new JLabel("个人简历",JLabel.LEFT);
        ta=new JTextArea(5,15);                          //构建多行文本框
        sp=new JScrollPane();                            //构建滚动面板
        sp.setVerticalScrollBarPolicy(JScrollPane.VERTICAL_SCROLLBAR_ALWAYS);
                                                         //设置显示垂直滚动条
        sp.getViewport().add(ta);                        //向浏览窗口添加组件
        Container con=getContentPane();
        con.add(lb,BorderLayout.NORTH);
        con.add(sp,BorderLayout.CENTER);
        setTitle("多行文本框演示");
        setDefaultCloseOperation(JFrame.DISPOSE_ON_CLOSE);
        setSize(260,180);
        setVisible(true);
```

```
        validate();
    }
    public static void main(String args[]){
        EX7_13 frm=new EX7_13();                                    //建立窗口
    }
}
```

3. 复选框 JCheckBox 和单选按钮 JRadioButton

复选框和单选按钮均为触发式组件,即单击这些组件时,都能触发 ActionEvent 和 ItemEvent 事件。

1) 复选框 JCheckBox

复选框用来做多项选择,用户可以选择一项或多项。复选框一般与文本标签一起出现,默认该标签显示在复选框的右侧。JCheckBox 的常用方法如表 7-26 所示。

表 7-26　JCheckBox 常用方法

方　　法	主　要　功　能
JCheckBox()	构造一个空的 JCheckBox 对象
JCheckBox(String text)	构造一个标题为 text 的 JCheckBox 对象
JCheckBox(String text,boolean selected)	构造一个标题为 text,初始状态为 selected 的 JCheckBox 对象
JCheckBox(Icon icon)	构造一个图标为 icon 的 JCheckBox 对象
JCheckBox(String text,Icon icon)	构造一个标题为 text,图标为 icon 的 JCheckBox 对象
String getText()	返回按钮 JCheckBox 中的标题
void setText(String txt)	设定按钮 JCheckBox 中的标题为 txt
boolean isSelected()	判断按钮是否处于选中状态
void setSelected (boolean stat)	设定按钮 JCheckBox 的选择状态为 stat
Icon getIcon()	返回 JCheckBox 中的图标
void setIcon(Icon, icon)	设定 JCheckBox 中的图标为 icon
void setSelectedIcon(Icon icon)	设定 JCheckBox 处于选定状态下的图标为 icon

2) 单选按钮(JRadioButton)

单选按钮 JRadioButton 和复选框 JCheckBox 类似,不同的是,在若干个复选框中可以同时选中多个,而一组单选按钮同一时刻只能有一个被选中。为了使单选按钮不相容,必须将相关的单选按钮放到某组中。要对单选按钮分组,应使用 ButtonGroup 再创建一个对象,然后利用这个对象把若干个单选按钮归组,归到同一组的按钮每一时刻只能选择其中之一。具体的分组方法如下所示。

```
JRadioButton rb1,rb2;                   //建立单选按钮
ButtonGroup group=new ButtonGroup();    //建立分组
group.add(rb1);                         //将单选按钮添加到组中,使 rb1 和 rb2 在同一组中
group.add(rb2);
```

JRadioButton 的常用方法与 JCheckBox 的常用方法相同。

下面通过一个具体的实例来演示复选框和单选按钮的使用方法,运行结果如图 7-22 所示。

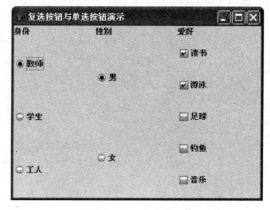

图 7-22　复选按钮与单选按钮演示

```
import java.awt.*;
import javax.swing.*;
public class EX7_14 extends JFrame{
    JLabel lb1,lb2,lb3;
    JRadioButton rb1[]=new JRadioButton[3];     //创建单选按钮数组
    JRadioButton rb2[]=new JRadioButton[2];
    JCheckBox cb[]=new JCheckBox[5];            //创建复选框数组
    ButtonGroup btg1,btg2;
    JPanel pn,pn1,pn2,pn3,pn4;
    public EX7_14(){
        lb1=new JLabel("身份");
        lb2=new JLabel("性别");
        lb3=new JLabel("爱好");
        rb1[0]=new JRadioButton("教师");         //创建"身份"单选按钮
        rb1[1]=new JRadioButton("学生");
        rb1[2]=new JRadioButton("工人");
        rb1[0].setSelected(true);               //将 rb1[0]的初始状态设置为选中
        btg1=new ButtonGroup();                 //创建按钮组
        btg1.add(rb1[0]);                       //向按钮组中添加单选按钮
        btg1.add(rb1[1]);
        btg1.add(rb1[2]);
        rb2[0]=new JRadioButton("男");           //创建"性别"单选按钮
        rb2[1]=new JRadioButton("女");
        rb2[0].setSelected(true);               //将 rb2[0]的初始状态设置为选中
        btg2=new ButtonGroup();                 //创建按钮组
        btg2.add(rb2[0]);                       //向按钮组中添加单选按钮
        btg2.add(rb2[1]);
        cb[0]=new JCheckBox("读书");             //创建"爱好"复选框
        cb[1]=new JCheckBox("游泳");
```

```java
        cb[2]=new JCheckBox("足球");
        cb[3]=new JCheckBox("钓鱼");
        cb[4]=new JCheckBox("音乐");
        cb[0].setSelected(true);                    //将 cb[0]和 cb[1]的初始状态设置为选中
        cb[1].setSelected(true);
        pn=new JPanel();                            //创建面板 pn
        pn.setLayout(new GridLayout(1,3));          //设置 pn 的布局方式为 GridLayout
        pn.add(lb1);                                //向 pn 面板中添加 3 个标签
        pn.add(lb2);
        pn.add(lb3);
        pn1=new JPanel();                           //创建面板 pn1
        pn1.setLayout(new GridLayout(3,1));         //设置 pn1 的布局方式为 GridLayout
        pn1.add(rb1[0]);                            //向 pn1 面板中添加单选按钮
        pn1.add(rb1[1]);
        pn1.add(rb1[2]);
        pn2=new JPanel();                           //创建面板 pn2
        pn2.setLayout(new GridLayout(2,1));         //设置 pn2 的布局方式为 GridLayout
        pn2.add(rb2[0]);                            //向 pn2 面板中添加单选按钮
        pn2.add(rb2[1]);
        pn3=new JPanel();                           //创建面板 pn3
        pn3.setLayout(new GridLayout(5,1));         //设置 pn3 的布局方式为 GridLayout
        pn3.add(cb[0]);                             //向 pn3 面板中添加复选框
        pn3.add(cb[1]);
        pn3.add(cb[2]);
        pn3.add(cb[3]);
        pn3.add(cb[4]);
        pn4=new JPanel();                           //创建面板 pn4
        pn4.setLayout(new GridLayout(1,3));         //设置 pn4 的布局方式为 GridLayout
        pn4.add(pn1);                               //向 pn4 面板中添加组件
        pn4.add(pn2);
        pn4.add(pn3);
        Container con=getContentPane();
        con.setLayout(new BorderLayout());
        con.add(pn,BorderLayout.NORTH);
        con.add(pn4,BorderLayout.CENTER);
        setTitle("复选按钮与单选按钮演示");
        setDefaultCloseOperation(JFrame.DISPOSE_ON_CLOSE);
        setSize(400,300);
        setVisible(true);
        validate();
    }
    public static void main(String args[]){
        EX7_14 frm=new EX7_14();                    //建立窗口
    }
}
```

4. 标准对话框 JOptionPane

标准对话框 JOptionPane 主要用来在程序运行过程中,通过对话框窗口来提示或让用户输入数据、显示程序运行结果、报错等。标准对话框 JOptionPane 的构造函数有 7 个,多数情况下,都不通过构造函数的方式使用标准对话框,而是利用 JOptionPane 提供的一些静态方法来建立标准对话框。这些方法都是以 showXxxxxxDialog 的形式出现。在 JOptionPane 类中定义了多个 showXxxxxxDialog 形式的静态方法,它们可以分为以下 4 种类型:

```
showConfirmDialog       //确认对话框,询问问题,要求用户确认(yes/no/cancel)
showInputDialog         //输入对话框,提示用户输入,可以是文本输入或组合框输入
showMessageDialog       //消息对话框,显示信息,告知用户发生了什么情况
showOptionDialog        //选项对话框,显示选项,要求用户选择
```

JOptionPane 中定义了 YES_OPTION、NO_OPTION、CANCEL_OPTION、OK_OPTION 和 CLOSED_OPTION 等常量,分别代表用户选择了 YES、NO、CANCEL、OK 按钮以及未选择而直接关闭了对话框。

除了 showOptionDialog 之外,其他 3 种方法都定义了若干不同的同名方法,例如 showMessageDialog 有 3 个同名方法,分别如下:

```
showMessageDialog(Component parentComponent,Object message)
showMessageDialog (Component parentComponent, Object message, String title, int
messageType)
showMessageDialog (Component parentComponent, Object message, String title, int
messageType,Icon icon)
```

这些形如 showXxxxxxDialog 方法的参数,一般分为以下几种类型。

① Component parentComponent,对话框的父窗口对象,其屏幕坐标将决定对话框的显示位置;此参数可以为 null,表示采用默认的 Frame 作为父窗口,此时对话框设置在屏幕的正中。

② Object message,要置于对话框中的描述消息。在最常见的应用中,该参数就是一个 String 常量,但也可是一个图标、一个组件或者一个对象数组。

③ String title,对话框的标题。

④ int messageType,对话框所传递的信息类型。外观管理器布置的对话框可能因此值而异,并且往往提供默认图标,可能的值为:

```
ERROR_MESSAGE
INFORMATION_MESSAGE              //默认值
WARNING_MESSAGE
QUESTION_MESSAGE
PLAIN_MESSAGE
```

⑤ Icon icon,要置于对话框中的装饰性图标。图标的默认值由 messageType 参数确定。

⑥ int optionType,定义在对话框的底部显示的选项按钮的集合,即:

```
DEFAULT_OPTION
YES_NO_OPTION
```

YES_NO_CANCEL_OPTION
OK_CANCEL_OPTION

用户并非仅限于使用选项按钮的此集合。

⑦ Object initialValue，默认选择输入值。

不同的 showXxxxxxDialog() 方法，返回类型不尽相同：

```
showMessageDialog()      //没有返回值
showConfirmDialog()      //方法返回 int 型数值,代表用户确认按钮的序号
showOptionDialog()       //方法返回 int 型数值,代表用户选择按钮的序号
showInputDialog()        //方法的返回值为 String 或 Object,代表用户的输入或选项
```

下面通过一个具体的实例来演示标准对话框的使用方法，运行结果如图 7-23 所示。

图 7-23　标准对话框演示

```
import javax.swing.JOptionPane;
public class EX7-15{
    public static void main(String[] args){
        String s=JOptionPane.showInputDialog("Enter a string:");
                                            //提示用户输入字符串
        String output="";                   //声明和初始化输出字符串
        if(isPalindrome(s))
            output=s+"is a palindrome";
        else
            output=s+"is not a palindrome";
        JOptionPane.showMessageDialog(null, output);   //显示结果
    }
    //判断字符串 s 是否是回文,是回文返回 true;否则返回 false
    public static boolean isPalindrome(String s){
        int low=0;                          //字符串中第一个字符的下标
        int high=s.length()-1;              //字符串中最后一个字符的下标
        while(low<high){
                if(s.charAt(low)!=s.charAt(high))
                    //使用 charAt 方法判断 low 与 high 位置上的对应字符是否相同
                        return false;       //不是回文串
            low++;
            high--;
        }
        return true;                        //是回文串
    }
}
```

· 170 ·

习 题 7

一、选择题

1. 下列关于容器的描述中,错误的是(　　)。

　　A. 容器是由若干个组件和容器组成的

　　B. 容器是对图形界面中界面元素的一种管理

　　C. 容器是一种指定宽和高的矩形范围

　　D. 容器都是可以独立的窗口

2. 下列界面元素中,不是容器的是(　　)。

　　A. JList　　　　　　B. JFrame　　　　　　C. JDialog　　　　　　D. JPanel

3. 下列关于实现图形用户界面的描述中,错误的是(　　)。

　　A. 放在容器中的组件首先要定义,接着要初始化

　　B. 放在容器中的多个组件是要进行布局的,默认的布局是 FlowLayout

　　C. 容器中的所有组件都是事件组件,都可产生事件对象

　　D. 事件处理是由监听者定义的方法来实现的

4. 在对语句"but. addActionListener(this);"的解释中,错误的是(　　)。

　　A. but 是某种事件对象,如按钮事件对象

　　B. this 表示当前容器

　　C. ActionListener 是动作事件的监听者

　　D. 该语句的功能是将 but 对象注册为 this 对象的监听者

5. 所有事件类的父类是(　　)。

　　A. ActionEvent　　　B. AwtEvent　　　　C. KeyEvent　　　　D. MouseEvent

6. 所有 GUI 标准组件类的父类是(　　)。

　　A. JButton　　　　　B. JList　　　　　　C. Component　　　　D. Container

7. 下列各种布局管理器中,JWindow 类、JDialog 类和 JFrame 类的默认布局是(　　)。

　　A. FlowLayout　　　B. CardLayout　　　C. BorderLayout　　　D. GridLayout

8. 在下列的容器中,最简单的无边框的又不能移动和缩放的只能包含在另一种容器中的容器是(　　)。

　　A. JWindow　　　　　B. JDialog　　　　　C. JFrame　　　　　　D. JPanel

9. 下列关于菜单和对话框的描述中,错误的是(　　)。

　　A. JFrame 容器是可以容纳菜单组件的容器

　　B. 菜单条中可包含若干个菜单,菜单中又可包含若干菜单项,菜单项中还可包含菜单子项

　　C. 对话框与 JFrame 一样都可作为程序的最外层容器

　　D. 对话框内不含有菜单条,它由 JFrame 弹出

10. 以下哪条语句构造了可以显示 10 行文本行,每行大约 60 个字符的多行文本框?(　　)

　　A. JTextArea obj＝new JTextArea (10,60);

B. JTextArea obj＝new JTextArea (60,10)；

C. JTextField obj＝new JTextField (10,60)；

D. JTextField obj＝new JTextField (60,10)；

11. 在容器中使用 BorderLayout 布局管理器,该容器最多可容纳(　　)个组件。

  A. 6   B. 9   C. 8   D. 5

12. 下列布局中将组件从上到下,从左到右依次摆放的是(　　)。

  A. BorderLayout   B. FlowLayout   C. CardLayout   D. GridLayout

13. 以下方法可以用于在 JFrame 中加入 JMenuBar 的是(　　)。

  A. setMenu()   B. setMenuBar()   C. add()   D. addMenuBar()

14. 单击按钮引发的事件是(　　)。

  A. ActinEvent   B. ItemEvent   C. MouseEvent   D. KeyEvent

15. 在 Java 语言的下列包中,提供图形界面构件的包是(　　)。

  A. java. io   B. javax. swing   C. java. net   D. java. rmi

16. 下列 Java 常见事件类中哪个是鼠标事件类?(　　)

  A. InputeEvent   B. KeyEvent   C. MouseEvent   D. WindowEvent

17. 下列哪个选项是创建一个标识有"关闭"按钮的语句?(　　)

  A. JTextField b＝new JTextField("关闭")；

  B. JTextArea b＝new JTextArea ("关闭")；

  C. JButton b＝new JButton("关闭")；

  D. JCheckbox b＝new JCheckbox("关闭")；

二、填空题

1. JLabel、JTextField 或 JTextArea 中 setText(String)的作用是＿＿＿＿。

2. GridLayout(7,3)将显示区域划分为＿＿＿＿行＿＿＿＿列。

3. JPasswordField 中 setEchoChar(char c)方法的作用是＿＿＿＿。

4. ActionEvent 类中获得事件源对象的方法是＿＿＿＿。

5. 完成下列程序,使 5 个按钮分别位于边框布局中的东、南、西、北、中方向。

```
import javax.swing.*;
import java.awt.*;
public class Ex7_2_5 extends JFrame{
    String strName[]={"东","西","南","北","中"};
    JButton btn[];
    public Ex7_2_5(){
        super("边框布局");
        setSize(260,200);
        init();
    }
    public void init(){
        this.getContentPane().setLayout(new BorderLayout());
        btn=new JButton[strName.length];
        for(int i=0;i<strName.length;i++){
```

```
        _____
    }
    this.getContentPane().add(btn[0], _____);
    this.getContentPane().add(btn[1], _____);
    this.getContentPane().add(btn[2], _____);
    this.getContentPane().add(btn[3], _____);
    this.getContentPane().add(btn[4], _____);
    }
    public static void main(String args[]){
        Ex7_2_5 fm=new Ex7_2_5();
        fm.show();
    }
}
```

三、判断题

1. 将菜单栏 JMenuBar 添加到容器中,与其他组件的添加有所不同,不用 add()方法,而是使用专门的设置菜单栏的方法 setJMenuBar()。   (   )

2. JApplet 是一种特殊的 JPanel,它是 Java Applet 程序的最外层容器。   (   )

3. 在 Java 的委派事件处理模型中,不能使用外部类作为聆听者。   (   )

四、简答题

1. 如果要设置字形为粗体与斜体,应如何表示?

2. Swing 主要用来处理文字输入的组件有哪些?

3. 创建菜单需要哪些步骤?

4. Java 事件的处理步骤有哪些?

5. JFrame 类对象的默认布局是什么布局? 和 JPanel 类对象的默认布局相同吗?

五、程序设计题

1. 创建如图 7-24 所示的一个简单的计算器。通过单击数字按钮得到两个加数,进行求和运算。程序设计提示:将 12 个按钮加到面板 JPanel 中,JPanel 使用 GridLayout,进行 3 行 4 列的布局,使按钮均匀分布在面板中。将面板加到窗口中。利用 getActionCommand() 方法,返回按钮的标签。

2. 编写一个程序,建立一个带有菜单的窗体。当用户选择 Color 或 Style 菜单的相关选项时,标签中文字的字体和颜色会发生相应的变化。程序运行界面如图 7-25 所示。

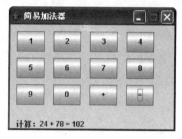

图 7-24 简单计算机的窗口布局

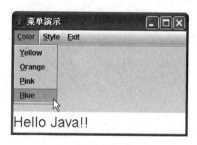

图 7-25 菜单窗口

3. 编写一个程序，将窗口尺寸设置为不可更改，并处理窗口事件，使得单击窗口关闭按钮时，会弹出对话框，提示用户是否确定要关闭窗口。程序运行界面如图 7-26 所示。

图 7-26　关闭提示窗口

4. 编写一个程序，用列表框列出一些选项，设置两个按钮，单击按钮就会将所选的选项从一个列表框移到另一个列表框中。程序运行界面如图 7-27 所示。

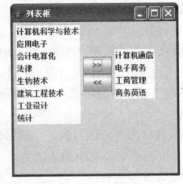

图 7-27　列表框

第8章 Java 文件和流

教学目标与要求：

本章介绍 Java 语言中流的概念和输入输出类库中常用类的定义和使用方法。通过对本章的学习，读者应该掌握以下内容：

- 流、字节流和字符流的概念；
- 基本输入输出流；
- 文件处理；
- 缓冲区输入和输出流。

教学重点与难点：

输入输出类的不同特点和使用方法；对象的序列化操作；文件的压缩和解压缩的使用方法。

8.1 Java 文件和流概述

文件是用来存储计算机数据的，是计算机软件的重要组成部分。它可以存放在多种介质中，例如硬盘、软盘和光盘，而且还可以通过网络传输。内存也可以存储计算机数据，但与存储在硬盘上的文件数据相比，存储在内存中的数据在计算机关机或掉电时一般就消失。因此以文件形式存储的数据具有永久性。Java 所支持的文件输入输出（文件 I/O）不仅可以是传统的存储在本地计算机外存中的文件，也可以是网页服务器文件、网络插座文件 socket files、任何可读写设备中的文件。从文件的种类来说，Java 支持文本文件、二进制码文件、对象文件以及压缩文件的输入输出。

"数据流"的概念和技术简化了对文件输入输出的理解、处理以及操作。所谓"数据流"指的是所有数据通信通道中数据的起点和终点。例如，从键盘读取数据到程序，这样就形成了一个数据通道，数据的起点就是键盘，数据的终点就是正在执行的程序，而在通道中流动的就是程序所需要的数据。

Java 语言中的数据流从功能上分为两类：输入数据流和输出数据流。输入数据流将数据从文件、标准输入或其他外部输入设备读入计算机程序，而输出数据流则将计算机程序中的数据保存到文件或传输到其他输出设备。

按处理数据的类型，流可以分为字节流和字符流，输入字节流的类为 InputStream，输出字节流的类为 OutputStream，具体的输入输出操作由这两个类的子类完成，包括文件字节输入输出流（FileInputStream 和 FileOutputStream）、缓冲字节输入输出流（BufferedInputStream 和 BufferedOutputStream）、对象输入输出流（ObjectInputStream 和 ObjectOutputSteam）等。输入字符流的类为 Reader，输出字符流的类为 Writer。另外还有一个特殊的类，文件随机访问类 RandomAccessFile，它可以对文件进行随机访问，而且可以同时使用这个类的对象对文件进行输入输出操作。

Java 还提供了一个 File 类用于读取磁盘中的文件或目录信息，File 类的对象并不打开文件，也不提供任何文件处理功能，它的主要功能是检查一个文件是否存在以及使用文件类获取文件的路径信息等。

对 Java 文件内容进行操作的基本步骤如下：

（1）创建该文件所对应的输入输出流对象，以获得相关的系统资源。

（2）对该文件进行读（输入）写（输出）操作。

（3）关闭文件，以释放所占用的系统资源。

8.2 "文件管理"案例

8.2.1 案例分析

【案例描述】

文件管理包括获取文件的路径、测试文件的属性、获取文件的信息、目录操作等。java.io 包中提供了实现这些操作的方法。本案例使用 java.io 中的 File 类来实现文件的管理，程序运行界面如图 8-1 所示。

图 8-1 文件管理窗口

【案例目的】

掌握利用 File 类构造文件对象的使用方法,掌握利用 File 类提供的相关方法完成文件名的处理、文件属性的测试以及目录的操作等。

【技术要点】

(1) 定义图形用户主界面。

(2) 定义实现各个菜单项的 ActionEvent 事件处理方法。

(3) 通过输入对话框输入要进行操作的文件或目录名。

(4) 利用 File 对象的方法实现指定的功能。

(5) 将信息显示在文本域中。

8.2.2 代码实现

```java
//文件 WenJian.java
import java.awt.*;
import java.awt.event.*;
import javax.swing.*;
import javax.swing.event.*;
import java.io.*;
import java.util.*;
class WenJian extends JFrame implements ActionListener{
    JMenuItem jm1,jm2,jm3,jm4,jm5,jm6,jm7,jm8;
    File newfile;
    JTextArea ta;
    JScrollPane sp;
    WenJian(){
        JMenuBar mb=new JMenuBar();
        setJMenuBar(mb);
        JMenu fileMenu=new JMenu("文件");
        mb.add(fileMenu);
        JMenu contMenu=new JMenu("目录");
        mb.add(contMenu);
        JMenu exitMenu=new JMenu("退出");
        mb.add(exitMenu);
        fileMenu.add(jm1=new JMenuItem("获取文件系统的属性"));
        fileMenu.addSeparator();
        fileMenu.add(jm2=new JMenuItem("获取文件名称及路径"));
        fileMenu.add(jm3=new JMenuItem("测试当前文件的属性"));
        fileMenu.add(jm4=new JMenuItem("取文件信息"));
        fileMenu.addSeparator();
        fileMenu.add(jm5=new JMenuItem("文件重命名"));
        contMenu.add(jm6=new JMenuItem("新建目录"));
        contMenu.add(jm7=new JMenuItem("显示目录内容"));
        exitMenu.add(jm8=new JMenuItem("退出程序"));
        jm1.addActionListener(this);
```

```java
            jm2.addActionListener(this);
            jm3.addActionListener(this);
            jm4.addActionListener(this);
            jm5.addActionListener(this);
            jm6.addActionListener(this);
            jm7.addActionListener(this);
            jm8.addActionListener(this);
            Container con=getContentPane();
            ta=new JTextArea("",20,50);
            sp=new JScrollPane();                           //构建滚动面板
            sp.setVerticalScrollBarPolicy(JScrollPane.VERTICAL_SCROLLBAR_ALWAYS);
                                                            //设置显示垂直滚动条
            sp.getViewport().add(ta);                       //向浏览窗口添加组件
            con.add(sp);
            ta.setFont(new Font("宋体",Font.PLAIN,15));
            con.validate();
            validate();
            pack();
            setTitle("文件管理");
            setVisible(true);
            setDefaultCloseOperation(JFrame.EXIT_ON_CLOSE);
        }
    public void actionPerformed(ActionEvent e){
        String actionCommand=e.getActionCommand();
        if(e.getSource() instanceof JMenuItem){
            if("获取文件系统的属性".equals(actionCommand)){
                ta.setText("获取文件系统的一些属性: "+"\n");
                ta.setText(ta.getText()+"path sepaiator: "+File.pathSeparator+"\n");
                ta.setText(ta.getText()+"path sepaiator char: "+File.pathSeparatorChar+
                "\n");
                ta.setText(ta.getText()+"sepaiator: "+File.separator+"\n");
                ta.setText(ta.getText()+"sepaiator char: "+File.separatorChar +"\n");
                ta.setText(ta.getText()+"Class: "+File.class+"\n");
            }
            else if("获取文件名称及路径".equals(actionCommand)){
                String s=(String)JOptionPane.showInputDialog(null,"输入文件名或目
                录名","");
                if((s!=null)&&(s.length()>0)){
                    File file1=new File(s);
                    //getPath()方法得到一个文件的路径名
                    ta.setText("获取文件"+file1.getPath()+"的名称、路径等"+"\n");
                    //getName()方法得到一个文件名
                    ta.setText(ta.getText()+"文件名: "+file1.getName()+"\n");
                    ta.setText(ta.getText()+"文件路径名: "+file1.getPath()+"\n");
                    //getAbsolutePath()方法得到一个文件的绝对路径名
```

```java
            ta.setText(ta.getText()+"文件的绝对路径名："+file1.getAbsolutePath()
            +"\n");
            //getParent()方法得到一个文件的上一级目录名
            ta.setText(ta.getText()+"文件的上一级目录名为："+file1.getParent()
            +"\n");
        }
    }
    else if("测试当前文件的属性".equals(actionCommand)){
        String s=(String)JOptionPane.showInputDialog(null,"输入文件名或目
        录名","");
        if((s!=null)&&(s.length()>0)){
            File file3=new File(s);
            ta.setText("测试文件"+file3.getPath()+"的属性"+"\n");
            //exists()检查 File 文件是否存在
            ta.setText(ta.getText()+"检查文件是否存在："+file3.exists()+"\n");
            //canRead()方法返回当前文件是否可读
            ta.setText(ta.getText()+"是否可读："+file3.canRead()+"\n");
            //canWrite()方法返回当前文件是否可写
            ta.setText(ta.getText()+"是否可写"+file3.canWrite()+"\n");
            //isFile()方法返回当前 File 对象是否是文件
            ta.setText(ta.getText()+"是否是文件："+file3.isFile()+"\n");
            //isDirectory()方法返回当前 File 是否是目录
            ta.setText(ta.getText()+"是否是目录："+file3.isDirectory()+"\n");
        }
    }
    else if("取文件信息".equals(actionCommand)){
        String s=(String)JOptionPane.showInputDialog(null,"输入文件名","");
        if((s!=null)&&(s.length()>0)){
            File file4=new File(s);
            ta.setText("获取文件"+file4.getPath()+"的信息"+"\n");
            Calendar cd=Calendar.getInstance();
            //lastModified()方法得到文件最近修改的时间
            cd.setTimeInMillis(file4.lastModified());
            ta.setText(ta.getText()+"最近修改文件的时间："+String.valueOf
            (cd.getTime())+"\n");
            //length()方法得到以字节为单位的文件长度
            ta.setText(ta.getText()+"文件的长度为："+String.valueOf
            (file4.length())+"\n");
        }
    }
    else if("文件重命名".equals(actionCommand)){
        String s=(String)JOptionPane.showInputDialog(null,"输入原文件名","");
        if((s!=null)&&(s.length()>0)){
            File file2=new File(s);
            String s1=(String)JOptionPane.showInputDialog(null,"输入新文
```

```
                         件名","");
                         if((s1!=null)&&(s1.length()>0)){
                             File GaiMing=new File(s1);
                             //renameTo()方法将当前文件更名为给定路径的新文件名
                             file2.renameTo(GaiMing);
                         }
                     }
                }
                else if("新建目录".equals(actionCommand)){
                     ta.setText("");
                     String s=(String)JOptionPane.showInputDialog(null,"输入新建目录名","");
                     if((s!=null)&&(s.length()>0)){
                         File newML=new File(s);
                         newML.mkdir();                  //建立一个新的目录
                     }
                }
                else if("显示目录内容".equals(actionCommand)){
                     String s=(String)JOptionPane.showInputDialog(null,"输入目录名","");
                     if((s!=null)&&(s.length()>0)){
                         File file5=new File(s);
                         String[] Str;
                         Str=file5.list();
                         ta.setText("列出目录"+file5.getPath()+"目录下所有内容: "+"\n");
                         for(int i=0;i< Str.length;i++){
                             ta.setText(ta.getText()+Str[i]+"\n");
                         }
                     }
                }
                else if("退出程序".equals(actionCommand)){
                     System.exit(0);
                }
            }
        }
    public static void main(String args[]){
        WenJian WJ=new WenJian();
    }
}
```

8.2.3 案例知识点

1. 文件 File 类

File 类属于 java.io 包，它以一种系统无关的方式来描述一个文件对象的属性。而目录在 Java 中作为一种特殊文件，即文件名的列表，通过类 File 所提供的方法，可得到文件或目录的描述信息，包括名字、路径、长度、可读、可写等，也可以生成新文件和新目录、修改文件和目录，查询文件属性或者删除文件。File 类常用的构造方法如表 8-1 所示。

表 8-1　**File 类常用构造方法**

构 造 方 法	主 要 功 能
File(String path)	创建一个文件对象,参数 path 表示文件路径名
File(String path,String filename)	创建一个文件对象,path 表示文件路径名,filename 表示文件名
File(File dir,String filename)	创建一个文件对象,dir 表示文件的目录名,filename 表示文件名

2. File 类的常用方法

File 类对象创建后,可以应用其相关方法来获取文件的信息,File 类的常用方法有如下几种:

(1) 文件名的相关方法,如表 8-2 所示。

表 8-2　**文件名的处理方法**

方 　 法	主 要 功 能
String getName()	得到一个不包含路径的文件名
String getParent()	得到文件上一级目录名
String getPath()	返回文件路径名
File getParentFile ()	得到文件对象的父路径名
String getAbsolutePath()	得到一个文件的绝对路径名
File getAbsoluteFile()	等价于 new File(this.getAbsolutePath())
boolean renameTo(File newName)	将当前 File 对象改名为给定路径的新文件名

(2) 文件属性的相关方法,如表 8-3 所示。

表 8-3　**文件属性的处理方法**

方 　 法	主 要 功 能
boolean exists()	测试当前 File 对象所指示的文件是否存在
boolean canWrite()	测试当前 File 对象是否可写
boolean canRead()	测试当前 File 对象是否可读
boolean isFile()	测试当前 File 对象是否是文件
boolean isDirectory()	测试当前 File 对象是否是目录
long lastModified()	获取当前 File 对象的最后修改时间
long length()	获取当前 File 对象的长度
boolean setLastModified(long time)	设置当前 File 对象的最后修改时间
boolean setReadOnly()	设置当前 File 对象的访问权限为只读属性

（3）目录操作的相关方法，如表 8-4 所示。

表 8-4　目录操作的处理方法

方　　法	主 要 功 能
boolean mkdir()	创建目录
boolean mkdirs()	创建目录，包括所有不存在的父目录
String[] list()	获取目录下的所有文件，并保存在字符串数组中
String[] list(FilenameFilter filter)	获取目录下的所有满足文件过滤器 filter 规定的文件

下面的实例演示了利用 File 类显示指定文件的属性，运行结果如图 8-2 所示。

图 8-2　文件 bb.gif 的属性窗口

```java
import java.io.*;
import java.util.*;
import java.text.SimpleDateFormat;
public class EX8_1{
    public static void main(String args[]){
        SimpleDateFormat matter=new SimpleDateFormat("yyyy年MM月dd日 E HH时mm分ss秒");
        File file=new File("d:\Java教材","bb.gif");
        //getName()方法获取当前文件的名称
        System.out.println("文件"+file.getName()+"的属性");
        //getPath()方法获取当前文件的路径
        System.out.println("位置："+file.getPath());
        //length()方法获取文件的大小
        System.out.println("大小："+String.valueOf(file.length()));
        Calendar cd=Calendar.getInstance();
        //lastModified()方法得到文件最近修改的时间,该时间是相对于某一时刻的相对时间
        cd.setTimeInMillis(file.lastModified());
        System.out.println("创建时间："+String.valueOf(matter.format(cd.getTime())));
        //canRead()方法返回当前文件是否可读
        System.out.println("文件是否可读："+file.canRead());
        //canWrite()方法返回当前文件是否可写
        System.out.println("文件是否可写："+file.canWrite());
```

```
        //isHiddern()方法测试当前文件是否具有隐藏属性
        System.out.println("文件是否具有隐藏性: "+file.isHidden());
    }
}
```

8.3 "文件查看器"案例

8.3.1 案例分析

【案例描述】

本案例创建一个包含 JTextArea 区域和两个按钮的窗口,单击"打开文件"按钮,会弹出一个对话框,要求选取要显示的文件,在对话框中选择要显示的文件,该文件的内容就会显示在 JTextArea 文本域中。程序运行结果如图 8-3 所示。

图 8-3　文件查看器

【案例目的】

(1) 学习并掌握 Java 中的文件选择对话框的使用方法。

(2) 学习并掌握 Java 的文件输入输出字节流、文件输入输出字符流的应用技巧。

(3) 学习并掌握 Java 的缓冲字节输入输出流、缓冲字符输入输出流的应用技巧。

(4) 学习并掌握 Java 的数据输入输出流的应用技巧。

【技术要点】

(1) 应用 JFileChooser 文件选择对话框处理与用户的交互。

利用它的 setCurrentDirectory()方法设置当前默认目录,利用语句 JFileChooser. showOpenDialog(this)==JFileChooser. APPROVE_OPTION 来判断单击的是不是打开对话框的"确定"按钮。

(2) 应用 FileInputStream 和 BufferedInputStream 输入流方法,读取文件内容。

8.3.2　代码实现

```java
//文件 notepad.java
import java.awt.*;
import java.awt.event.*;
import java.io.*;
import java.util.*;
import javax.swing.*;
import java.text.SimpleDateFormat;
public class notepad extends JFrame implements ActionListener{
    JButton btOpen,btExit;
    JTextArea jta=new JTextArea();
    JPanel pn;
    JFileChooser jFileChooser=new JFileChooser();
    public notepad(){
        btOpen=new JButton("打开文件");
        btExit=new JButton("退出");
        pn=new JPanel(new FlowLayout());
        pn.add(btOpen);
        pn.add(btExit);
        jFileChooser.setCurrentDirectory(new File("."));
        getContentPane().add(new JScrollPane(jta),BorderLayout.CENTER);
        getContentPane().add(pn,BorderLayout.SOUTH);
        btOpen.addActionListener(this);
        btExit.addActionListener(this);
        setTitle("文件查看器");
        setSize(500,500);                              //设置界面大小
        setVisible(true);                              //设置对象可见
        setDefaultCloseOperation(JFrame.EXIT_ON_CLOSE);  //关闭窗口时终止程序的运行
    }
    public void actionPerformed(ActionEvent e){
        String actionCommand=e.getActionCommand();
        if(e.getSource()==btOpen)
            open();
        else if(e.getSource()==btExit)
            System.exit(0);
    }
    private void open(){
        //如果选择的是打开对话框的"确定"按钮
        if(jFileChooser.showOpenDialog(this)==JFileChooser.APPROVE_OPTION){
            open(jFileChooser.getSelectedFile());      //调用 open 方法
        }
    }
    private void open(File file){
            try{
```

```
            FileInputStream fin=new FileInputStream(file);     //文件输入流
            BufferedInputStream in=new BufferedInputStream(fin);
                                              //连接成带缓冲区的输入流
            byte[] b=new byte[in.available()];      //创建 byte 类型的数组
            in.read(b,0,b.length);                  //读取多个字节放入数组 b 中
            jta.setText(new String(b,0,b.length));
            in.close();                             //关闭输入流
        }catch(IOException ex){
            jta.setText("Error opening"+file.getName());
        }
    }
    public static void main(String args[]){
        notepad frame=new notepad();
    }
}
```

8.3.3 案例知识点

1. 文件选择对话框

文件选择对话框 JFileChooser 是 Java 提供的对文件进行存取时出现的对话框,专门用来处理文件访问等相关事务,方便用户选择打开与保存文件的路径。JFileChooser 的常用方法如表 8-5 所示。

表 8-5　JFileChooser 的常用方法

方　　法	主　要　功　能
JFileChooser()	建立文件选择对话框 JFileChooser,并打开用户默认路径
JFileChooser(File directory)	建立文件选择对话框 JFileChooser,并打开路径 directory
JFileChooser(String directory)	建立文件选择对话框 JFileChooser,并打开路径 directory
void approveSelection()	在对话框中单击选取按钮时,调用该方法
void cancelSelection()	在对话框中单击取消按钮时,调用该方法
File getCurrentDirectory()	返回当前目录
int getDialogType()	返回此对话框的类型
int getFileSelectionMode()	返回当前的文件选择模式
String getName(File f)	返回文件名
File getSelectedFile()	返回选中的文件
File[] getSelectedFiles()	如果将文件选择器设置为允许选择多个文件,则返回选中文件的列表
void setApproveButtonText (String txt)	设置对话框上确认按钮的标题。默认情况下按钮标题为"打开"或"保存"
void setCurrentDirectory (File dir)	设置当前目录

方　法	主　要　功　能
void setDialogType (int type)	设置对话框类型
void setDialogTitle(String txt)	设置对话框标题
void setFileHidingEnabled(boolean b)	设置是否显示隐藏文件。如果 b 为 true,则表示不显示隐藏文件
void setFileSelectionMode(int mode)	设置文件选择模式
void setMultiSelectionEnabled(boolean b)	设置是否可以选择多个文件。如果 b 为 true,则表示可以
void setSelectedFile(File file)	设置选中的文件
int showDialog(Component parent,String txt)	显示对话框,选取按钮的标题为 txt,其父窗口为 parent
int showOpenDialog(Component parent)	显示打开文件对话框
int showSaveDialog(Component parent)	显示保存文件对话框

说明:

(1) getDialogType()方法,返回当前对话框的类型。对话框的类型为:

```
OPEN_DIALOG
SAVE_DIALOG
CUSTOM_DIALOG
```

(2) getFileSelectionMode()方法,返回当前的文件选择模式。setFileSelectionMode (int mode)方法,设置文件选择模式。文件选择模式为:

```
FILES_ONLY
DIRECTORIES_ONLY
FILES_AND_DIRECTORIES
```

(3) showDialog(Component parent,String txt)方法,显示对话框,选取按钮的标题为 txt,其父窗口为 parent,返回值表示所单击的按钮,若单击"确定"按钮,返回 APPROVE_OPTION,若单击"取消"按钮,返回 CANCEL_OPTION。

2. 基本输入和输出流

基本输入和输出流是定义基本的输入输出操作的抽象类,在 Java 中经常使用它们的子类,对应于不同数据源和输入输出任务。

1) InputStream 类和 OutStream 类

InputStream 类和 OutStream 类都是输入输出流字节流的抽象类,不能用来创建对象,只能使用它们的派生类进行字节流的读写。Reader 和 Writer 是输入输出字符流的抽象类,所有其他的输入输出字符流都是它们派生的子类。

(1) InputStream 类。

InputStream 是一个定义了 Java 流式字节输入模式的抽象类,它提供了所有其子类所共用的一些接口来统一基本的读操作,但作为抽象类,它不能直接生成对象,只有通过全部实现其接口的子类来生成程序中所需要的对象。而且 InputStream 的子类一般会将

InputStream 中定义的方法重写，以提高效率或适应特殊流的需要。InputStream 类的主要方法如表 8-6 所示。

表 8-6　InputStream 类的常用方法

方　　法	主　要　功　能
int read()	读取一个字节
int read(byte b[])	读取多个字节，放置到字节数组 b 中，通常读取的字节数量为 b 的长度
int read(byte b[],int off,int len)	读取 len 个字节，放到以下标 off 开始的字节数组 b 中
int available()	返回值为流中尚未读取的字节的数量
long skip(long n)	读指针跳过 n 个字节不读，返回值为实际跳过的字节数量
void close()	关闭此输入流并释放与该流关联的所有系统资源
void mark(int readlimit)	在此输入流中标记当前的位置
void reset()	把读指针重新指向用 mark 方法所记录的位置
boolean markSupported()	当前的流是否支持读指针的记录功能

（2）OutputStream 类。

OutputStream 是一个定义了 Java 流式字节输出模式的抽象类，它提供了所有其子类所共用的一些接口来统一基本的写操作，同样作为抽象类，它也不能直接生成对象，只有通过全部实现其接口的子类来生成程序中所需要的对象，而且 OutputStream 的子类一般会将 OutputStream 中定义的方法重写，以提高效率或适应特殊流的需要。OutputStream 类主要的方法如表 8-7 所示。

表 8-7　OutputStream 类的常用方法

方　　法	主　要　功　能
void write(int b)	将指定的字节 b 写入此输出流
void write(byte b[])	将 b.length 个字节从指定的数组写入此输出流
void write(byte b[],int off,int len)	把字节数组 b 中从下标 off 开始，长度为 len 的字节写入此输出流
void flush()	清空输出流，并输出所有被缓存的字节
void close()	关闭流，并释放与此有关的所有系统资源

2）Reader 类和 Writer 类

尽管字节流提供了处理任何类型输入输出操作的足够功能，但它们不能直接操作 Unicode 字符，为此 Java 设计了字符流类。字符流主要用于对 16 位 Unicode 国际统一标准字符编码的输入和输出，实现程序和文本数据输入输出的标准化和国际化。输入输出字符流的两个父类分别是 Reader 类和 Writer 类。Reader 类提供读取字符数据的相关方法，Writer 类提供对字符数据进行写操作的各种方法。Reader 类和 Writer 类都是抽象类，不能用来创建对象，只能使用它们的派生类进行字符流的读写。

（1）Reader 类。

Reader 是处理所有字符输入流的父类，主要的方法如表 8-8 所示。

表 8-8　Reader 类的常用方法

方　　法	主 要 功 能
int read()	读取一个字符，返回值为读取的字符
int read(char cbuf[])	读取一系列字符到数组 cbuf[]中，返回值为实际读取的字符数量
int read(char cbuf[],int off,int len)	读取 len 个字符，从数组 cbuf[]的下标 off 处开始存放，返回值为实际读取的字符数
void close()	关闭流
int ready()	标识该文件是否可读，是否到达文件尾
long skip(long n)	跳过 n 个字符

（2）Writer 类。

Writer 类是处理所有字符输出流的父类。主要的方法如表 8-9 所示。

表 8-9　Writer 类的常用方法

方　　法	主 要 功 能
void write(int c)	将 c 的低 16 位写入输出流
void write(char cbuf[])	将字符数组 cbuf[]写入输出流
void write(char cbuf[],int off,int len)	将字符数组 cbuf[]中从 off 位置开始的 len 个字符写入输出流
void write(String str)	将字符串 str 中的字符写入输出流
void write(String str,int off,int len)	将字符串 str 中从 off 位置开始的 len 个字符写入输出流
void flush()	清空输出流，并输出所有被缓存的字节
void close()	关闭流

3. 文件字节流

文件字节流指的是 FileInputStream 类和 FileOutputStream 类，它们分别继承了 InputStream 和 OutputStream 类，用来实现对字节流文件的输入输出处理，由它们所提供的方法可以打开本地主机上的文件，并进行顺序的读写。

1）FileInputStream 类

FileInputStream 是 InputStream 类的直接子类，该类提供了 3 个构造方法，利用文件名或 File 对象创建输入流对象，在流对象生成的同时，文件被打开，然后利用该类提供的方法就可以进行文件的读数据操作。

FileInputStream 类提供了以字节的方式从一个已经存在的文件中顺序读取数据的方法。若指定的文件不存在，则抛出 FileNotFoundException 异常，该异常必须捕获或声明抛出。如表 8-10 所示列出了 FileInputStream 类的构造方法。

FileInputStream 类的使用，分以下 3 个步骤进行。

表 8-10　FileInputStream 类的构造方法

构 造 方 法	主 要 功 能
FileInputStream(String filename)	利用文件名创建 FileInputStream 类对象
FileInputStream(File file)	利用 File 类对象创建 FileInputStream 类对象
FileInputStream(FileDescriptor fdObj)	利用文件描述符创建 FileInputStream 类对象

（1）创建 FileInputStream 类对象。

（2）从新创建的文件输入流对象中读取数据。

从文件中读取数据有两种方式：一是直接利用 FileInputStream 类提供的 read()方法来完成读取操作；二是以 FileInputStream 类对象为原始数据源，再加上其他功能强大的输入流如 DateInputStream 流完成读取操作。

（3）使用 close()方法关闭输入流。

2）FileOutputStream 类

FileOutputStream 类是 OutputStream 类的直接子类，该类提供把数据写到一个文件或者文件描述符中的方法。FileOutputStream 类提供了创建文件并写入数据的方法，利用文件名或 File 对象创建文件输出流对象，如果指定路径的文件不存在，则自动创建一个新文件，如果指定路径已有一个同名文件，则该文件的内容可以被保留或者删除。如表 8-11 所示列出了 FileOutputStream 类的构造方法。

表 8-11　FileOutputStream 类的构造方法

构 造 方 法	主 要 功 能
FileOutputStream(String filename)	利用文件名创建输出流对象，原先的文件被覆盖
FileOutputStream(String filename,boolean append)	参数 append 指定是覆盖原文件的内容还是在文件尾添加内容，默认为覆盖方式
FileOutputStream(FileDescriptor fdObj)	利用文件描述符创建输出流对象
FileOutputStream(File file)	利用 File 类对象创建输出流对象

FileOutputStream 类的使用，分以下 3 个步骤进行。

（1）创建 FileOutputStream 类对象。

（2）向文件的输出流对象中写入数据。

向文件中写入数据有两种方式：一是直接利用 FileOutputStream 类提供的 write()方法来完成写操作；二是以 FileOutputStream 类对象为原始数据源，再加上其他功能强大的输出流如 DateOutputStream 流完成写操作。

（3）数据输入完毕，使用 close()方法关闭输出流。

4. 缓冲字节流

缓冲是计算机中使用最广泛的一项技术。CPU 有缓存，磁盘本身有数据读写缓存，都是为了缓解高速设备和低速设备之间直接读写操作的解决方法。对 I/O 进行缓冲是一种常见的性能优化，缓冲流为 I/O 流增加了内存缓冲区。

BufferedInputStream 类和 BufferedOutputStream 类实现了对 I/O 进行缓冲的功能，分

别代表输入缓冲和输出缓冲。

1) BufferedInputStream 类

对于 BufferedInputStream 类,当读取数据时,数据首先读入缓冲区,在程序需要数据时再从缓冲区中读取数据。BufferedInputStream 类的常用构造方法如表 8-12 所示。

表 8-12   BufferedInputStream 类的构造方法

构 造 方 法	主 要 功 能
BufferedInputStream(InputStream in)	将任意的字节输入流串接成一个带缓冲区的字节输入流
BufferedInputStream(InputStream in, int size)	将任意的字节输入流串接成一个带缓冲区的字节输入流,缓冲区大小是 size 字节

注意:要使用 BufferedInputStream 类来读取缓冲区里的数据,必须先创建 FileInputStream 对象,再以它为参数来创建 BufferedInputStream 类对象。

2) BufferedOutputStream 类

在使用 BufferedOutputStream 进行输出时,数据首先写入缓冲区,当缓冲区满时,其中的数据再写入所串接的输出流。用该类提供的方法 flush() 可以强制将缓冲区的内容全部写入输出流。BufferedOutputStream 类的常用构造方法如表 8-13 所示。

表 8-13   BufferedOutputStream 类的构造方法

构 造 方 法	主 要 功 能
BufferedOutputStream(OutputStream in)	将任意的字节输出流串接成一个带缓冲区的字节输出流
BufferedOutputStream(OutputStream in, int size)	将任意的字节输出流串接成一个带缓冲区的字节输出流,缓冲区大小是 size 字节

注意:要使用 BufferedOutputStream 类将数据写入缓冲区里,其过程与 BufferedInputStream 的读出过程相似,必须先创建 FileOutputStream 对象,再以它为参数来创建 BufferedOutputStream 类对象,然后利用此对象将数据写入缓冲区内。所不同的是,缓冲区内的数据要用 flush() 方法将它清空,这个操作也就是将缓冲区内的数据全部写到文件内。

下面的实例演示了文件字节流 FileInputStream 和 FileOutputStream、缓冲字节流 BufferedInputStream 和 BufferedOutputStream 的使用方法。该实例使用带缓冲区的字节流将任意类型的文件 test1.dat 复制到文件 test2.dat,源文件名和目标文件名都在程序中指定。

```java
import java.io.*;
public class EX8_2{
    public static void main(String args[])throws IOException{
        int i;
        FileInputStream fin=null;
        FileOutputStream fout=null;
        DataInputStream din=null;
        DataOutputStream dout=null;
        BufferedInputStream bin=null;
        BufferedOutputStream bout=null;
```

```
try{
    fin=new FileInputStream("test1.txt");          //文件输入流
    bin=new BufferedInputStream(fin);              //连接成带缓冲区的输入流
    fout=new FileOutputStream("test2.txt");        //文件输出流
    bout=new BufferedOutputStream(fout);           //连接成带缓冲区的输出流
}catch(FileNotFoundException e1){
    System.out.println(e1);
}
try{
    do{
        i=bin.read();                              //从 bin 对象中读取数据
        if(i!=-1) bout.write(i);                   //向 bout 对象中写入数据
        bout.flush();
    }while(i!=-1);
}catch(IOException e2){
    System.out.println(e2);
}
fin.close();
fout.close();
bin.close();
bout.close();
    }
}
```

5. 文件字符流

上面的实例使用文件字节流 FileInputStream 和 FileOutputStream 进行输入输出,由于汉字在文件中占用了两个字节,如果使用字节流,读取不当会出现乱码现象,而采用文件字符流 FileReader 类和 FileWriter 类就可以避免这个现象,因为在 Unicode 字符中,一个汉字被看做一个字符。

1) FileReader 类

FileReader 类以字符为单位从文件中读取数据。通常将 FileReader 类的对象视为一个以字符为基本单位的无格式的字符输入流。FileReader 类的常用构造方法如表 8-14 所示。

表 8-14　FileReader 类的构造方法

构 造 方 法	主 要 功 能
FileReader(String filename)	利用文件名创建一个输入流对象
FileReader(File file)	利用 File 对象创建一个输入流对象
FileReader(FileDescriptor fd)	根据文件描述符创建一个输入流对象

2) FileWriter 类

FileWriter 类以字符为单位向文件中写入数据。通常将 FileWriter 类的对象视为一个以字符为基本单位的无格式的字符输出流。FileWriter 类的常用构造方法如表 8-15 所示。

表 8-15　FileWriter 类的构造方法

构 造 方 法	主 要 功 能
FileWriter(String filename)	利用文件名创建输出流对象,原先的文件被覆盖
FileWriter(String filename,boolean append)	参数 append 指定是覆盖原文件的内容还是在文件尾添加内容,默认为覆盖方式
FileWriter(File f)	利用 File 类对象创建输出流对象
FileWriter (FileDescriptor fd)	利用文件描述符创建输出流对象

6. 缓冲字符流

输入流 FileReader 和输出流 FileWriter 虽然可以方便地完成输入和输出操作,但是有时对输入和输出有较快的时间要求时,只依靠基本输入和输出并不能提高输入输出效率,所以通过使用缓冲流类在内存中建立缓冲区,发挥内存存取速度快的优势,从而提高输入输出效率。

1）BufferedReader 类

BufferedReader 类可用来读取字符缓冲区里的数据,它继承自 Reader 类,因而也可以使用 Reader 类所提供的方法。如表 8-16 所示列出了 BufferedReader 类常用的构造方法。

表 8-16　BufferedReader 的构造方法

构 造 方 法	主 要 功 能
BufferedReader(Reader in)	创建缓冲区字符输入流
BufferedReader(Reader in,int size)	创建缓冲区字符输入流,并设置缓冲区大小

注意：要使用 BufferedReader 类来读取缓冲区里的数据,必须先创建 FileReader 对象,再以它为参数来创建 BufferedReader 类对象,然后读取缓冲区里的数据。

BufferedReader 类继承了 Reader 类提供的基本方法外,还增加了对整行字符的处理方法。

```
String readLine() throws IOException
```
//从输入流中读取一行字符,行结束标记为回车符、换行符或者连续的回车换行符

2）BufferedWriter 类

BufferedWriter 类是用来将数据写入缓冲区,它继承自 Writer 类,因此可以使用 Writer 类所提供的方法。如表 8-17 所示列出了 BufferedWriter 类常用的构造方法。

表 8-17　BufferedWriter 的构造方法

构 造 方 法	主 要 功 能
BufferedWriter(Writer out)	创建缓冲区字符输出流
BufferedWriter(Writer out,int size)	创建缓冲区字符输出流,并设置缓冲区大小

注意：要使用 BufferedWriter 类将数据写入缓冲区里,其过程与 BufferedReader 的读出过程相似,必须先创建 FileWriter 对象,再以它为参数来创建 BufferedWriter 类对象,然后利用此对象将数据写入缓冲区内。所不同的是,缓冲区内的数据最后别忘了要用 flush（）

方法将它清空，这个操作也就是将缓冲区内的数据全部写到文件内。

8.4 "利用 RandomAccessFile 类实现文件的追加"案例

8.4.1 案例分析

【案例描述】

假设一个学生的信息包括以下内容：学生学号、学生姓名和学生成绩。本案例利用对象序列化，实现对学生对象信息的写出和读入，利用 RandomAccessFile 类的 length()和 seek()方法实现文件的追加。程序运行结果如图 8-4 所示。从图中可以看出，每输入一次学生信息，文件将追加一条学生记录。

图 8-4 学生管理文件的追加

【案例目的】

(1) 学习并掌握 Java 文件的随机输入输出的使用方法。

(2) 掌握 RandomAccessFile 类中 length()和 seek()的使用方法。

(3) 学习并掌握 Java 中的对象输入输出流的使用方法。

【技术要点】

(1) 利用 Scanner 方法得到用户从键盘输入的学生信息。

```
Scanner sc= new Scanner(System.in);        //创建 Scanner 对象
num= sc.nextLine();                         //获得一个字符串
score= sc.nextDouble();                     //获得一个 Double 型数据
```

（2）利用抛出文件结束异常来结束文件的读入操作。

```java
public final Object getObject(){                        //读入
    Object obj=new Object();
    try{
        obj=in.readObject();
    } catch(EOFException eof){                           //如果抛出文件结束异常
        status=false;                                   //改变文件可读状态
        return null;
    } catch(IOException ioe){
        System.out.println(ioe);
    } catch(ClassNotFoundException cnf){
        System.out.println(cnf);
    }
    return obj;                                          //返回读入的对象
}
```

8.4.2 代码实现

```java
//文件 StudentFile.java
import java.io.*;
import java.util.*;
class Student implements Serializable{                  //实现 Serializable 接口
    private String name;                                //学生数据
    private String num;
    double score;
    Student(String name,String num,double score){       //构造器
        this.name=name;
        this.num=num;
        this.score=score;
    }
    String getName(){                                   //返回 name
        return name;
    }
    String getNum(){                                    //返回 num
        return num;
    }
    double getScore(){                                  //返回 score
        return score;
    }
}
class ObjectOutput{
    ObjectOutputStream out;                             //声明
    public ObjectOutput(String fileName){               //构造器
        try{
            out=new ObjectOutputStream(new FileOutputStream(fileName));
```

```java
            } catch(IOException ioe){
                System.out.println(ioe);
            }
        }
        public final void outObject(Object obj){          //写出
            try{
                out.writeObject(obj);
            } catch(IOException ioe){
                System.out.println(ioe);
            }
        }
        public final void closeFile(){                    //关闭
            try{
                out.close();
            } catch(IOException ioe){
                System.out.println(ioe);
            }
        }
    }
}
class StudentFileOutput{
    ObjectOutput out;                                     //声明
    public void createOutputfile(String fileName){        //创建
        out=new ObjectOutput(fileName);
    }
    public void createData(){                             //产生学生数据
        Student student;                                  //学生对象
        String name;
        String num;
        double score;
        Scanner sc=new Scanner(System.in);                //创建 Scanner 对象
        String choice="y";                                //循环状态控制
        while(choice.equalsIgnoreCase("y")){
            try{                                          //获取用户输入的学生数据
                System.out.print("Enter the student name: ");
                name=sc.next();
                sc.nextLine();
                System.out.print("Enter the student num: ");
                num=sc.nextLine();
                System.out.print("Enter the student score: ");
                score=sc.nextDouble();
                sc.nextLine();
                student=new Student(name,num,score);      //创建序列化学生对象
                out.outObject(student);                   //执行输出
            } catch(Exception e){                         //如果输入错误
                sc.nextLine();                            //清除输入
```

```java
                System.out.println("Error!Invalid price. Try again.\n");
                                                    //显示出错信息
                continue;                           //开始新的循环
            }
            System.out.print("Continue? (y/n): ");
            choice=sc.next();
        }
    }
    public void closeOutputFile(){                  //关闭文件
        out.closeFile();
    }
}
class ObjectInput{
    ObjectInputStream in;                           //声明
    boolean status=true;                            //文件可读状态指示
    public ObjectInput(String fileName){            //构造器
        try{
            in=new ObjectInputStream(new FileInputStream(fileName));
        } catch(IOException ioe){
            System.out.println(ioe);
        }
    }
    public final Object getObject(){                //读入
        Object obj=new Object();
        try{
            obj=in.readObject();
        } catch(EOFException eof){                   //捕获处理文件结束异常
            status=false;                            //改变文件可读状态
            return null;
        } catch(IOException ioe){
            System.out.println(ioe);
        } catch(ClassNotFoundException cnf){
            System.out.println(cnf);
        }
        return obj;                                  //返回读入的对象
    }
    public final boolean hasMore(){                 //可读状态指示
        return status;
    }
    public final void closeFile(){                  //关闭文件
        try{
            in.close();
        } catch(IOException ioe){
            System.out.println(ioe);
        }
```

```java
        }
    }
class StudentFileInput{
    ObjectInput in;                                    //声明
    Object object;
    Student student;
    int count=0;                                       //学生数据计数器置 0
    public void createInputfile(String fileName){      //创建输入
        in=new ObjectInput(fileName);
    }
    public void creatRandom(){                         //创建随机文件
        File file=new File("d:\\java\\CH8\\学生管理.txt");
        RandomAccessFile out=null;
        try{
            out=new RandomAccessFile(file,"rw");       //创建随机文件对象为可读写
        } catch(FileNotFoundException e){
            e.printStackTrace();
        }
        if(file.exists()){
            long length=file.length();                 //取得文件的大小
            try{
                out.seek(length);                      //将文件指示器移动到文件结尾处
            } catch(IOException e){
                e.printStackTrace();
            }
        }
        while(in.hasMore()){                           //继续循环
            object=in.getObject();                     //读入
            if(object instanceof Student){             //如果是学生对象
                student=(Student) object;              //转换
                try{
                    out.writeUTF(student.getName());
                    out.writeUTF(student.getNum());
                    out.writeDouble(student.getScore());
                } catch(IOException e){
                    e.printStackTrace();
                }
            }
            else
                break;
        }
    }
    public void showDate(){                            //读入并显示数据
        File file=new File("d:\\java\\CH8\\学生管理.txt");
        RandomAccessFile in=null;
```

```java
        String s;
        System.out.println("显示所有学生信息：");
        try{
            in=new RandomAccessFile(file,"rw");          //创建随机文件对象为可读写
            while((s=in.readUTF())!=null){               //将文件中的内容读出
                System.out.println("data"+++count);
                System.out.println("student name:"+s);
                System.out.println("student num:"+in.readUTF());
                System.out.println("student score:"+in.readDouble());
            }
            in.close();
        } catch(Exception e1){
        }
    }
    public void closeInputFile(){                        //关闭文件
        in.closeFile();
    }
}
public class StudentFile{
    public static void main(String[] args){
        String fileName="d://java//CH8//student.dat";   //指定学生信息文件
        String choise="1";                              //操作情况选择
        Scanner sc=new Scanner(System.in);
        do{
            System.out.println("请选择要进行的操作(0-2):");
            System.out.println("1 输入学生信息：");
            System.out.println("2 显示学生信息：");
            System.out.println("0 退出");
            choise=sc.next();                           //获取用户的选择
            if(choise.equalsIgnoreCase("1")){           //如果选择"1"
                StudentFileOutput out=new StudentFileOutput();   //创建写出对象
                out.createOutputfile(fileName);         //调用文件创建方法
                out.createData();                       //调用数据产生方法
                out.closeOutputFile();                  //关闭输出
            } else if(choise.equalsIgnoreCase("2")){    //如果选择"2"
                StudentFileInput in=new StudentFileInput();      //创建读入对象
                in.createInputfile(fileName);           //调用文件创建方法
                in.creatRandom();                       //调用随机文件创建方法
                in.showDate();                          //调用显示数据方法
                in.closeInputFile();                    //关闭
            }
        } while(!choise.equalsIgnoreCase("0"));         //如果选择"0",则结束程序的运行
    }
}
```

8.4.3 案例知识点

1. 对象输入输出流

ObjectInputStream 类和 ObjectOutputStream 类分别是 InputStream 类和 OutputStream 类的子类。ObjectInputStream 类和 ObjectOutputStream 类创建的对象被称为对象输入流和对象输出流。对象输入流使用 readObject()方法可以从源中读取一个对象到程序中，对象输出流使用 writeObject()方法可以将一个对象保存到输出流中。

1) ObjectInputStream 类

ObjectInputStream 的指向应该是一个输入流对象，因此当准备从一个文件中读入一个对象到程序中时，首先用 FileInputStream 创建一个文件输入流，如下所示。

```
FileInputStream fi=new FileInputStream("D:\\student.txt");
ObjectInputStream si=new ObjectInputStream(fi);
```

2) ObjectOutputStream 类

ObjectOutputStream 的指向应该是一个输出流对象，因此当准备将一个对象写入到文件时，首先用 FileOutputStream 创建一个文件输出流，如下所示。

```
FileOutputStream fo=new FileOutputStream("D:\\student.txt");
ObjectOutputStream so=new ObjectOutputStream(fo);
```

下面的实例演示了对象输入输出流的用法，运行结果如图 8-5 所示。

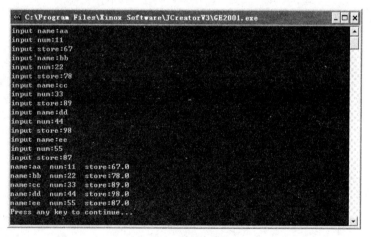

图 8-5　对象输入输出流

```
import java.io.*;
class Information implements Serializable{
    String name;                                        //姓名
    String num;                                         //学号
    Float store;                                        //成绩
    public Information(String name,String num,Float store){
        //构造方法用于生成信息对象
        this.name=name;
```

```
        this.num=num;
        this.store=store;
    }
    private void writeObject(ObjectOutputStream outObj)throws IOException{
        //重写该方法,以指定的格式写入
        outObj.writeUTF(name);
        outObj.writeUTF(num);
        outObj.writeFloat(store);
    }
    private void readObject(ObjectInputStream inObj)throws IOException{
        //重写该方法,以指定的格式读出
        name=inObj.readUTF();
        num=inObj.readUTF();
        store=inObj.readFloat();
    }
}
public class EX8_3{
    Information info[]=new Information[5];
    FileInputStream fin=null;
    FileOutputStream fout=null;
    ObjectInputStream bin=null;
    ObjectOutputStream bout=null;
    String s1,s2,s3;
    public EX8_3(){
        try{
            fout=new FileOutputStream("test4.txt");        //文件输出流
            bout=new ObjectOutputStream(fout);             //对象输出流
            BufferedReader buf=new BufferedReader(new InputStreamReader
            (System.in));                                  //缓冲输入流
            for(int i=0;i<5;i++){
                System.out.print("input name:");
                s1=buf.readLine();
                System.out.print("input num:");
                s2=buf.readLine();
                System.out.print("input store:");
                s3=buf.readLine();
                Float f;
                f=Float.parseFloat(s3);
                info[i]=new Information(s1,s2,f);
                bout.writeObject(info[i]);                 //将信息写入文件
            }
            bout.close();
            buf.close();
            fout.close();
        }catch(IOException e1){
```

```
            }
        try{
            fin=new FileInputStream("test4.txt");        //文件输入流
            bin=new ObjectInputStream(fin);              //对象输入流
            for(int i=0;i<5;i++){
                info[i]=(Information)bin.readObject();    //从文件中读出信息
                String s;
                s=Float.toString(info[i].store);
                System.out.println("name:"+info[i].name+"num:"+info[i].num+
                "store:"+s);
            }
            bin.close();
            fin.close();
        }catch(Exception e2){
        }
    }
    public static void main(String args[]){
        EX8_3 mg=new EX8_3();
    }
}
```

2. 对象序列化

当使用对象流写出或读入对象时,要保证对象是序列化的。序列化的目的是为了在二进制文件执行对象文件的 I/O 中,保证对象写出和读入的一致性。对输出对象序列化的结果是在输出文件中不仅记录有关对象类型及其状态信息,而且记录封装在对象中的数据及其类型。在读入对象的操作中,则按照对象序列化的信息,进行反序列化处理,重新在内存中还原对象。

在 java.io 包中,接口 Serializable 用来作为实现对象序列化的工具,只有实现了 Serializable 的类对象才可以被序列化。Serializable 接口中没有定义任何方法,只是一个特殊标记,用来告诉 Java 编译器,这个对象参加了序列化的协议。

对象序列化 I/O 编程的一般步骤如下。

(1) 创建实现 Serializable 接口、包含对象输出对象的类。对象输出数据可以包括基本类型、对象、GUI 组件、图像以及其他数据。这个类至少提供 getXxx()方法,以便进行读入操作后对对象和数据的调用。

(2) 编写进行对序列化对象进行二进制文件 I/O 处理和操作的类。在这个类中创建序列化对象,创建序列化二进制文件 I/O 对象,调用 writeObject()或 readObject()方法,实现序列化对 I/O。创建序列化对象输出的一般格式为:

```
ObjectOutputStream out= new ObjectOutputStream(new FileOutputStream(fileName));
```

创建序列化对象输入的一般格式为:

```
ObjectInputStream in=new ObjectInputStream(new FileInputStream(fileName));
```

(3) 编写应用程序以及驱动程序,实现序列化对象的 I/O 处理。

3. RandomAccessFile 类

前面学习了几个用来处理文件的输入输出流,只能对文件进行顺序访问,不能对文件进行随机访问。Java 中的 RandomAccessFile 类提供了随机读写文件的功能。随机读写的一个应用是对含有许多记录的文件进行操作,程序员可以跳到文件的任意位置来读取数据,如果在访问一个文件时,不想把文件从头读到尾,并希望像访问数据库一样访问一个文件,使用 RandomAccessFile 类是最好的选择。

RandomAccessFile 类创建的流与前面的输入输出流不同,RandomAccessFile 类既不是输入流 InputStream 类的子类,也不是输出流 OutputStream 类的子类。RandomAccessFile 类创建的流既可以指向源又可以指向目的地,换句话说,当想对一个文件进行读写操作时,创建一个指向该文件的 RandomAccessFile 流即可,这样既可以从这个流中读取文件的数据,也可以通过这个流写入数据到文件。如表 8-18 所示列出了 RandomAccessFile 类的常用方法。

表 8-18　RandomAccessFile 类的常用方法

方　　法	主　要　功　能
RandomAccessFile(String name,String mode)	利用文件名创建一个 RandomAccessFile 对象,并指定文件的操作模式 mode(r 为读模式或 rw 为读写模式)
RandomAccessFile(File file,String mode)	利用 File 对象创建一个 RandomAccessFile 对象,并指定文件的操作模式 mode(r 为读模式或 rw 为读写模式)
void close()	关闭文件
long getFilePointer()	获取读写位置
long length()	获取文件长度
int read()	从文件中读取一个字节的数据
boolean readBoolean()	从文件中读取一个布尔值
byte readByte()	从文件中读取一个字节
char readChar()	从文件中读取一个字符
double readDouble()	从文件中读取一个双精度浮点值
float readFloat()	从文件中读取一个单精度浮点值
void readFully(byte b[])	读 b.length 字节放入数组 b,完全填满该数组
int readInt()	从文件中读取一个 int 值
String readLine()	从文件中读取一个文本行
String readUTF()	从文件中读取一个 UTF 字符串
void seek()	定位读写位置
void setLength(long newlength)	设置文件的长度
int skipBytes(int n)	在文件中跳过给定数量的字节
void write(int b)	向文件写入指定的字节

方　　法	主 要 功 能
void writeBoolean(boolean v)	把一个布尔值作为单字节值写入文件
void writeByte(int v)	向文件写入一个字节
void writeBytes(String s)	向文件写入一个字符串
void writeChar(char c)	向文件写入一个字符
void writeDouble(double v)	向文件写入一个双精度浮点值
void writeFloat(float v)	向文件写入一个单精度浮点值
void writeInt(int v)	向文件写入一个 int 值
void writeUTF(String s)	向文件写入一个 UTF 字符串

注意：RandomAccessFile 类中的方法都有可能产生 IOException 异常，因此要把实现文件对象操作的相关语句放在 try 块中，并用 catch 块来捕捉异常对象。

下面的实例演示了 RandomAccessFile 流的用法，运行结果如图 8-6 所示。

图 8-6　RandomAccessFile 流演示窗口

```java
import java.io.*;
class Information implements Serializable{
    String name;                                          //姓名
    String num;                                           //学号
    Float store;                                          //成绩
    public Information(String name,String num,Float store){  //构造方法用于生成信息对象
        this.name=name;
        this.num=num;
        this.store=store;
    }
}
public class EX8_4{
    public EX8_4(){
        Information info[]=new Information[3];
        info[0]=new Information("zhangsan","111",78f);
        info[1]=new Information("lisi","222",89f);
        info[2]=new Information("wangwu","333",86f);
        try{
            RandomAccessFile ra=new RandomAccessFile("infor.txt","rw");
```

```
        for(int i=0;i<3;i++){
            ra.writeUTF(info[i].name);
            ra.writeUTF(info[i].num);
            String s;
            s=Float.toString(info[i].store);
            ra.writeUTF(s+"\n");
        }
        ra.close();
    }catch(IOException e1){
    }
    System.out.println("请输入查询姓名:");
    try{
        RandomAccessFile rar=new RandomAccessFile("infor.txt","r");
        BufferedReader buf=new BufferedReader(new InputStreamReader
        (System.in));                              //缓冲输入流
        String s,s1,s2;
        s=buf.readLine();
        System.out.println("查询结果:");
        while((s1=rar.readUTF())!=null){
            if(s1.equals(s)){
                System.out.print(s1+"\n"+rar.readUTF()+"\n"+rar.readUTF());
                break;
            }
            rar.readUTF();
            s1=rar.readUTF();
        }
        rar.close();
    }catch(Exception e2){
        System.out.println("not found!");
    }
}
public static void main(String args[]){
    EX8_4 mg=new EX8_4();
}
}
```

8.5 "文件的压缩和解压缩"案例

8.5.1 案例分析

【案例描述】

现在的文件越来越大,一幅位图可能需要 10 000 个字节,45 分钟的波形文件需要 475MB 空间,大的文件既耗费空间又不便于传输。数据压缩技术可以减小文件存储占用空间,减轻这些问题。本例利用 java.util.zip 包中所提供的类实现压缩和解压缩 zip 格式的文件。运行时,首先输入源文件和目标文件,然后根据需要选择压缩文件或释放文件按钮,进行相应的操作。在本案例中,不仅能压缩和解压缩文件,还可以压缩或解压缩包含有多个文件的文件夹,运行效果与 WinZIP 压缩软件相同。程序运行界面如图 8-7 所示。

图 8-7　压缩和解压缩文件演示窗口

【案例目的】

(1) 学习并掌握 Java 中的 ZipInputStream 和 ZipOutputStream 类的使用。

(2) 学习并掌握 Java 中的 ZipEntry 类的使用。

(3) 学习并掌握 Java 中的 ZipFile 类的使用。

【技术要点】

(1) 定义图形用户主界面。

(2) 定义实现各个按钮的 ActionEvent 事件处理方法。

(3) 定义实现压缩的方法 zip()。

(4) 定义实现解压缩的方法 unzip()。

8.5.2　代码实现

```
//文件 ZipEx.java
import java.awt.*;
import java.awt.event.*;
import javax.swing.*;
import java.io.*;
import java.util.*;
import java.util.zip.*;
public class ZipEx extends JFrame implements ActionListener{
    JTextArea ta=new JTextArea();
    JButton bt1=new JButton("压缩文件");
    JButton bt2=new JButton("释放文件");
    JTextField t1=new JTextField();
    JTextField t2=new JTextField();
    File file1,file2;
    public ZipEx(){
        JScrollPane jsp=new JScrollPane(ta);
        JPanel p1=new JPanel(new GridLayout(2,2));
        p1.add(new JLabel("源文件",JLabel.CENTER));
```

```java
        p1.add(t1);
        p1.add(new JLabel("目标文件",JLabel.CENTER));
        p1.add(t2);
        JPanel p2=new JPanel();
        p2.add(bt1);
        p2.add(bt2);
        getContentPane().add(jsp,"Center");
        getContentPane().add(p1,"North");
        getContentPane().add(p2,"South");
        bt1.addActionListener(this);
        bt2.addActionListener(this);
        setVisible(true);
        setSize(460,300);
        setTitle("压缩解压文件演示");
        setDefaultCloseOperation(JFrame.EXIT_ON_CLOSE);
    }
    public void actionPerformed(ActionEvent e){
        String sour=t1.getText();
        String dest=t2.getText();
        file1=new File(sour);
        file2=new File(dest);
        if(e.getSource()==bt1){
            ta.setText("\n"+"Zip file from "+file1.getName()+" to "+file2.getName()+
            "\n");
            try{
                zip(file1,file2);
            }catch(Exception err){err.printStackTrace();}
        }
        if(e.getSource()==bt2){
            ta.setText("\n"+"Unzip file from"+file1.getName()+" to"+file2.getName()+"
            \n");
            if(!file2.exists())                          //如果 file2 不存在,则建立
                file2.mkdirs();
            try{
                unzip(file1,file2);
            }catch(Exception err){err.printStackTrace();}
        }
    }
    void zip(File sourfile,File destfile)throws Exception{
        File files[]=null;
        if(sourfile.isDirectory()){                      //如果 sourfile 是目录
            files=sourfile.listFiles();
        }
        else{                                            //如果 sourfile 是文件
            files=new File[1];
```

```java
                files[0]=sourfile;
            }
        if(!destfile.exists()){                          //如果 destfile 不存在,则建立
            File zipdir=new File(destfile.getParent());
            if(!zipdir.exists()){
                zipdir.mkdirs();
            }
            destfile.createNewFile();
        }
        FileOutputStream fos=new FileOutputStream(destfile);
        ZipOutputStream zos=new ZipOutputStream(fos);
        zos.setMethod(ZipOutputStream.DEFLATED);
        zos.setComment("A test of Java Zipping");
        FileInputStream fis=null;
        BufferedInputStream dis=null;
        ZipEntry ze=null;
        ta.append("Starting zip…\n");
        int c;
        for(int i=0;i<files.length;i++){
            if(files[i].isFile()){
                fis=new FileInputStream(files[i]);
                dis=new BufferedInputStream(fis);
                ze=new ZipEntry(files[i].getName());
                                            //以文件名为参数设置 ZipEntry 对象
                zos.putNextEntry(ze);
                while((c=dis.read())!=-1){            //从源文件读出,写入压缩文件
                    zos.write(c);
                }
                dis.close();
            }
        }
        zos.close();
        ta.append("\t"+"zipped "+sourfile.getName()+"\n");
        ta.append("zip complete.\n");
    }
    void unzip(File sourfile,File destfile)throws Exception{
        byte b[]=new byte[100];
        ta.append("Starting Unzip…\n");
        try{
            ZipInputStream in=new ZipInputStream(new FileInputStream(sourfile));
            ZipEntry ze=null;
            while((ze=in.getNextEntry())!=null){          //获得入口
                File file=new File(destfile,ze.getName());
                FileOutputStream out=new FileOutputStream(file);
                int n=-1;
```

```
            while((n=in.read(b,0,100))!=-1){        //从压缩文件读出,写入目标文件
                out.write(b,0,n);
            }
            out.close();
        }
        in.close();
    }catch(IOException ee){
        System.out.println(ee);
    }
    ta.append("\t"+"unzipped "+sourfile.getName()+"\n");
    ta.append("unzip complete.\n");
    }
    public static void main(String args[]){
        new ZipEx();
    }
}
```

8.5.3 案例知识点

1. ZipEntry 类

ZipEntry 类,表示 zip 文件中的一个压缩文件和文件夹。ZipEntry 类常用的构造方法如表 8-19 所示。

表 8-19　ZipEntry 常用构造方法

方　　法	主　要　功　能
ZipEntry(String name)	使用指定名称创建新的 zip 条目
ZipEntry(ZipEntry ze)	使用从指定 zip 条目获取的字段创建新的 zip 条目

2. ZipFile 类

ZipFile 类用来从一个 zip 文件中读取所有 ZipEntry 对象。ZipFile 的常用方法如表 8-20 所示。

表 8-20　ZipFile 常用方法

方　　法	主　要　功　能
ZipFile(File file)	打开供阅读的 zip 文件,由指定的 File 对象给出
ZipFile(File file,int mode)	打开新的 ZipFile 以使用指定模式从指定 File 对象读取
ZipFile(String name)	打开 zip 文件进行阅读
ZipEntry getEntry(String name)	返回指定名称的 zip 文件条目,如果未找到,则返回 null
String getName()	返回 zip 文件的路径名
InputStream getInputStream(ZipEntry entry)	返回输入流以读取指定 zip 文件条目的内容

3. ZipInputStream 类

此类为读取 zip 文件格式的文件实现输入流过滤器。包括对已压缩和未压缩条目的支

持。使用 ZipInputStream 类创建的输入流对象,可以读取压缩到 zip 文件中的各个文件(解压缩)。假设要解压一个名为 ss.zip 的文件,首先使用 ZipInputStream 的构造方法 public ZipInputStream(InputStream in)创建一个对象 zin,例如:

```
FileInputStream fin=new FileInputStream("ss.zip");
ZipInputStream zin=new ZipInputStream(fin);          //创建一个 zip 输入流
```

然后,让 ZipInputStream 对象 zin 找到 ss.zip 中的下一个文件,例如:

```
ZipEntry ze=zin.getNextEntry();
```

最后,zin 调用 read()方法读取找到的该文件(解压缩)。

下面的实例就是用来读取 zip 文件的,该实例演示了 ZipInputStream 的使用方法,运行结果如图 8-8 所示。

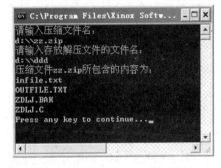

图 8-8　ZipInputStream 演示窗口

```
import java.io.*;
import java.util.*;
import java.util.zip.*;
public class EX8_5{
    public static void main(String args[]){
        try{
            String s;
            BufferedReader buf=new BufferedReader(new InputStreamReader(System.in));
            System.out.println("请输入压缩文件名:");
            s=buf.readLine();
            File f=new File(s);
            System.out.println("请输入存放解压文件的文件名:");
            s=buf.readLine();
            File dir=new File(s);
            byte b[]=new byte[100];
            dir.mkdir();
            ZipInputStream in=new ZipInputStream(new FileInputStream(f));
                                                         //压缩输入流
            ZipEntry ze=null;
            System.out.println("压缩文件"+f.getName()+"所包含的内容为:");
            while((ze=in.getNextEntry())!=null){          //获得入口
                File file=new File(dir,ze.getName());
                FileOutputStream out=new FileOutputStream(file);
                int n=-1;
                System.out.println(file.getName());       //显示文件名称
                while((n=in.read(b,0,100))!=-1){    //从压缩文件读出,往目标文件写入
                    out.write(b,0,n);
                }
                out.close();
```

```
            }
            in.close();
        }catch(IOException ee){
            System.out.println(ee);
        }
    }
}
```

4. ZipOutputStream 类

此类为以 zip 文件格式写入文件实现输出流过滤器。包括对已压缩和未压缩条目的支持。使用 ZipOutputStream 类创建的输出流对象,可以向压缩文件中写入各个文件(压缩)。假设要压缩一个名为 student. txt 的文件,首先使用 ZipOutputStream 的构造方法 public ZipOutputStream(OutputStream out)创建一个对象 zout,例如:

```
FileOutputStream fout=new FileOutputStream("student.txt");
ZipOutputStream zout=new ZipOutputStream(fout);        //创建一个 zout 输出流
```

然后,zout 调用 write()方法将源文件写入压缩文件(压缩)。

ZipOutputStream 的常用方法如表 8-21 所示。

表 8-21　ZipOutputStream 常用方法

方　　法	主　要　功　能
void putNextEntry(ZipEntry e)	开始写入新的 zip 文件条目并将流定位到条目数据的开始处
void setMethod(int method)	设置用于后续条目的默认压缩方法
void setComment(String comment)	设置 zip 文件注释

下面的实例用来将源文件压缩,该实例演示了 ZipOutputStream 的使用方法,运行结果如图 8-9 所示。

图 8-9　ZipOutputStream 演示窗口

```
import java.io.*;
import java.util.*;
import java.util.zip.*;
public class EX8_6{
    public static void main(String[] args){
        try{
            String name[]=new String[5];
            File file[]=new File[5];
            File dir=null;
            BufferedReader buf=new BufferedReader(new InputStreamReader(System.in));
            System.out.println("请输入 5 个要进行压缩的文件名: ");
            for(int i=0;i<name.length;i++){
                name[i]=buf.readLine();
                file[i]=new File(name[i]);
            }
            System.out.println("请输入压缩文件名: ");
```

```
        dir=new File(buf.readLine());
        FileOutputStream fout=new FileOutputStream(dir);
        ZipOutputStream zout=new ZipOutputStream(fout);   //压缩输出流
        ZipEntry ze=null;
        FileInputStream fin=null;
        BufferedInputStream bin=null;
        for(int i=0;i<name.length;i++){                    //对每个文件进行处理
            fin=new FileInputStream(file[i]);
            bin=new BufferedInputStream(fin);
            ze=new ZipEntry(file[i].getName());
                                    //以文件名为参数设置 ZipEntry 对象
            zout.putNextEntry(ze);
            int c;
            while((c=bin.read())!=-1) zout.write(c);
            bin.close();
            fin.close();
        }
        zout.close();
        fout.close();
        System.out.println("\nAll files ziped to"+dir.getName()+"\n");
    }catch(IOException e){
    }
  }
}
```

习　题　8

一、选择题

1. Java 对文件类提供了许多操作方法,其中能获得文件对象父路径名的方法是(　　)。

A. getAbsolutePath()　B. getParentFile()　　C. getAbsoluteFile()　D. getName()

2. RandomAccessFile 类提供了对文件随机访问方式,下面方法中可以改变文件指针的位置的是(　　)。

A. seek()　　　　　B. getFilePointer()　C. length()　　　　D. readInt()

3. File 类的构造方法 public File(String parent,String child)中,参数 child 是(　　)。

A. 子文件夹名　　　　B. 子文件夹对象名　C. 文件名　　　　　D. 文件对象名

4. 用文件字节输出流对文件进行写操作时,先要创建文件输出流对象并打开文件,文件输出流 FileOutputStream 的构造方法是:

```
public FileOutputStream(String name,boolean append)
```

其中参数 append 的值为 true 表示(　　)。

A. 将原文件的内容覆盖　　　　　　　　B. 在原文件的尾部添加数据

C. 在原文件的指定位置添加数据　　　　D. 创建一个新文件

5. 下列 InputStream 类中哪个方法可以用于关闭流？（　　　）

    A. skip()　　　　　　B. close()　　　　　　C. reset()　　　　　　D. mark()

6. 用于输入压缩文件格式的 ZipInputStream 类所属的包是（　　　）。

    A. java.util　　　　B. java.io　　　　　　C. java.nio　　　　　　D. java.util.zip

7. 在程序读入字符文件时，能够以该文件作为直接参数的类是（　　　）。

    A. FileReader　　　　　　　　　　　　B. BufferdReader

    C. FileInputStream　　　　　　　　　　D. ObjectInputStream

8. 实现字符流的读操作的类是（　　　）。

    A. FileInputStream　　　　　　　　　　B. FileOutputStream

    C. FileReader　　　　　　　　　　　　D. Writer

9. 随机文件访问是由（　　　）类实现的。

    A. File　　　　　　　　　　　　　　　B. BufferInputStream

    C. RandomAccessFile　　　　　　　　　D. FileWrite

10. 可用于获得文件或目录的路径名的是（　　　）。

    A. File　　　　　　　　　　　　　　　B. RandomAccessFile

    C. FileInputStream　　　　　　　　　　D. BufferedReader

二、填空题

1. 在 Java 语言中，I/O 类被分割为输入流与输出流两部分，所有的输入流都是从抽象类 InputStream 和_____继承而来，所有输出流都是从抽象类_____和 Writer 继承来的。

2. 用于创建随机访问文件的类是_____。

3. 创建了一个文件输入流后，就可从该流中通过调用它的_____方法来读取字节。

4. File 类中利用_____方法来判断指定文件是否是目录。

5. 通常序列化时需要重写_____方法和 readObject() 方法，可以控制读取数据流的方式。

6. 下面的程序利用 BufferedWriter 类将 5 个随机数写入缓冲区，然后再将缓冲区内的数据全部写入文件 random.txt 中。请在画线处填写合适的代码。

```
import java.io.*;
public class TestFile{
    public static void main(String args[])throws IOException{
        FileWriter fw=new FileWriter("random.txt");
        BufferedWriter bfw=_____;
        for(int i=1;i<=5;i++){
            bfw.write(Double.toString(Math.random()));
            bfw.newLine();
        }
        _____;
        fw.close();
    }
}
```

三、判断题

1. Java 中通常用 FileInputStream 和 FileOutputStream 类来处理以字节为主的输入输出工作。　　　　　　　　　　　　　　　　　　　　　　　　　　　　　　（　　）

2. 为了对读取的内容进行处理后再输出,需要使用 RandomAccessFile 类。　（　　）

四、简答题

1. InputStream、OutStream、Reader 和 Writer 类的功能有何差异?

2. 写出 InputStream 类的 read()方法的 3 种形式,并说明其中参数的含义。

3. RandomAccessFile 类和其他输入输出类有何差异? 它实现了哪些接口?

五、程序设计题

1. 编写程序,利用 FileInputStream 类和 FileOutputStream 类复制文件,并利用 File 类显示文件中的字节数,其中源文件和目标文件名通过键盘输入。 如图 8-10 所示给出了该程序的一个运行样例。

2. 编写程序,制作一个文本文件阅读器,文件菜单设置"打开"和"退出"命令,可以打开本地硬盘上文本文件,并将文件内容显示到文本框中,文本框不能编辑,退出命令能够退出程序。程序运行界面如图 8-11 所示。

图 8-10　文件字节流的复制

3. 创建 10 个点坐标,写入 D:\t1.txt 文件中,然后随机修改任意一个点的坐标,并显示在屏幕上。 程序运行界面如图 8-12 所示。

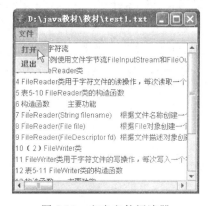

图 8-11　文本文件阅读器

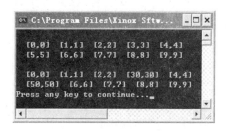

图 8-12　点坐标的随机修改

第9章 多线程程序设计

教学目标与要求：

本章主要介绍线程的有关知识，讲解 Java 语言中多线程的概念、实现方法与控制、互斥与同步以及多线程的应用等内容。通过本章的学习，读者应该掌握以下内容：

- 线程的概念；
- 线程的创建；
- 线程的状态与控制；
- 线程的优先级、调度和管理；
- 同步访问临界资源（共享数据）。

教学重点与难点：

线程的创建使用方法；同步访问临界资源。

9.1　多线程概述

Java 的一大特点就是内置对多线程的支持。多线程是指同时存在几个执行体，按几条不同的执行线索共同工作的情况，它使得编程人员可以很方便地开发出具有多线程功能、能同时处理多个任务的功能强大的应用程序。虽然执行线程给人一种几个事件同时发生的感觉，但这只是一种错觉，因为计算机在任何给定的时刻只能执行那些线程中的一个。为了建立这些线程正在同步执行的感觉，Java 快速地把控制从一个线程切换到另一个线程。

每个 Java 程序都有一个默认的主线程。该线程负责执行 main()方法。在 main()方法的执行中再创建的线程，就称为程序中的其他线程。如果 main()方法中又创建了其他线程，那么 JVM 就要在主线程和其他线程之间轮流切换，保证每个线程都有机会使用 CPU资源。一般情况下，都是在主线程中启动其他线程，实际上也可以在任何一个线程中启动另一个线程。

产生线程最简单的办法是继承自 Thread 类，这个类拥有产生、运行线程的所有必要机制。Thread 类最重要的方法就是 run()方法，必须覆盖它，使线程执行用户所指派的工作。run()是程序中会和其他线程"同时"执行的部分。

在多线程程序中，线程之间一般来说不是相互孤立的。多个同时运行的线程可能共用资源，如数据或外部设备等。多个线程在并发地运行时应当能够协调地配合。如何保证线程之间的协调配合一般是编写多线程程序必须考虑的问题。多线程同步处理的目的是为了让多个线程协调地并发工作。对线程进行同步处理可以通过同步方法和同步语句块实现。

9.2 "左手画方右手画圆"案例

9.2.1 案例分析

【案例描述】

本案例编写一个 Applet 程序,创建两个线程:left 和 right,其中一个负责画圆形,另一个负责画方形。程序运行结果如图 9-1 所示。

【案例目的】

(1) 学习并掌握多线程的基本概念、创建方法及其基本控制。

(2) 学习并掌握多线程机制的实现方法。

【技术要点】

(1) 引入需要的各种包。

(2) 声明一个实现 Runnable 接口的类 Double_t,并实现 run()方法。

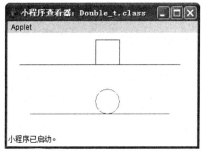

图 9-1　左手画方右手画圆

9.2.2 代码实现

```java
//文件 Double_t.java
import java.applet.*;
import java.awt.*;
import java.awt.event.*;
public class Double_t extends Applet implements Runnable{
    Thread left,right;                          //线程定义
    Graphics mypen;
    int x,y;
    public void init(){
        left=new Thread(this);                  //线程创建
        right=new Thread(this);                 //线程创建
        x=10;
        y=10;
        mypen=getGraphics();
    }
    public void start(){
        try{
            left.start();                       //线程启动
            right.start();
        }catch(Exception e){}
    }
    public void run(){
        while(true){
            if(Thread.currentThread()==left){
                x=x+1;
```

```
            if(x>240)
                x=10;
        mypen.setColor(Color.blue);
        mypen.clearRect(10,10,300,40);          //将指定矩形区域清除为背景颜色
        mypen.drawRect(10+x,10,40,40);          //画方形
        try{
             left.sleep(60);
        }catch(InterruptedException e){}
    }
    else if(Thread.currentThread()==right){
        y=y+1;
        if(y>240)
            y=10;
        mypen.setColor(Color.red);
        mypen.clearRect(10,90,300,40);
        mypen.drawOval(10+y,90,40,40);     //画圆形
        try{
            right.sleep(60);
        }catch(InterruptedException e){}
    }
        }
    }
}
```

HTML 文件的具体代码实现如下：

```
<html>
<body>
<applet code="Double_t.class" width=320 height=160>
</applet>
</body>
</html>
```

9.2.3 案例知识点

1. 多线程的概念

程序是一段静态的代码，它是应用软件执行的蓝本。

进程是程序的一次动态执行过程，它对应了从代码加载、执行至执行完毕的一个完整过程，这个过程也是进程本身从产生、发展至消亡的过程。线程是比进程更小的执行单位，一个进程在其执行过程中，可以产生多个线程，形成多条执行线索。每条线索，即每个线程也有它自身的产生、存在和消亡的过程，也是一个动态的概念。

Java 的多线程就是在操作系统每次分时给 Java 程序一个时间片的 CPU 时间内，在若干个独立的可控制的线程之间切换。

每个 Java 程序都有一个默认的主线程。已知 Java 应用程序总是从主类的 main()方法开始执行。当 JVM 加载代码，发现 main()方法之后，就会启动一个线程，这个线程称做"主

线程"，该线程负责执行 main( )方法。那么，在 main( )方法的执行中再创建的线程，就称为程序中的其他线程。如果 main( )方法中没有创建其他的线程，那么当 main( )方法执行完最后一个语句，即 main( )方法返回时，JVM 就会结束该 Java 应用程序。如果 main( )方法中又创建了其他线程，那么 JVM 就要在主线程和其他线程之间轮流切换，保证每个线程都有机会使用 CPU 资源，main( )方法即使执行完最后的语句，JVM 也不会结束当前的程序，JVM 一直要等到程序中的所有线程都结束之后，才结束当前的 Java 应用程序。

2. 线程的状态和生命周期

一个线程从创建、启动到终止的整个过程叫做一个生命周期。Java 使用 Thread 类及其子类的对象来表示线程，新建的线程在它的一个完整的生命周期中通常要经历如下 4 种状态。

1）新建

当一个 Thread 类或其子类的对象被声明并创建时，新生的线程对象处于新建状态。此时它已经有了相应的内存空间和其他资源。

2）运行

线程创建之后就具备了运行的条件，一旦轮到它来享用 CPU 资源时，即 JVM 将 CPU 使用权切换给该线程时，此线程就可以脱离创建它的主线程独立开始自己的生命周期了（即 run( )方法执行的过程）。

线程创建后仅仅是占有了内存资源，在 JVM 管理的线程中还没有这个线程，此线程必须调用 start( )方法（从父类继承的方法）通知 JVM，这样 JVM 就会知道又有一个新线程排队等候切换了。

当 JVM 将 CPU 的使用切换给线程时，如果线程是 Thread 的子类创建的，该类中的 run( )方法就立即执行。所以必须在子类中重写父类的 run( )方法，Thread 类中的 run( )方法没有具体内容，程序要在 Thread 类的子类中重写 run( )方法来覆盖父类的 run( )方法，run( )方法规定了该线程的具体使命。

在线程没有结束 run( )方法之前，不要让线程再次调用 start( )方法，否则将发生 IllegalThreadStateException 异常。

3）中断

有 4 种原因引起中断。

(1) JVM 将 CPU 资源从当前线程切换给其他线程，使本线程让出 CPU 的使用权处于中断状态。

(2) 线程使用 CPU 资源期间，执行了 sleep(int millsecond)方法，使当前线程进入休眠状态。sleep(int millsecond)方法是 Thread 类中的一个类方法，线程一旦执行了 sleep(int millsecond)方法，就立刻让出 CPU 的使用权，使当前线程处于中断状态。经过参数 millsecond 指定的毫秒数之后，该线程就重新进到线程队列中排队等待 CPU 资源，以便从中断处继续运行。

(3) 线程使用 CPU 资源期间，执行了 wait( )方法，使得当前线程进入等待状态。等待的线程不会主动进到线程队列中排队等待 CPU 资源，必须由其他线程调用 notify( )方法通知它，使得它重新进入到线程队列中排队等待 CPU 资源，以便从中断处继续运行。

(4) 线程使用 CPU 资源期间，执行了某个操作进入阻塞状态，比如执行读写操作引起的阻塞。进入阻塞状态时线程不能进入排队队列,只有当引起阻塞的原因消除后,线程才重新进入到线程队列中排队等待 CPU 资源,以便从中断处继续运行。

4) 死亡

所谓死亡状态就是线程释放了实体,即释放了分配给线程对象的内存。处于死亡状态的线程不能够再继续运行。线程死亡的原因有两种:第一种是正常运行的线程完成了它的全部工作,即执行完 run()方法中的全部语句,结束了 run()方法;第二种是线程提前强制性地终止,即强制 run()方法结束。

3. 线程的创建

可以通过以下两种方法创建线程。

1) 用 Thread 类的子类创建线程对象

编写 Thread 类的子类时,需要重写父类的 run()方法,其目的是规定线程的具体操作,否则线程就什么也不做,因为父类的 run()方法中没有任何操作语句。当 JVM 将 CPU 使用权切换给线程时,如果线程是 Thread 的子类创建的,该类中的 run()方法就立刻执行。

使用 Thread 子类创建线程的优点是,可以在子类中添加新的成员变量,使线程具有某种属性,也可以在子类中新增加方法,使线程具有某种功能。但是,Java 不支持多继承,Thread 类的子类不能扩展其他类。

2) 使用 Runnable 接口

创建线程的另一个途径就是用 Thread 类直接创建线程对象。使用 Thread 创建线程对象时,通常使用的构造方法是:

```
Thread(Runnable target)
```

该构造方法中的参数是一个 Runnable 类型的接口,因此,在创建线程对象时必须向构造方法的参数传递一个实现 Runnable 接口类的实例,该实例对象称做所创线程的目标对象。当线程调用 start()方法后,一旦轮到它来享用 CPU 资源,目标对象就会自动调用接口中的 run 方法(接口回调),这一过程是自动实现的,用户程序只需要让线程调用 start()方法即可,也就是说,当线程被调度并转入运行状态时,所执行的就是 run()方法中所规定的操作。

线程间可以共享相同的内存单元,并利用这些共享的内存单元来实现数据交换、实时通信与必要的同步操作。对于使用同一目标对象的线程,目标对象的成员变量就是这些线程共享的数据单元。

例如,下面程序中的两个线程:会计和出纳,使用同一目标对象。两个线程共享变量 money。

```
public class TargetObject{
    public static void main(String args[]){
        Bank bank=new Bank();
        bank.setMoney(300);                      //线程的目标对象设置被线程共享的 money
        bank.会计.start();
        bank.出纳.start();
    }
}
```

```
class Bank implements Runnable{
    private int money=0;                          //会计和出纳共享的数据
    Thread 会计,出纳;
    Bank(){
        会计=new Thread(this);
        会计.setName("会计");
        出纳=new Thread(this);                     //会计和出纳的目标对象相同
        出纳.setName("出纳");
    }
    public void setMoney(int mount){
        money=mount;
    }
    public void run(){                             //接口中的方法
        while(true){
            money=money-50;
            if(Thread.currentThread()==会计){
                System.out.println("我是"+会计.getName()+"现在有:"+money+"元");
                if(money<=150){
                    System.out.println(会计.getName()+"进入死亡状态");
                    return;                        //如果 money 少于 50,会计的 run 方法结束
                }
            }
            else if(Thread.currentThread()==出纳){
                System.out.println("我是"+出纳.getName()+"现在有:"+money+"元");
                if(money<=0){
                    System.out.println(出纳.getName()+"进入死亡状态");
                    return;                        //如果 money 少于 0,出纳的 run 方法结束
                }
            }
            try{
                Thread.sleep(800);
            }catch(InterruptedException e){}
        }
    }
}
```

4. 线程的调度和优先级

1) 线程的优先级

线程的优先级由整数 1~10 来表示,优先级越高,越先执行;优先级越低,越晚执行;优先级相同时,则遵循队列的"先进先出"原则。在 Thread 类中,有几个与线程优先级相关的类常量:

(1) MIN_PRIORITY:代表最小优先级,值为 1。

(2) MAX_PRIORITY:代表最高优先级,值为 10。

(3) NORM_PRIORITY:代表常规优先级,值为 5。

当创建线程时,默认优先级为 NORM_PRIORITY。Thread 类中与优先级相关的方法有两个。

(1) final void setPriority(int p),该方法用来设置线程的优先级,参数为 1~10。

(2) final int getPriority(),该方法返回线程的优先级。

2) Java 线程调度策略

在单个 CPU 上以某种顺序运行多个线程,称为线程的调度。Java 的线程调度策略为一种基于优先级的"抢占式"调度。

9.3 "模拟接力"案例

9.3.1 案例分析

【案例描述】

本案例用多线程演示一个模拟的接力跑。程序运行结果如图 9-2 所示。

图 9-2 模拟接力

【案例目的】

(1) 熟练掌握线程的常用方法。

(2) 了解多线程在动画设计中的重要性。

(3) 学习在一个线程中启动另外一个线程的方法。

【技术要点】

本案例模拟的接力跑中有一个裁判员,两个运动员。第一个运动员跑完 100 米后将接力棒交给第二个运动员,第二个运动员跑完 100 米后结束。这里关键是线程何时开始、何时停止。案例是通过中断机制来实现的:当运动员 1 线程完成后,调用 interrupt()方法中断线程,然后程序就可以捕获到 InterruptedException,从而可以开始下一个线程。

9.3.2 代码实现

```
//RunDemo.java
import java.awt.*;
import java.awt.event.*;
import java.applet.*;

public class RunDemo extends Applet implements Runnable,ActionListener{
```

```java
        Thread judgement,athlete1,athlete2;
                              //用 Thread 类声明 judgement,athlete1,athlete2 线程对象
    Button startButton;
    TextField text=null;
    int distance=10;
    Graphics mypen=null;
    public void init(){
        judgement=new Thread(this);        //创建 judgement 线程
        athlete1=new Thread(this);         //创建 athlete1 线程
        athlete2=new Thread(this);         //创建 athlete2 线程

        startButton=new Button("start");
        startButton.addActionListener(this);
        add(startButton);
        startButton.setBounds(10,100,30,30);

        text=new TextField(20);
        add(text);
        mypen=getGraphics();
    }
    public void start(){
        judgement.start();
    }

public void actionPerformed(ActionEvent e){
        judgement.interrupt();            //单击按钮时结束发令员的"生命"
    }

    public void run(){
        if(Thread.currentThread()==judgement)
                              //判断当前占有 CPU 资源的线程是否是 judgement
        {
            while(true){
            text.setText("准备跑…");
            text.setText("…");
            try{
                Thread.sleep(10);
            }
            catch(InterruptedException exp){
                              //单击按钮时结束发令员的"生命",并让运动员 1 开始跑
            text.setText("跑");
            athlete1.start();
            break;
            }
        }
```

```
    }
    if(Thread.currentThread()==athlete1)
                                    //判断当前占有 CPU 资源的线程是否是 athlete1
    {
        while(true){
            distance=distance+1;
            mypen.setColor(Color.red);
            mypen.clearRect(10,70,100,100);
            mypen.fillRect(distance,85,15,15);
            try{
                Thread.sleep(10);
            }
            catch(InterruptedException exp){
                                    //通知运动员 2 开始跑,运动员 1 结束"生命"
                athlete2.start();
                return;
            }
            if(distance>=100)athlete1.interrupt();
                                    //运动员 1 跑到 100 米处时结束"生命"
        }
    }
    if(Thread.currentThread()==athlete2)
                                    //判断当前占有 CPU 资源的线程是否是 athlete2
    {
        while(true){
            distance=distance+1;
            mypen.setColor(Color.green);
            mypen.clearRect(120,70,150,100);
            mypen.fillRect(distance+20,85,15,15);
            try{
                Thread.sleep(10);
            }
            catch(InterruptedException exp){
                text.setText("到达终点");
                return;
            }
            if(distance>=200)athlete2.interrupt();
                                    //运动员 2 跑到 200 米处时结束"生命"
        }
    }
    }
}

//RunDemo.html
<html>
```

```
<body>
<applet code="RunDemo.class" width=280 height=160>
</applet>
</body>
</html>
```

9.3.3　案例知识点

1. 线程的常用方法

1) start()

线程调用该方法将启动线程,使之从新建状态进入就绪队列排队,一旦轮到它来享用 CPU 资源时,就可以脱离创建它的线程独立开始自己的生命周期了。

2) run()

Thread 类的 run()方法与 Runnable 接口中的 run()方法的功能和作用相同,都用来定义线程对象被调度之后所执行的操作,都是系统自动调用而用户程序不得引用的方法。系统的 Thread 类中,run()方法没有具体内容,所以用户程序需要创建自己的 Thread 类的子类,并重写 run()方法来覆盖原来的 run()方法。当 run()方法执行完毕,线程就变成死亡状态。

3) sleep(int millsecond)

线程占有 CPU 期间,执行 sleep()方法来使自己放弃 CPU 资源,休眠一段时间。休眠时间的长短由 sleep()方法的参数决定,millsecond 是以毫秒为单位的休眠时间。如果线程在休眠时被打断,JVM 就抛出 InterruptedException。因此,必须在 try-catch 语句块中调用 sleep()方法。

4) isAlive()

线程处于"新建"状态时,线程调用 isAlive()方法返回 false。当一个线程调用 start()方法,并占有 CUP 资源后,该线程的 run()方法就开始运行,在线程的 run()方法结束之前,即没有进入死亡状态之前,线程调用 isAlive()方法返回 true。当线程进入"死亡"状态后(实体内存被释放),线程仍可以调用方法 isAlive(),这时返回的值是 false。

需要注意的是,一个已经运行的线程在没有进入死亡状态时,不要再给线程分配实体,由于线程只能引用最后分配的实体,先前的实体就会成为"垃圾",并且不会被垃圾收集机收集掉。

5) currentThread()

currentThread()方法是 Thread 类中的类方法,可以用类名调用,该方法返回当前正在使用 CPU 资源的线程。

6) interrupt()

intertupt()方法经常用来"吵醒"休眠的线程。当一些线程调用 sleep()方法处于休眠状态时,一个占有 CPU 资源的线程可以让休眠的线程调用 interrupt ()方法"吵醒"自己。

7) yield()

yield()方法可以让线程对象立刻停止运行,并且直接从运行状态转为等待运行状态。例如:

```
class OutputClass implements Runnable{
    String name;
    OutputClass(String s){
        name=s;
    }
    public void run(){
        for(int i=0;i<3;i++){
            System.out.println(name);
            Thread.yield();
        }
    }
}
class RunThreads{
    public static void main(String args[]){
        OutputClass out1=new OutputClass("Thread1");
        OutputClass out2=new OutputClass("Thread2");
        Thread T1=new Thread(out1);
        Thread T2=new Thread(out2);
        T1.start();
        T2.start();
    }
}
```

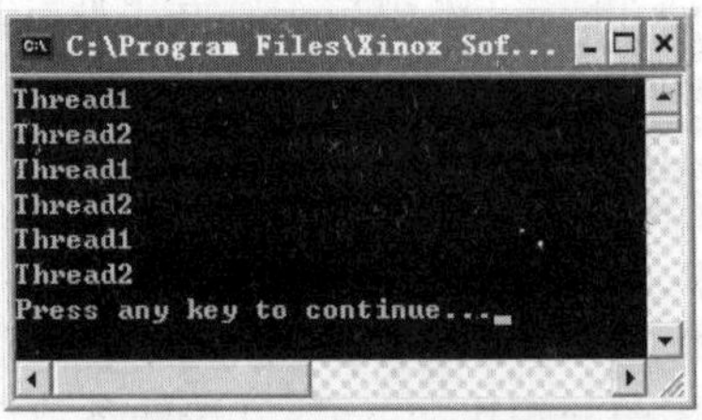

程序运行结果如图9-3所示。

图9-3 yield()方法应用

2. 线程联合

一个线程 A 在占有 CPU 资源期间,可以让其他线程调用 join()方法和本线程联合,如:

```
B.join();
```

称线程 A 在运行期间联合了线程 B。线程 A 在占有 CPU 资源期间一旦联合线程 B,那么线程 A 将立刻中断执行,一直等到它联合的线程 B 执行完毕,线程 A 再重新排队等待 CPU 资源,以便恢复执行。如果线程 A 准备联合的线程 B 已经结束,那么 B. join()不会产生任何效果。

例如:

```
public class ThreadJoinTest{
    public static void main(String args[])throws Exception{
        int i=0;
        Hello t=new Hello();
        t.start();
        while(true){
            i++;
            System.out.println("main"+i);
            if(i==2){
                System.out.println("Main waiting for Hello!");
```

```
                t.join();
            }
            if(i==3)break;
        }
    }
}
class Hello extends Thread{
    int j;
    public void run(){
        while(true){
            j++;
            System.out.println("Hello"+j);
            if(j==3)break;
        }
    }
}
```

程序运行结果如图 9-4 所示。

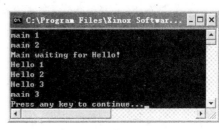

图 9-4　线程联合

9.4　"生产者/消费者"案例

9.4.1　案例分析

【案例描述】

本案例利用 wait-notify 机制实现生产者/消费者问题,程序运行结果如图 9-5 所示。

图 9-5　生产者/消费者问题

【案例目的】

学习并掌握线程同步控制的方法。

【技术要点】

(1) 创建一个生产者线程 Producer。

(2) 创建一个消费者线程 Consumer。

(3) 创建一个临界资源 Sharing,作为生产者与消费者的共享对象。Sharing 必须实现读、写的同步,即生产者向临界资源存入一个数据,消费者便立刻取出这个数据。Sharing 通过存取控制变量 available 和两个分别进行读写的 put()和 get()方法来具体实现生产者-消费者问题的读写同步。

9.4.2　代码实现

```
//文件 PCDemo.java
public class PCDemo{                                    //演示生产者/消费者问题的主程序
    public static void main(String args[]){
        Sharing s=new Sharing();
        Producer p=new Producer(s);
```

```
            Consumer c=new Consumer(s);
            p.start();
            c.start();
        }
    }
    class Sharing{                      //Producer 和 Consumer 共享的临界资源,必须实现读、写的同步
        private int contents;
        private boolean available=false;
        public synchronized void put(int value){
            //如果数据没有被消费,则生产者线程必须等待,直到数据被消费为止
            while(available==true){
                try{
                    wait();
                }catch(InterruptedException e){}
            }
            //生产者放入内容,改变存取控制 available
            contents=value;
            available=true;
            System.out.println("Producer 生产的数据为:"+contents);
            this.notify();                          //通知消费者线程
        }
        public synchronized int get(){
            while(available==false){
                try{
                    wait();
                }catch(InterruptedException e){}
            }
            //消费者取出内容,改变存取控制 available
            available=false;
            System.out.println("Consumer 消费的数据为:"+contents);
            this.notify();                          //通知生产者线程
            return contents;
        }
    }
    class Producer extends Thread{                   //Producer(生产者)线程
        private Sharing shared;
        public Producer(Sharing s){
            shared=s;
        }
        public void run(){
            for(int i=0;i<5;i++){
                shared.put(i);
                try{
                    sleep(50);
                }catch(InterruptedException e){}
```

```
                }
            }
        }
class Consumer extends Thread{                          //Consumer(消费者)线程
    private Sharing shared;
    public Consumer(Sharing s){
        shared=s;
    }
    public void run(){
        int value=0;
        for(int i=0;i<5;i++){
            shared.get();
            try{
                sleep(50);
            }catch(InterruptedException e){}
        }
    }
}
```

程序解释及常见问题如下：

wait()方法的调用放在循环语句中的目的是：当线程的等待被中断结束时，如果共享数据的状态仍不能满足该线程，该线程则需要继续等待。

9.4.3 案例知识点

1. 线程同步问题

Java可以创建多个线程，在处理多线程问题时，必须注意这样一个问题：当两个或多个线程同时访问同一个变量，并且每一个线程都需要修改这个变量。应对这样的问题做出处理，否则可能发生混乱。

在处理线程同步时，要做的第一件事就是要把修改数据的方法用关键字 synchronized 来修饰。一个方法使用关键字 synchronized 修饰后，当一个线程 A 使用这个方法时，其他线程若使用这个方法时就必须等待，直到线程 A 使用完该方法（除非线程 A 使用 wait()方法主动让出 CUP 资源）。

所谓线程同步，就是指若干个线程都需要使用一个同步方法（使用关键字 synchronized 修饰的方法）。

2. 同步方法和同步语句块

1）同步方法

一个方法要成为同步方法，只要使用关键字 synchronized 来修饰即可。例如：

```
public synchronized void push(){
    data[index]=c;
    index++;
}
```

2) 同步语句块

同步语句块的定义格式如下：

```
synchronized(引用类型的表达式){
    语句块
}
```

其中，关键字 synchronized 是同步语句块的引导词，位于"()"内的表达式必须是引用类型的表达式，指向某个类对象或实例对象，即指定与该同步语句块相关联的对象；语句块则由一对"{}"及这对大括号所括起来的一系列语句组成。

```
public void push(){
    synchronized(this){          //this 是对同步对象的引用
        data[index]=c;
        index++;
    }
}
```

注意：这些同步方法和同步语句块都分别与一个特定的对象相关联。

3. 在同步方法中使用 wait()方法、notify()方法或 notifyAll()方法

一个线程在使用的同步方法中用到某个变量，而此变量又需要其他线程修改后才能符合本线程的需要，那么可以在同步方法中使用 wait()方法。使用 wait()方法可以中断同步方法的执行，使本线程等待，暂时让出 CPU 的使用权，并允许其他线程使用这个同步方法。其他线程如果在使用这个同步方法时不需要等待，那么它用完这个同步方法的同时，应当执行 notifyAll()方法通知所有的由于使用这个同步方法而处于等待的线程结束等待。曾中断的线程就会从刚才的中断处继续执行这个同步方法，并遵循"先中断先继续"的原则。如果使用 notify()方法，那么只是通知处于等待中的某一个线程结束等待。

习　题　9

一、选择题

1. 线程执行的主体程序代码被编写在哪个方法中？（　　）

    A. init()　　　　　　B. main()　　　　　　C. stop()　　　　　　D. run()

2. Java 中实现线程同步的关键字是（　　）。

    A. static　　　　　　B. final　　　　　　C. synchronized　　　　D. protected

3. 处于新建状态的线程调用 isAlive()方法返回的值是什么？（　　）

    A. false　　　　　　B. 假　　　　　　C. true　　　　　　D. 真

4. 当对线程进行调度使其休眠时，休眠的时间单位是（　　）。

    A. 秒　　　　　　B. 毫秒　　　　　　C. 分钟　　　　　　D. 小时

5. 实现线程体的方式除了继承 Thread 类，还可以实现哪个接口？（　　）

    A. Runnable　　　B. Cloneable　　　C. Iterable　　　D. Serializable

6. 线程交互中不提倡使用的方法是（　　）。

    A. wait()　　　　　　B. notify()　　　　　　C. stop()　　　　　D. notifyALL()

7. Java 语言具有许多优点和特点,下列选项中,哪个反映了 Java 程序并行机制的特点? ( )

    A. 安全性　　　　　B. 多线程性　　　　　C. 跨平台　　　　　D. 可移植性

8. ( )方法可以让某个线程等待其他线程的执行结束。

    A. sleep( )　　　　　B. wait( )　　　　　C. notify( )　　　　　D. join( )

二、填空题

根据注释对下面的程序进行填空。

```
import java.awt.*;
import java.awt.event.*;
class MoveButton extends Frame implements Runnable,ActionListener{
    Thread first,second;                //用 Thread 类声明 first,second 两个线程对象
    Button redButton,greenButton,startButton;
    int distance=10;
    MoveButton(){
        first=_____              //创建 first 线程,当前窗口作为该线程的目标对象
        second=_____             //创建 second 线程,当前窗口作为该线程的目标对象
        redButton=new Button();
        greenButton=new Button();
        redButton.setBackground(Color.red);
        greenButton.setBackground(Color.green);
        startButton=new Button("start");
        startButton.addActionListener(this);
        setLayout(null);
        add(redButton);
        redButton.setBounds(10,60,15,15);
        add(greenButton);
        greenButton.setBounds(100,60,15,15);
        add(startButton);
        startButton.setBounds(10,100,30,30);
        setBounds(0,0,300,200);
        setVisible(true);
        validate();
        addWindowListener(new WindowAdapter()
            {public void windowClosing(WindowEvent e)
                {System.exit(0);
                }
            }
        );
    }
    public void actionPerformed(ActionEvent e){
        try{
            first.start();
            second.start();
        }catch(Exception exp){}
```

```
    }
    public void run(){
        while(true){
            if(_____)                    //判断当前占有 CPU 资源的线程是否是 first
            {
                moveComponent(redButton);
                try{
                    Thread.sleep(20);
                }catch(InterruptedException exp){}
            }
            if(_____)                    //判断当前占有 CPU 资源的线程是否是 second
            {
                moveComponent(greenButton);
                try{
                    Thread.sleep(10);
                }catch(InterruptedException exp){}
            }
        }
    }
    public synchronized void moveComponent(Component b){
        if(Thread.currentThread()==first){
            while(distance>100&&distance<=200)
                try{
                    wait();
                }catch(InterruptedException exp){}
                distance=distance+1;
                b.setLocation(distance,60);
                if(distance>=100){
                    b.setLocation(10,60);
                    notifyAll();
                }
        }
        if(Thread.currentThread()==second){
            while(distance>=10&&distance<100)
                try{
                    wait();
                }catch(InterruptedException exp){}
                distance=distance+1;
                b.setLocation(distance,60);
                if(distance>200){
                    distance=10;
                    b.setLocation(100,60);
                    notifyAll();
                }
        }
    }
```

```
            }
    }

public class Run{
    public static void main(String args[]){
        new MoveButton();
    }
}
```

三、判断题

1. sleep()方法是 Thread 类中的 static 方法。   （   ）
2. 线程的启动是通过调用其 start()方法而实现的。   （   ）
3. 关键字 synchronized 只能对方法进行修饰。   （   ）
4. 线程的优先级代表了线程的执行顺序。   （   ）
5. 若所有的用户线程都终止了,Java 程序就会结束。   （   ）
6. 当线程的 run()方法执行完毕,线程的运行就会终止。   （   ）

四、简答题

1. 阅读如下程序,给出运行结果。

```
public class TwoThreads{
    public static void main(String args[]){
        ComputerSum sum=new ComputerSum();
        sum.computer1.start();
    }
}
class ComputerSum implements Runnable{
    Thread computer1,computer2;
    int i=1,sum=0;
    ComputerSum(){
        computer1=new Thread(this);
        computer2=new Thread(this);
    }
    public void run(){
        while(i<=10){
            sum=sum+i;
            System.out.println(sum);
            i++;
            if(i==6&&Thread.currentThread()==computer1){
                System.out.println(computer1.getName()+"完成任务了!");
                computer2.start();
                return;
            }
        }
    }
}
```

2. 阅读如下程序,给出运行结果。

```java
public class InterruptDemo{
    public static void main(String args[]){
        A a=new A();
        a.student.start();
        a.teacher.start();
    }
}
class A implements Runnable{
    Thread student,teacher;
    A(){
        teacher=new Thread(this);
        student=new Thread(this);
        teacher.setName("老师");
        student.setName("学生");
    }
    public void run(){
        if(Thread.currentThread()==student){
            try{
                System.out.println(student.getName()+"正在睡觉,不听课");
                Thread.sleep(1000 * 60 * 60);
                        //被 interrupt()方法打断时,产生 InterruptedException 异常
            }
            catch(InterruptedException e){
                System.out.println(student.getName()+"被老师叫醒了");
            }
            System.out.println(student.getName()+"开始听课");
        }
        else if(Thread.currentThread()==teacher){
            for(int i=1;i<=3;i++){
                System.out.println("上课!");
                try{
                    Thread.sleep(500);
                }
                catch(InterruptedException e){}
            }
            student.interrupt();            //吵醒 student
        }
    }
}
```

3. 阅读如下程序,给出运行结果。

```java
public class JoinDemo{
    public static void main(String args[]){
```

```
            ThreadJoin a=new ThreadJoin();
                a.customer.start();
                a.tvMaker.start();
        }
}
class ThreadJoin implements Runnable{
    TV tv;
    Thread customer,tvMaker;
    ThreadJoin(){
        customer=new Thread(this);
        tvMaker=new Thread(this);      //两个线程 customer 和 tvMaker 的目标对象相同
        customer.setName("顾客");
        tvMaker.setName("电视制造厂");
    }
    public void run(){
        if(Thread.currentThread()==customer){
            System.out.println(customer.getName()+"等"+tvMaker.getName()+"生产电视");
            try{
                tvMaker.join();        //线程 customer 开始等待,直到 tvMaker 结束
            }catch(InterruptedException e){}
            System.out.println(customer.getName()+"买了一台电视："+tv.name+" 价
            钱："+tv.price);
        }
        else if(Thread.currentThread()==tvMaker){
            System.out.println(tvMaker.getName()+"开始生产电视,请等…");
            try{
                tvMaker.sleep(2000);
            }catch(InterruptedException e){}
            tv=new TV("海信牌",9000) ;
            System.out.println(tvMaker.getName()+"生产完毕");
        }
    }
}
class TV{
    float price;
    String name;
    TV(String name,float price){
        this.name=name;
        this.price=price;
    }
}
```

五、程序设计题

1. 编写一个 Java 应用程序,创建 3 个线程:"运货司机"、"装运工"和"仓库管理员"。
要求线程"运货司机"占有 CPU 资源后立刻联合线程"装运工",也就是让"运货司机"一直

等到"装运工"完成工作才能开车,而"装运工"占有 CPU 资源后立刻联合线程"仓库管理员",也就是让"装运工"一直等到"仓库管理员"打开仓库才能开始搬运货物。程序运行结果如图 9-6 所示。

2. 编写一个应用程序,有两个线程,一个负责模仿垂直上抛运动,另一个模仿 45°的抛体运动。

3. 编写一个应用程序,含有 GUI 界面,通过单击 start 按钮启动线程,该线程负责移动一个标签。通过单击 wait 按钮挂起该线程,通过单击 notify 按钮恢复线程,通过单击 stop按钮终止线程。运行界面如图 9-7 所示。

图 9-6 运货司机、装运工和仓库管理员

图 9-7 挂起、恢复和终止线程

第 10 章　Java Applet 编程

教学目标与要求：

本章主要介绍 Java 中的另外一类小应用程序，也是 Java 在网络上的主要应用：Java Applet。通过对本章的学习，读者应该掌握以下内容：

- Applet 的生命周期；
- Applet 程序的创建和执行过程；
- Applet 与 Application 的区别；
- Applet 程序间的通信以及和浏览器之间的通信。

教学重点与难点：

Java Applet 程序的创建和执行。

10.1　Java Applet 概述

一个 Java Applet 程序也是由若干个类组成的，一个 Java Applet 不再需要 main() 方法，但必须有且只有一个类扩展了 Applet 类，即它是 Applet 类的子类，这个类称为 Java Applet 的主类，Java Applet 的主类必须是 public 的。Applet 类是 java.applet 包中的一个类，同时还是 java.awt 包中 Container(容器)类的子类，因此，Java Applet 的主类的实例是一个容器。

Java Applet 程序是通过浏览器来执行的。当 Java Applet 程序调试通过后，应当把它存放到一个 Web 服务器的某个 Web 服务目录中。运行 Java Applet，将 Applet 的字节码文件嵌套在一个 HTML 文件中。使用浏览器解释 HTML 文件中的各种标记，再利用其自身拥有的 Java 解释器直接执行字节码文件，并将其结果输出在图形界面上。

10.2　"绘制统计图"案例

10.2.1　案例分析

【案例描述】

本案例设计一个 Applet 小应用程序，通过 HTML 向 Applet 传递参数，绘制出统计图。程序运行结果如图 10-1 所示。

【案例目的】

(1) 掌握 JApplet 类及实现一个简单 Applet 程序的过程。

(2) 掌握 Applet 小应用程序的基本结构以及 init()、start()、paint()、stop()和 destroy()等方法在程序中的作用。

(3) 掌握 HTML 文件中与 Applet 相关的标记。

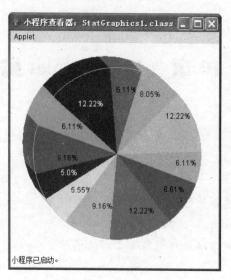

图 10-1　饼状统计图

（4）掌握 Applet 小程序与网页之间的传值方法。

（5）掌握 Font 类和 Color 类的常用方法及其使用。

【技术要点】

（1）在 HTML 文件中使用＜param＞标记，定义参数，并指定参数的值。

（2）在 Applet 小应用程序的 init()方法中，使用 getParameter()方法读取 HTML 文件中的参数值，在 paint()方法中利用画圆弧的方法绘制圆盘状统计图。

10.2.2　代码实现

```java
//文件 StatGraphics.java
import java.awt.*;
import java.applet.*;
import java.math.*;
import javax.swing.*;
public class StatGraphics extends JApplet{
    int a[]=new int[12];
    public void init(){
        for(int i=0;i<12;i++)                              //取得 12 个月份的参数值
            a[i]=Integer.parseInt(this.getParameter("m"+(i+1)));
    }
public void paint(Graphics g){                             //绘制图形
    int i,j,sum=0,qsum,x,y;
    int q[]=new int[12];
    double qq;
    Color c[]=new Color[12];
    for(i=0;i<12;i++)sum=sum+a[i];
    for(i=0;i<12;i++){
        q[i]=(int)(360.0*a[i]/sum+0.5);
```

```java
        c[i]=new Color((int)(Math.random() * 256),(int)(Math.random() * 256),(int)
        (Math.random() * 256));
    }
    for(i=0;i<20;i++){
        qsum=0;
        for(j=0;j<12;j++){
            g.setPaintMode();
            g.setColor(c[j]);
            g.fillArc(20+i,20+i,280,280,qsum,q[j]);    //填充圆弧
            if(i==19){
                g.setXORMode(Color.black);
                if(qsum<180)qq=qsum+q[j] * 4/5.0f;
                    else qq=qsum+q[j] * 2/5.0f;
                x=178+(int)(100 * Math.cos(qq * Math.PI/180));
                y=178-(int)(100 * Math.sin(qq * Math.PI/180));
                g.drawString((int)(q[j] * 100/360.0 * 100)/100.0f+"%",x,y);
            }
            qsum=qsum+q[j];
        }
    }
    g.setPaintMode();
    g.setColor(Color.lightGray);
    g.drawOval(38,38,280,280);
    }
}
```

编写 Applet 程序后, 首先要用 java 编译器编译成为字节码文件, 然后编写相应的 HTML 文件才能够正常执行。HTML 文件的具体代码实现如下:

```html
<html>
<head></head>
<body bgcolor="000000">                        //设置背景颜色
<center>
<applet code="StatGraphics.class"width="300"height="300">
<param name="m1"    value="200">
<param name="m2"    value="130">
<param name="m3"    value="100">
<param name="m4"    value="200">
<param name="m5"    value="100">
<param name="m6"    value="150">
<param name="m7"    value="80">
<param name="m8"    value="90">
<param name="m9"    value="150">
<param name="m10"   value="200">
<param name="m11"   value="140">
<param name="m12"   value="100">
```

```
    </applet>
    </center>
    </body>
    </html>
```

10.2.3　案例知识点

1. Java Applet 简介

Java 程序分为 Application 和 Applet 两种类型。Applet 是用 Java 编写的小应用程序，它能够嵌入在 HTML 网页中，并由支持 Java 的 Web 浏览器来解释执行。Applet 是一种为通过 Web 浏览器在 Internet 上工作而设计的 Java 程序，其特点如下。

(1) Applet 不能作为一个独立程序单独运行，需经下载后在网页浏览器里运行。

(2) 要生成 Applet 小应用程序，必须创建 Applet 类或 JApplet 类的子类，然后根据用户的需要，重写 Applet 类或 JApplet 类中部分方法的内容。

(3) Applet 本身就隐含地代表了一个图形用户界面。

(4) 在 Applet 程序中没有 main()方法。

Applet 类属于 AWT，是一种特殊的 Panel，它是 Java Applet 程序的最外层容器。Applet 容器的默认布局策略与 Panel 一致，都是 FlowLayout。

如果使用 Swing 组件编写 Applet，则 Applet 必须扩展 javax.swing.JApplet 类来实现，以 JApplet 作为顶层容器，在其中加入 Swing 组件，从而保证所有的绘图和更新动作都能够正确地执行。JApplet 容器的默认布局是 BorderLayout。JApplet 直接由 Applet 扩展而来，具体的继承层次如图 10-2 所示。

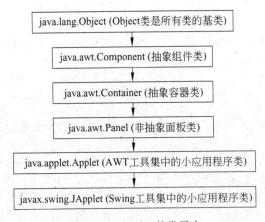

图 10-2　JApplet 的类层次

2. Applet 的生命周期

从运行开始到运行结束，Applet 程序总表现出不同的状态，例如，初始化、绘制图形、启动、退出等，这些状态的改变是由浏览器根据自己的需要自动调用相应的方法而实现的。Applet 在浏览器中工作的一般原理如下。

(1) 首先进入含有 Applet 的 Web 页面，并将 WWW 服务器上对应的 Applet 字节码通过网络下载到客户端浏览器。

（2）对 Applet 程序进行初始化，并启动 Applet 的执行。

（3）当用户离开当前含有 Applet 的页面时或最小化当前页面时，浏览器会暂时停止 Applet 的执行，让出 CPU 资源。

（4）当用户又再次回到含有 Applet 的页面时，Applet 程序会继续执行。

（5）当用户查看完信息关闭浏览器时，浏览器会自动调用 Applet 类中的方法来终止小应用程序的执行，并释放程序占用的所有系统资源。

根据 Applet 的工作原理，其生命周期如图 10-3 所示。

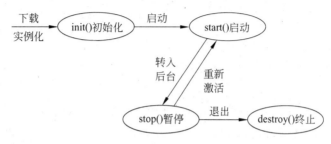

图 10-3　Applet 的生命周期

在整个生命周期中经常用到的方法有以下 5 种。

1）init()方法：初始化

当 Applet 第一次被浏览器加载时便执行该方法，主要任务是进行初始化操作，如处理由浏览器传递进来的参数、添加用户接口组件、加载图像和音频文件等；在 Applet 的整个生命周期中，只执行一次。

2）start()方法：启动执行

start()方法在 Applet 的生命周期中可执行多次，而 init()只执行一次。start()方法是 Applet 的主体，在方法体中可以执行一些任务或者启动相关的线程来执行任务，例如，开始动画或声音的播放等。

3）stop()方法：暂停执行

与 start()成对出现，因此它也是可以被多次执行的。当用户离开正在运行的 Applet 时，浏览器便会调用 stop()方法停止 Applet 的执行。若没有定义 stop()方法，当用户离开后，Applet 就会继续使用系统资源。一般情况下，在 Applet 中不包含动画、声音等程序，通常不必重写该方法。

4）destroy()方法：终止执行

当浏览器关闭时，系统调用 destroy()方法释放 Applet 程序占用的系统资源。在 Applet 生命周期中，destroy()方法只执行一次。此方法只能用于 Applet 程序中，一般不需要重写。

5）paint()方法

paint()方法可以使 Applet 在浏览器中显示某些信息，如文字、色彩、背景或图像等。在 Applet 的生命周期中，paint()方法可以多次被调用。例如，当 Applet 被其他页面遮挡，然后又重新放到最前面，以及改变浏览器窗口大小，或者 Applet 本身需要显示信息时，都会导致浏览器调用 paint()方法。

paint()方法在 java.applet.Applet 类中定义，由系统自动调用。在 Applet 程序中，

paint()方法必须被重写,以绘制 Applet 的图形界面。

重写 paint()方法的一般格式:

```
public void paint(Graphics g){
...                //方法体
}
```

其中,参数 g 代表一个图形对象,即 Applet 的图形界面,浏览器会自动创建并将其传递给 paint()方法。

例如:

```
public void paint(Graphics g){
    g.drawString("这是一个 Applet 程序",10,10);
}
```

其中,drawString()方法用于在屏幕上显示一行字符,drawString()方法的 3 个参数: 第一个参数是一个字符串,指定在屏幕上显示的内容。第二和第三个参数以坐标形式指定显示字符串的位置。

3. Applet 程序的基本结构

```
import java.awt.*;
import java.applet.*;
public class AppletClassName extends Applet{
public void init(){
//初始化变量、装载图片、读取参数值等
}
public void start(){
//启动程序执行或恢复程序执行
}
public void stop(){
//挂起正在执行的程序,暂停程序的执行
}
public void destroy(){
//终止程序的执行,释放资源
}
public void paint(Graphics g){
//完成绘制图形等操作
}
}
```

在上述结构中,并不是所有的方法都是必需的,用户根据自己的需要重写相应的方法,一般情况下 init()方法和 paint()方法是必须重写的。

如果在创建小应用程序时,继承的是 JApplet 类,主类的结构不发生改变,但在 Applet 中加入组件或绘制图形等方面有所变化。另外,继承 JApplet 类时需要引用的包和类声明语句如下:

```
import javax.swing.*;
```

```
import java.awt.*;
public class JAppletClassName extends JApplet{…}
```

Applet 程序与 Application 程序之间的比较如表 10-1 所示。

表 10-1　Applet 程序与 Application 程序之间的比较

Applet 程序	Application 程序
Applet 基本上是为在 Web 上运行而设计的	应用程序是为独立运行而设计的
Applet 是通过扩展 Applet 类或 JApplet 类创建的	应用程序不受限制
Applet 通过 appletviewer 或在支持 Java 的浏览器上运行	应用程序使用 Java 解释器运行
Applet 的执行从 init() 方法开始	应用程序的执行从 main() 方法开始
Applet 必须至少包含一个 public 类,否则编译器就会报告一个错误。在该类中不一定要声明 main() 方法	对于应用程序,public 类中必须包括 main() 方法,否则无法运行

4. Applet 网页标记

由于 Applet 小程序本身不能够独立执行,必须配合使用 HTML 文件才能够使用。因此,下面介绍一下 HTML 文件中与 Applet 相关的网页标记。

```
<html>
<applet
code=appletFile.class                            //给出已编译好的 Applet 字节码文件名
[codebase=codebaseURL]                           //Applet 字节码文件的地址
width=pixels height=pixels                        //指定 Applet 显示区域的大小
[alt=alternateText]                              //如果浏览器不支持 Applet 时,显示的替代文本
[name=appletInstanceName]                        //给 Applet 取名,用于同页面 Applet 之间的通信
[align=alignment]      //在网页中的对齐方式,可以取值 bottom、middle、top、left 或 right
[vspace=pixels] [hspace=pixels]     //预留的边缘空白
>
[<param name=appletparameter1 value=value>]            //参数名称及其值
[<param name=appletparameter2 value=value>]
[alternateHTML]
</applet>
</html>
```

在 Applet 网页标记的格式中,方括号[]表示其中的内容是可选的,但 code、width、height 这 3 个标记必须进行设置,否则 Applet 将无法运行。Applet 网页标记不区分大小写。

Applet 网页标记包含的主要属性如下。

(1) code 和 codebase。code 指定需要运行的小应用程序,codebase 指定小应用程序的地址。如果 code 使用时没有带一个相应的 codebase,这个小应用程序就会从包含这个 HTML 文件的同一个地方载入。

(2) align。指定 Applet 在网页中的对齐方式,可以取值 bottom、middle、top、left 或 right。

(3) vspace 和 hspace。指定在小应用程序上下两侧(vspace)和左右两侧(hspace)留下

的空白空间的大小。

(4) param。指定小应用程序的参数名及值。将参数传递给 Applet，在 Applet 程序中通过 getParameter()方法获得参数值。

Application 程序通过命令行将参数传给 main()方法，而 Applet 程序通过在 HTML 文件中采用<param>标记定义参数。通过定义参数，提高 Applet 的灵活性，使得所开发的 Applet 不需要重新编码和编译，就可以在多种环境下运行。

Applet 被下载时，在其 init()方法中使用 getParameter()方法获取参数。方法 getParameter(String name)，返回在 HTML 文件的<param>标记中指定参数 name 的值。如果指定参数 name 在 HTML 文件没有被说明，该方法将返回 null。

注意：<applet>和</applet>标记必须成对出现，并且一定要指明载入的字节码文件名和 Applet 显示区域的宽度和高度。HTML 标记名称不区分大小写，但是属性值区分大小写。

5. Applet 中输出文字的基本方法

在 Applet 中经常需要输出一些文字，用来显示注释信息，在 Graphics 类中提供了各种输出文字的方法，如表 10-2 所示。

表 10-2　Graphics 类中绘制文本的基本方法

方　　法	主　要　功　能
drawBytes(byte[] data,int offset,int length, int x,int y)	将字节数组转化为字符串进行显示输出，显示区域的左下角坐标为(x,y)
drawChars(char[] data,int offset,int length, int x,int y)	将字符数组转化为字符串进行显示输出，显示区域的左下角坐标为(x,y)
drawString(String str,int x,int y)	将字符串进行显示输出，显示区域的左下角坐标为(x,y)

10.3　"同页 Applet 间的通信"案例

10.3.1　案例分析

【案例描述】

本案例建立两个 Applet 小应用程序，一个完成发送信息功能，另一个完成接收信息功能。程序运行结果如图 10-4 所示。

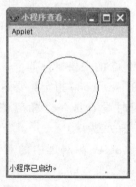

图 10-4　同页 Applet 间的通信

【案例目的】

学习并掌握同页 Applet 间的通信。

【技术要点】

为了完成同页 Applet 间的通信,在 HTML 文件中使用 name 属性定义第二个 Applet 的名字;在第一个 Applet 程序中,通过 getAppletContext()方法得到当前运行页的环境上下文 AppletContext 对象,再通过这个对象的 getApplet()方法得到指定名字的 Applet 对象,从而完成同页 Applet 间的通信。

10.3.2 代码实现

```
//文件 OneApplet.java 发送信息
import java.awt.*;
import java.applet.*;
import java.awt.event.*;
public class OneApplet extends Applet implements ActionListener{
    TextField t1=new TextField(5);
    TextField t2=new TextField(5);
    TextField t3=new TextField(5);
    Button btn=new Button("发送");
    public void init(){
        add(t1);
        add(t2);
        add(t3);
        add(btn);
        btn.addActionListener(this);
    }
    public void actionPerformed(ActionEvent e){
        //得到当前运行页的环境上下文 AppletContext 对象,再获得另一个 Applet
        AnotherApplet anthor=(AnotherApplet)getAppletContext().getApplet
        ("AnotherApplet");
        if(anthor!=null){
            anthor.draw(Integer.parseInt(t1.getText().trim()),
                Integer.parseInt(t2.getText().trim()),
                Integer.parseInt(t3.getText().trim())
                );
        }
    }
}
//文件 AnotherApplet.java 接收信息
import java.awt.*;
import java.applet.*;
public class AnotherApplet extends Applet{
    public void draw(int x,int y,int r){
```

```
        Graphics g=this.getGraphics();                    //取得窗口的绘图区
        g.drawOval(x-r,y-r,2*r,2*r);                       //在绘图区中绘制圆形
    }
}
```

为了在浏览器中运行上述小应用程序,需要编写 HTML 文件。在 HTML 文件中同时嵌入两个已经编译好的 Applet 字节码文件,当运行 HTML 文件时,会同时启动两个程序一起运行,即弹出两个小应用程序浏览器。HTML 文件的具体内容如下:

```
<html>
<body bgcolor="000000">
<center>
<applet code="OneApplet.class"width="200" height="200">
</applet>
<applet name="AnotherApplet"code="AnotherApplet.class"width="200"height="200" >
</applet>
</center>
</body>
</html>
```

10.3.3 案例知识点

1. 同页 Applet 间的通信

在同一个 HTML 页面中,可以嵌入多个 Applet 小应用程序,它们可以通过 java.applet 包中提供的接口、类方法进行通信。例如,Applet 环境上下文接口 AppletContext。在 Applet 类中提供了如下方法可以得到当前运行网页的环境上下文 AppletContext:

```
public AppletContext getAppletContext()
```

通过 AppletContext,可以得到当前 Applet 运行环境的信息。在 AppletContext 和 Enumeration 接口中,还定义了一些方法实现同一页中多个 Applet 间的通信,如表 10-3 所示。

表 10-3　AppletContext 和 Enumeration 接口的方法

接　口	方　　法	主　要　功　能
AppletContext	public Applet getApplet(String s)	取得同一个 HTML 文件中具有名字 s 的 Applet
	public Enumeration getApplets()	取得在同一个 HTML 文件中所有 Applet
Enumeration	public Boolen hasMoreElements()	测试 Enumeration 对象中是否还包含更多的 Applet
	public Object nextElement ()	返回 Enumeration 对象中的下一个 Applet

2. Applet 与浏览器间的通信

在 Applet 类中提供了多种方法,使之可以与浏览器进行通信。常用的 Applet 与浏览器通信的方法如表 10-4 所示。

表 10-4　Applet 与浏览器间的通信方法

方　法	主要功能
String getAppletInfo()	获取 Applet 的信息，如 Applet 的设计者、版本号
URL getCodeBase()	获取当前 Applet 的 URL 地址
URL getDocumentBase()	获取嵌入 Applet 的 HTML 文件的 URL 地址
Image getImage(URL url)	取得地址为 url 的图像文件
Image getImage(URL url,String image)	取得地址为 url、名称为 image 的图像文件•
AudioClip getAudioClip(URL url)	取得地址为 url 的 AudioClip 对象(音频文件)
AudioClip getAudioClip(URL url,String autoclip)	取得地址为 url、名称为 autoclip 的 AudioClip 对象
String getParameter (String s)	获取 HTML 文件中名称为 s 的参数的值
String[][] getParameterInfo ()	获取 HTML 文件中所有参数的信息

习　题　10

一、选择题

1. Applet 类是属于(　　)包的。

    A. java.awt　　　　B. java.applet　　　　C. java.io　　　　D. java.lang

2. 下列关于 Applet 程序的描述中，错误的是(　　)。

    A. Applet 程序的主类必须是 Applet 类的子类

    B. Applet 程序的主类中应有一个 main()方法

    C. Applet 不是完全独立运行的程序

    D. Applet 的字节码文件必须嵌套在一个 HTML 文件中

3. 在 Applet 类的主要方法中，用来实现初始化操作的是(　　)。

    A. init()　　　　B. stop()　　　　C. start()　　　　D. paint()

4. 下列关于向 Applet 程序传递参数的描述中，错误的是(　　)。

    A. Applet 程序可以通过命令行获取外部参数

    B. Applet 程序可以通过 HTML 文件获取外部参数

    C. 使用 Applet 网页标记中的 param 标记来实现

    D. Applet 程序中使用 getParameter()方法读取参数值

二、填空题

1. Applet 生命周期中的关键方法包括_____、_____、_____、_____。

2. 每个 Applet 必须定义为_____的子类。

3. 一个 Applet 网页标记中，必须出现的属性项有_____、_____、_____。

4. 编写同时具有 Applet 与 Application 的特征的程序。具体方法是：作为 Applicantion 要定义 main()方法，并且把 main()方法所在的类定义为一个_____类。为使该程序成为一个 Applet，main()方法所在的这个类必须继承 Applet 类或_____类。

三、判断题

1. 每个 Java Applet 均派生自 Applet 类,但不需加载 Applet 类,系统会自动加载。

（　　）

2. Java 的坐标系统是相对于窗口的,以像素为单位,原点位于窗口的左上角。（　　）

四、简答题

1. 描述 Applet 的一般工作原理,Applet 的基本结构和每一个方法的作用,在 Applet 的常用方法中,哪些只运行一次？ 哪些运行多次？

2. 简述 Applet 的执行方式。

3. 简述在 Applet 中 paint()方法、repaint()方法和 update()方法之间的关系和区别。

4. 阅读如下程序,给出运行结果。

```java
//文件 Ex10_4_1.java
import java.awt.Graphics;
import java.applet.Applet;
public class Ex10_4_1 extends Applet{
    String s;
    public void init(){
        s="Hello World!";
    }
    public void paint(Graphics g){
        g.drawString(s,25,25);
    }
}
```

五、程序设计题

1. 编写一个 Applet 程序,显示字符串,设置字符串的显示位置、字体、大小和颜色。

2. 编写一个 Applet 程序,在 HTML 文件中接收 param 参数,并将参数的内容显示在浏览器中。

第 11 章　图形、图像与多媒体程序设计

教学目标与要求：

本章主要介绍图形设计、图像处理和 Java Applet 小应用程序在多媒体方面的应用等内容。通过对本章的学习，读者应该掌握以下内容：

- 绘制文本；
- 绘制基本图形；
- 字体颜色的设置；
- Java 2D 图形的绘制；
- 图像的创建、加载与显示；
- 计算机动画；
- 声音加载与播放。

教学重点与难点：

绘制图形；图像的创建、加载与显示；Java Applet 在多媒体方面的重要应用。

11.1　图形、图像与多媒体概述

图形、图像与多媒体在日常生活中的应用非常普遍。本章主要介绍一些基本的图形、图像、声音以及动画编程方法。

图形是通过记录几何信息来表示场景或物体，例如点、线段、多边形、圆和立方体等；图像是通过像素表示场景或物体的，比较典型的图像例子有照片和位图（Bitmap）等。图像一般具有获取和显示速度快等特点，但图像在放大之后常常变得模糊或失真比较严重，而利用图形来表示的场景或物体则一般不会如此。另外，利用图形来表示场景或物体所需要的数据量往往远远小于采用图像表示所需要的数据量，而且还可以直接记录场景或物体的三维信息，图像一般是二维的。

Component 类有一个方法 public void paint(Graphics g)，可以在其子类中重写这个方法。当重写这个方法时，相应的 Java 运行环境将参数 g 实例化，对象 g 就可以在该组件的坐标系内绘制图形、图像等。组件都是矩形形状，组件本身有一个默认的坐标系，组件的左上角的坐标值是(0,0)。如果一个组件的宽是 200，高是 80，那么，在该坐标系中，x 坐标的最大值是 200，y 坐标的最大值是 80。

11.2　"文字与图形绘制"案例

11.2.1　案例分析

【案例描述】

使用各种颜色绘制文字以及各种图形，屏幕效果如图 11-1 所示。

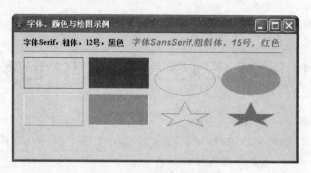

图 11-1　字体、颜色与绘图

【案例目的】

(1) 学习并掌握 Graphics 类常用的绘制各种线段、曲线、矩形、圆形和多边形的方法。

(2) 学习并掌握 Graphics 类的两种绘图模式,特别是异或模式的颜色 XOR 运算规则。

(3) 学习并掌握在 paint()或 paintComponent()方法中进行绘图的过程以及在其他方法中进行绘图的基本步骤。

【技术要点】

(1) 界面设计:一个窗口,在窗口中绘制图形和文字。

(2) 界面实现:创建一个 JFrame 类的子类,重写该类的 paint()方法完成绘制图形的工作。

11.2.2　代码实现

```java
//Graphic.java
import java.awt.*;
import javax.swing.*;
public class Graphic extends JFrame{
    public Graphic(){
        super("字体、颜色与绘图示例");                       //设置窗口标题
        setSize(480,240);                                //设置窗口大小
        setVisible(true);                                //使窗口可见
    }
    public void paint(Graphics g){
        super.paint(g);
        g.setFont(new Font("Serif",Font.BOLD,12));        //设置字体
        g.setColor(Color.BLACK);                          //设置颜色
        g.drawString("字体 Serif,粗体,12 号,黑色",20,50);   //绘制字符串
        g.setFont(new Font("SansSerif",Font.BOLD+Font.ITALIC,15));
        g.setColor(new Color(255,0,0));
        g.drawString("字体 SansSerif,粗斜体,15 号,红色",200,50);
        g.drawLine(20,60,450,60);                         //绘制直线
        g.setColor(Color.BLUE);
        g.drawRect(20,70,100,50);                         //绘制矩形
        g.fillRect(130,70,100,50);                        //绘制实心矩形
```

```
        g.setColor(Color.YELLOW);
        g.draw3DRect(20,130,100,50,true);              //绘制三维凸起矩形
        g.fill3DRect(130,130,100,50,false);            //绘制三维凹陷实心矩形
        g.setColor(Color.pink);
        g.drawOval(240,80,100,50);                     //绘制椭圆
        g.fillOval(350,80,100,50);                     //绘制实心椭圆
        g.setColor(Color.MAGENTA);
        int xValues[]={250,280,290,300,330,310,320,290,260,270};
        int yValues[]={160,160,140,160,160,170,180,170,180,170};
        g.drawPolygon(xValues,yValues,10);             //绘制空心多边形
        int xValues2[]={360,390,400,410,440,420,430,400,370,380};
        g.fillPolygon(xValues2,yValues,10);            //绘制实心多边形
    }
    public static void main(String args[]){
        Graphic myGraphic=new Graphic();               //产生 Graphic 类的一个实例
        myGraphic.setDefaultCloseOperation(JFrame.EXIT_ON_CLOSE);   //关闭窗口
    }
}
```

11.2.3　案例知识点

1. 绘图表面

为了在 Java 程序里进行绘图和绘画,需要一个可以操作的表面。在 AWT 程序中,这个绘图表面通常是一个 Cavans 组件。在 Swing 程序中,可以直接在顶层窗口(通常是 JApplet 和 JFrame)上绘图,或者在 JPanel 的子类上绘图。

2. 图形环境和图形对象

要在 Java 中绘图,需要理解 Java 坐标系统,如图 11-2 所示。

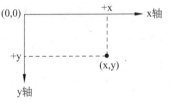

图 11-2　Java 坐标系统

绘制图形时,均是以窗口左上角为原点,坐标为 (0,0),水平向右为正 x 方向,垂直向下为正 y 方向。坐标值为整数,坐标的单位是像素,它是显示器分辨率的最小单位。

在屏幕上绘图需要使用 Java 图形环境,每个 Java 组件(包括 Swing 组件)都有一个与之关联的图形环境,也称图形上下文,用 java.awt.Graphics 类的一个对象表示。Graphics 对象用于管理图形环境,并在屏幕上绘制代表文本或其他图形对象的像素。Graphics 类是所有图形上下文的抽象基类,这个上下文允许应用程序将图形绘制到由不同设备实现的组件上,以及绘制到空闲屏幕的映像中。

一个 Graphics 对象封装了 Java 所支持的基本绘图操作所需的状态信息。此状态信息包括下列属性。

(1) 要被绘制到其上的组件对象。

(2) 绘制和剪贴坐标的平移原点。

(3) 当前的剪贴板。

（4）当前颜色。

（5）当前的字体。

（6）当前的逻辑像素操作函数（XOR 或 Paint）。

（7）当前的 XOR 替换颜色。

3. 使用 Graphics 类绘图

Java 中的 Graphics 类包含了各种绘图方法，用于绘制直线、矩形、多边形、圆和椭圆等图形并进行简单的图形处理。

当在 AWT 和 Swing 顶层容器上绘图时，需要重写组件的 paint()方法；当在 Swing 的 JComponent 的子类组件上绘图时，则需重写 paintComponent()方法。在这两种方法下，都是以一个 Graphics 对象作为参数。paint()方法和 paintComponent()方法的首部分别为：

```
public void paint(Graphics g)
public void paintComponent(Graphics g)
```

绘图都是用 Graphics 类的对象来完成的。绘图一般在 paint()或 paintComponent()方法中进行，若在其他方法中绘图，可先使用 getGraphics()方法取出 Graphics 对象，即窗体的绘图区，然后在绘图区中再进行绘图。例如：

```
public class AnotherApplet extends Applet{
    public void draw(int x,int y,int r){
        Graphics g=this.getGraphics();          //取得窗口的绘图区
        g.drawOval(x-r,y-r,2*r,2*r);            //在绘图区中绘制圆形
    }
}
```

Graphics 类中绘制图形的主要方法如表 11-1 所示，表中的绘图方法只要给定的参数合乎要求就一定能够绘制出所需的图形。

表 11-1　绘图的基本方法

类　型	方　　法	主　要　功　能
绘制线段	drawLine(int x1,int y1,int x2,int y2)	绘出线段
绘制矩形	drawRect(int x,int y,int width,int height)	绘出矩形，图形的左上角坐标为(x,y)
	fillRect(int x,int y,int width,int height)	用当前颜色填充指定的矩形
	drawRoundRect(int x,int y,int width,int height,int arcWidth,int arcHeight)	绘制圆角矩形，图形的左上角坐标为(x,y)
	fillRoundRect(int x,int y,int width,int height,int arcWidth,int arcHeight)	用当前颜色填充指定的圆角矩形
	draw3DRect(int x,int y,int width,int height,boolean raised)	绘制指定矩形的一个突出显示的三维轮廓，图形的左上角坐标为(x,y)
	fill3DRect(int x,int y,int width,int height,boolean raised)	用当前颜色填充一个突出显示的三维矩形
绘制椭圆	drawOval(int x,int y,int width,int height)	绘制椭圆形，图形的左上角坐标为(x,y)
	fillOval(int x,int y,int width,int height)	用当前颜色填充由指定矩形限定的椭圆

类 型	方 法	主 要 功 能
绘制圆弧	drawArc(int x,int y,int width,int height,int startAngle,int arcAngle)	绘制一个由指定矩形限定的椭圆弧,图形的左上角坐标为(x,y)
	fillArc(int x,int y,int width,int height,int startAngle,int arcAngle)	用当前颜色填充一个由指定矩形限定的椭圆弧
绘制多边形	drawPolygon(int[] xPoints,int[] yPoints,int nPoints)	绘制由 x 和 y 坐标数组定义的闭合多边形
	fillPolygon(int[] xPoints,int[] yPoints,int nPoints)	用当前颜色填充由 x 和 y 坐标数组定义的闭合多边形

4. Graphics 类的绘图模式

1) 正常模式(覆盖模式)

Graphics 类的 setPaintMode()方法可以设置绘图模式为正常模式,例如:

```
g.setPaintMode();
```

g 使用正常模式绘制图形时,就是用 g 本身的颜色来绘制图形。

2) 异或模式(XOR 模式)

Graphics 类有一个 setXORMode(Color color)方法,Graphics 对象 g 可以使用该方法将绘图模式设置为 XOR(异或)模式。例如:

```
g.setXORMode(Color.blue);
```

g 使用 XOR 模式绘制图形时,如果 g 本身的颜色是 c(注意 c 不能取值 Color. yellow),那么 g 实际上使用颜色 c 与其相遇的颜色(可以是背景色)做 XOR 运算后的颜色来绘制图形。

若绘图模式设置为:

```
g.setXORMode(Color.blue);
```

XOR 运算规则如下。

(1) 若 g 的颜色 c 与其相遇的颜色相同,XOR 运算后的颜色为绘图模式设置时指定的颜色,此处为 Color. blue。

(2) 若 g 的颜色 c 与其相遇的颜色不同,XOR 运算后的颜色为两种不同颜色的混合色。

(3) g 用颜色 c 绘制一个图形后,如果在同一位置用颜色 c 重复绘制该图形,相当于清除该图形。

5. 字体和颜色设置

Graphics 类中设置/获取字体、颜色的基本方法如表 11-2 所示。

设置或获取颜色值,还可以通过 Color 类的常用方法来实现。Color 类的常用方法如表 11-3 所示。

表 11-2　设置/获取字体、颜色的基本方法

方　　法	主要功能	方　　法	主要功能
setColor(Color c)	设置绘图颜色的颜色为 c	getFontMetrics()	获取当前字体的字体度量
setFont(Font f)	设置绘图的字体为 f	getFontMetrics(Font f)	获取指定字体的字体度量
getColor()	获取绘图的颜色	getHeight()	返回字体的高度值
getFont()	获取绘图的字体	stringWidth(String str)	返回字符串的总宽度

表 11-3　Color 类构造方法与成员方法

方　　法	主要功能
Color(float r,float g,float b)	用指定的红、绿和蓝色值创建一个颜色,其中每个值在 0.0~1.0 范围内
Color(int r,int g,int b)	用指定的红、绿和蓝色值创建一个颜色,其中每个值在 0~255 范围内
boolean equals(Object obj)	测试颜色是否相等
int getRed()	返回颜色的红色分量值
int getGreen()	返回颜色的绿色分量值
int getBlue()	返回颜色的蓝色分量值
Color brighter()	返回比当前颜色亮一点的颜色
Color draker()	返回比当前颜色暗一点的颜色

对于图形组件,还可以使用与颜色相关的方法来分别设置或获取组件的背景色和前景色。相关的 4 个方法如下:

```
public void setBackground(Color c)        //设置组件的背景色
public Color getBackground(Color c)       //取得组件的背景色
public void setForeground(Color c)        //设置组件的前景色
public Color getForeground(Color c)       //取得组件的前景色
```

Font 类的一个对象表示一种字体的显示效果,包括字体、字形和字号等内容,通过它可以设置字母或符号的大小和外观。要创建一种字体,可以使用 Font()构造方法,其格式如下:

```
Font(String font_name,int font_style,int font_size)
```

其中,参数 font_name 指定字体名称,如 Courier、Dialog、Helvetica、Monospaced、SanaSerif、Serif、TimesRomans 等。参数 font_style 指定字形,Font 类有 3 个字形常量,分别是Font. PLAIN(正常字体)、Font. BOLD(粗体)和 Font. ITALIC(斜体),它们可以组合使用,如 Font. BOLD+Font. ITALIC。参数 font_size 指定字体大小,以像素点为单位。

Font 对象创建以后不能立即生效,要想使用新定义的 Font 对象代表的字体,就必须使用 setFont()方法进行设置。例如:

```
font=new Font("TimesRoman",Font.BOLD,font_size);
g.setFont(font);
```

Font 类还有很多其他的常用方法，如表 11-4 所示。

表 11-4　Font 类的常用方法

方　　法	主　要　功　能	方　　法	主　要　功　能
int getStyle()	返回当前字体风格的整数值	boolean isPlain()	测试当前字体是否是正常字体
int getSize()	返回当前字体大小的整数值	boolean isBold()	测试当前字体是否是粗体
String getName()	返回当前字体名称字符串	boolean isItalic()	测试当前字体是否是斜体

11.3 "Java 2D 图形绘制"案例

11.3.1 案例分析

【案例描述】

本案例要求使用 Graphics2D 类绘制一个 Java 2D 图形，屏幕效果如图 11-3 所示。

【案例目的】

(1) 了解 Java 2D 图形及 Graphics2D 类的绘图功能。

(2) 学习并掌握使用 Graphics2D 类绘制 Java 2D 图形。

(3) 学习设置渐变颜色的方法。

(4) 学习设置画笔宽度的方法。

图 11-3　Java 2D 图形绘制

【技术要点】

(1) 引入包 java.awt.geom。

(2) 将图形对象强制转换为 Graphics2D 类型，设置画笔宽度或绘图渐变色。

(3) 创建 2D 图形对象，通过 draw()方法将其绘制出来。

11.3.2 代码实现

```
//文件 Draw2D.java
import java.awt.*;
import javax.swing.*;
import java.awt.geom.*;
public class Draw2D extends JFrame{
    public Draw2D(){
        super("Java 2D 图形绘制");
        setSize(230,150);
        setVisible(true);
    }
    public void paint(Graphics g){
        super.paint(g);
        Graphics2D g_2d=(Graphics2D)g;      //将图形对象强制转换为 Graphics2D 类型
        //用红色宽度为 5.0 的画笔绘制 2D 线段
        g_2d.setPaint(Color.red);
```

```
        g_2d.setStroke(new BasicStroke(5.0f));           //设置画笔宽度为 5.0
        Line2D line=new Line2D.Double(30.5f,30.5f,30.5f,130.5f);    //创建一个线段对象
        g_2d.draw(line);                                  //绘制线段
        //用蓝黄渐变色绘制 2D 椭圆
        g_2d.setPaint(new GradientPaint(5,30,Color.blue,35,100,Color.yellow,true));
                                                          //设置渐变色
        Ellipse2D ellipse=new Ellipse2D.Double(45,30,65,100);  //创建一个椭圆对象
        g_2d.fill(ellipse);                               //填充椭圆
        //用绿色宽度为 10.0 的画笔绘制 2D 矩形
        g_2d.setPaint(Color.green);
        g_2d.setStroke(new BasicStroke(10.0f));           //设置画笔宽度为 10.0
        Rectangle2D rectangle=new Rectangle2D.Double(120,30,50,100);  //创建一个矩形对象
        g_2d.draw(rectangle);                             //绘制矩形
    }
    public static void main(String args[]){
        Draw2D myDraw2D=new Draw2D();
        myDraw2D.setDefaultCloseOperation(JFrame.EXIT_ON_CLOSE);
    }
}
```

11.3.3 案例知识点

1. Graphics2D 类的绘图新功能

在使用 Graphics 类进行绘图时,可发现其线形宽度是固定不变的。作为 Graphics 类的扩展子类,java.awt. Graphics2D 类提供了更多功能:

(1) 绘制任何宽度的直线。

(2) 用渐变颜色和纹理来填充图形。

(3) 平移、旋转、伸缩、切变二维图形,对图像进行模糊、锐化等操作。

(4) 构建重叠的文本和图形。

要访问 Graphics2D 类的功能,必须使用如下语句将传递给 paint 方法的 Graphics 对象引用强制转换为 Graphics2D 引用:

```
Graphics2D g2d= (Graphics2D)g;
```

2. Java 2D 图形

Java 2D 图形位于 java.awt. geom 包中,包括 Line2D. Double、Rectangle2D. Double、RoundRectangle 2D. Double、Arc2D. Double 和 Ellipse2D. Double 等类。这些类分别代表一种图形,并用双精度浮点数指定图形的尺寸。

Graphics2D 类所使用的坐标系统与 Graphics 类的不同,它可以使用 Float、Double 数值来描述图形的位置。因而每个类还存在单精度浮点数的表达方式,如 Line2D. Float。

3. 使用 Graphics2D 类绘制 Java 2D 图形

使用 Graphics2D 类绘制一个 Java 2D 图形,首先要创建一个实现了 Shape 接口的类的对象,即 Java 2D 图形对象,然后再调用 Graphics2D 类的 draw(Shape s)或 fill(Shape s)方

法来绘制或填充一个图形。

例如：

```java
//文件 Graphics2D_Demo.java
import java.awt.*;
import java.applet.*;
import java.awt.geom.*;
public class Graphics2D_Demo extends Applet{
    public void paint(Graphics g){
        g.setColor(Color.blue);
        Graphics2D g_2d=(Graphics2D)g;             //将图形对象强制转换为 Graphics2D 类型
        Ellipse2D ellipse=new Ellipse2D.Double(20,30,100,50);  //创建一个椭圆对象
        Line2D line=new Line2D.Double(70,30,70,10);            //创建一个线段对象
        g_2d.setColor(Color.red);
        g_2d.draw(line);                                       //绘制线段
        for(int i=1,k=0;i<=6;i++){
            ellipse.setFrame(20+k,30,100-2*k,50);              //创建内切椭圆
            if(i<=5)
                g_2d.draw(ellipse);                            //绘制椭圆
            else
                g_2d.fill(ellipse);                            //绘制椭圆并填满颜色
            k=k+5;
        }
    }
}
```

图 11-4　灯笼

程序运行结果如图 11-4 所示。

与 Graphics 类不同，Graphics2D 类绘制直线、矩形、多边形、椭圆、弧等基本曲线，都统一用 Graphics2D 类的 draw(Shape s)方法，而不是绘制各种图形有各种不同的方法。

4. 画笔宽度的设置

Graphics 类创建的画笔的宽度是默认的，不能改变。在 Java 2D 中可以改变画笔的宽度。

首先使用 BasicStroke 类创建一个供画笔选择线条宽度的对象，然后 Graphics2D 对象调用 setStroke(BasicStroke a)方法设置线条宽度。

例如：

```java
g_2d.setStroke(new BasicStroke(5.0f));          //设置画笔宽度为 5.0
```

5. 颜色渐变及设置

Java 2D 还允许使用渐变颜色。

1)生成带渐变颜色的图形绘制属性

使用 GradientPaint 类可以定义一个渐变颜色对象。GradientPaint 类的构造方法如下：

```java
GradientPaint (float x1, float y1, Color color1, float x2, float y2, Color color2,
```

```
boolean cyclic)
```

其中,参数 color1、color2 决定这个渐变颜色从颜色 color1 渐变到颜色 color2;参数 x1、y1、x2、y2 决定了渐变的强弱,即要求颜色 color1 从点(x1,y1)出发到达点(x2,y2)时变成颜色 color2。当参数 cyclic 设置为 true 时,颜色的渐变将是周期性的,即当颜色渐变到终点时循环起点的颜色,当参数 cyclic 设置为 false 时,颜色的渐变将是非周期性的。

2) 设置带渐变的颜色

在进行设置之前,一般要先保存原来的图形绘制属性设置,即通过 Graphics2D 类的成员方法 getPaint()获取图形绘制的当前属性设置,然后通过赋值语句将其记录在一个临时变量中,以便用来恢复图形的绘制属性设置。

Graphics2D 类的成员方法

```
setPaint(Paint paint)
```

将当前图形绘制属性设置为参数 paint 指定的属性设置。

11.4 "图像浏览"案例

11.4.1 案例分析

【案例描述】

本案例设计一个应用程序,利用翻页按钮和组合框在窗体中浏览图像。程序运行结果如图 11-5 所示。

图 11-5 图像浏览

【案例目的】

(1) 学会使用图像跟踪技术。

(2) 掌握 JPanel 的使用方法。

【技术要点】

(1) 利用 JPanel 对象显示图像,将 JPanel 对象添加到一个卡片布局的面板上,再将面板添加到窗体的内容窗格中。

(2) 使用图像跟踪技术,可以等图像全部装载后再进行显示。

11.4.2 代码实现

```
//文件 PictureBrowse.java
import java.awt.*;
```

```java
import java.awt.event.*;
import javax.swing.*;
import javax.swing.border.*;
import java.util.*;
class PictureBrowse extends JFrame implements ActionListener,ItemListener{
    String fname[]={"dog1.gif","dog2.gif","dog3.gif","dog4.gif"};
    Browse pp;
    JPanel p1=new JPanel();
    JPanel p2=new JPanel();
    JButton next=new JButton("下页");
    JButton prev=new JButton("上页");
    JButton first=new JButton("首页");
    JButton last=new JButton("尾页");
    JComboBox comb=new JComboBox(fname);
    public PictureBrowse(){
        setSize(400,200);
        setTitle("图片浏览程序");
        pp=new Browse(fname);
        p2.add(next);
        p2.add(prev);
        p2.add(first);
        p2.add(last);
        p2.add(comb);
        next.addActionListener(this);
        prev.addActionListener(this);
        first.addActionListener(this);
        last.addActionListener(this);
        comb.addItemListener(this);
        p1.setLayout(new FlowLayout(FlowLayout.LEFT));
        p1.add(pp);
        this.getContentPane().add(pp,"Center");
        this.getContentPane().add(p2,"South");
        setVisible(true);
    }
    public void itemStateChanged(ItemEvent e){
        pp.dd.show(pp,(String)comb.getSelectedItem());
    }
    public void actionPerformed(ActionEvent e){
        int total=fname.length;
            if(e.getSource()==next){pp.dd.next(pp);}
                else if(e.getSource()==prev){pp.dd.previous(pp);}
                else if(e.getSource()==first){pp.dd.first(pp);}
                else if(e.getSource()==last){pp.dd.last(pp);}
    }
    public static void main(String args[]){
```

```
        //JFrame.setDefaultLookAndFeelDecorated(true);
        Font font =new Font("JFrame",Font.PLAIN,14);
        PictureBrowse mainFrame =new PictureBrowse();
    }
}
class Browse extends JPanel{
    CardLayout dd=new CardLayout();
    boolean f=false;
    Picture pic;
    Browse(String fname[]){
        setLayout(dd);
        for(int i=0;i<fname.length;i++){
            pic=new Picture(fname[i]);
            add(fname[i],new JScrollPane(pic));
        }
    }
}
class Picture extends JPanel{
    Image im;
    MediaTracker tracker=new MediaTracker(this);        //图像跟踪器
    Picture(String fname){
        Toolkit tool=Toolkit.getDefaultToolkit();       //建立 Toolkit 对象
        im=tool.getImage(fname);                        //使用 Toolkit 对象打开图像
        tracker.addImage(im,0);                         //进行跟踪
        try{
            tracker.waitForAll();
        }catch(InterruptedException e){}
        this.setPreferredSize(new Dimension(im.getWidth(this),im.getHeight(this)));
    }
    public void paintComponent(Graphics g){
        g.drawImage(im,100,0,this);
    }
}
```

11.4.3 案例知识点

1. 在 Application 中创建、加载和显示图像

在应用程序 Java Application 中，经常使用 Frame、JFrame 或 JPanel 组件，而它们没有提供 getImage()方法，要加载图像需要使用 java. awt. Toolkit 类。

Toolkit 类有一个获取图像的 getImage()方法。Toolkit 是一个抽象类，不能用构造方法直接创建 Toolkit 对象，但可以通过某一个组件的 getToolkit()方法获得一个 Toolkit 对象，也可以使用 Toolkit 类提供的静态方法 getDefaultToolkit()建立 Toolkit 对象。例如：

```
Toolkit tool=组件.getToolkit();
Toolkit tool=Toolkit.getDefaultToolkit();
```

有了 Toolkit 对象以后，就可以利用该对象所提供的方法 getImage()方法加载图像。

2. 在 Applet 中创建、加载和显示图像

1) 使用 java. awt. Image 类创建、加载和显示图像

在 Java 中，图像的处理基本上是围绕 java. awt. Image 类进行的。目前，Java 所支持的图像格式有 gif、jpg(或 jpeg)和 png 3 种。

图像创建、加载和显示的基本步骤如下。

(1) 通过加载图像而生成一个 Image 对象。

(2) 通过 Graphics 类或 Graphics2D 类的 drawImage()方法将 Image 对象显示出来。

Image 是一个抽象类，即不能直接用 new 运算符来创建 Image 对象。创建 Image 对象可以通过 Applet 类的 getImage()方法来获得。getImage()方法有两种格式：

```
getImage(URL url)                          //取得地址为 url 的图像文件
getImage(URL url,String name)              //取得地址为 url、名称为 name 的图像文件
```

例如：

```
URL url=new URL("http://www.xyz.com/image1.gif");
//取得地址为 url 的图像文件 image1.gif
Image image1=getImage(url);
//载入和 HTML 文件在同一个目录下的图像文件 image2.gif
Image image2=getImage(getDocumentBase(),"image2.gif");
//载入和 Applet 小应用程序在同一个目录下的图像文件 image3.gif
Image image3=getImage(getCodeBase(),"image3.gif");
```

其中，getCodeBase()是用来取得 Applet 小应用程序所在的 URL 地址，getDocumentBase()用来取得 Applet 嵌入的 HTML 文件所在的 URL 地址。

注意：应将 getImage()方法编写在 init()方法中。

在 Applet 的 paint()方法中，调用 Graphics 类的 drawImage()方法加载显示图像。drawImage()方法的基本格式如下：

```
//按原大小显示图片 image
public boolean drawImage(Image image,int x,int y,ImageObserver observer)
//按指定大小显示图片 image,图片宽度为 width,高度为 height
public boolean drawImage(Image image, int x, int y, int width, int height, ImageObserver
observer)
```

其中，参数 image 是被绘制的 Image 对象；x、y 是要绘制指定图像的矩形的左上角所处的位置；observer 是加载图像时的图像观察器。

例如：

```
g.drawImage(image,x,y,this);                      //按原大小显示图片 image
g.drawImage(image,x,y,width,height,this);
                          //按指定大小显示图片 image,图片宽度为 width,高度为 height
```

其中，this 关键字代表图像所显示的区域为目前的这个 Applet 窗口。

例如,下面的实例实现了在 Applet 中利用组合框 JComboBox 选择图像、浏览图像。

```java
import java.applet.*;
import java.io.*;
import java.awt.*;
import java.awt.event.*;
import javax.swing.*;
public class Album extends JApplet implements ActionListener{
    private JComboBox C1;
    private Image img[];
    private int totalPics;
    private int index=0;
    private MediaTracker imagetracker;                 //图像跟踪器
    public void init(){
        this.setLayout(null);
        C1=new JComboBox();
        C1.setBounds(10,10,200,20);
        totalPics=Integer.parseInt(getParameter("TotalPic"));
        img=new Image[totalPics];
        String s="";
        //在 JComboBox 中添加所有选项
        for(int i=0;i<totalPics;i++){
            s=getParameter("Text" + (i+1));
            C1.addItem(s);
        }
        //实例化一个 MediaTracker,将图像对象作为参数传入
        imagetracker=new MediaTracker(this);
        for(int i=0;i<totalPics;i++){
            s=getParameter("Picture"+ (i+1));
            img[i]=getImage(getDocumentBase(),s);
            imagetracker.addImage(img[i],0);
        }
        try{
            imagetracker.waitForID(0);
        }catch(InterruptedException e){}
        add(C1);
        C1.addActionListener(this);
    }
    public void actionPerformed(ActionEvent e){
        index=C1.getSelectedIndex();
        repaint();
    }
    public void paint(Graphics g){
        g.setColor(this.getBackground());
```

```
        g.fillRect(10,40,300,160);              //用背景色清除刚刚浏览过的图像
        g.drawImage(img[index],10,40,this);
    }
}
```

程序运行结果如图 11-6 所示。

2）使用 javax. swing. ImageIcon 类创建、加载和显示图像

创建、加载和显示图像也可以通过对 javax. swing.
ImageIcon 类的操作来实现。ImageIcon 类比 Image 类更易于
使用，它不是抽象类，程序可以直接创建 ImageIcon 对象。最
后，调用 ImageIcon 类的 paintIcon 方法来显示图像。

图 11-6　电子相册

例如：

```
ImageIcon img=new ImageIcon("image.gif");
img.paintIcon(this,g,120,0);      //g 为 Graphics 类的对象，图像的左上角坐标为(120,0)
```

3. 使用媒体跟踪器类跟踪图像的加载

在 Applet 中获取一个图像文件，可以调用 getImage()方法。但是由于网络传输的速度
较慢，所以要将所需的图像完全装载需要较长时间。为了能够等图像完全加载完再显示
图像，以避免显示出残缺不全的图像，需要对图像加载情况进行跟踪。跟踪图像可使用
java. awt. MediaTracker 类。MediaTracker 类提供请求或等待图像等资源的加载、判别加
载状态等功能。这些功能对计算机动画很有用。例如，不断地等待并在确认某一帧图像加
载完成之后再加载下一帧图像，从而在一定程度上提高了动画播放的质量。

使用 MediaTracker 需要如下 3 个步骤。

（1）实例化一个 MediaTracker，注意要将显示图片的 Component 对象作为参数传入。

（2）将要装载的 Image 对象加入 MediaTracker。

（3）调用 MediaTracker 的 waitForID()方法，等待加载过程的结束。

MediaTracker 类的常用方法如表 11-5 所示。

表 11-5　MediaTracker 类的方法

方　　法	主　要　功　能
MediaTracker(Component)	创建一个媒体跟踪器，跟踪给定组件的图像
addImage(Image img,int ID)	向当前媒体跟踪器跟踪的图像列表，添加一幅图像
checkAll()	检测此媒体跟踪器跟踪的所有图像是否已全被载入
checkID(int ID)	检测此媒体跟踪器跟踪的指定标识 ID 的图像是否已全被载入
removeImage(Image,int ID)	从媒体跟踪器中删除指定标识 ID 的图像
waitForAll()	开始加载媒体跟踪器跟踪的所有图像
waitForID(int ID)	开始加载媒体跟踪器跟踪的指定标识 ID 的图像

每幅图像有唯一的一个标识 ID，此标识 ID 可控制图像的返回优先次序。注意，具有较
低的 ID 的图像比具有较高的 ID 的图像优先装载。

除 MediaTracker 类以外,利用 ImageObserver 接口也可以跟踪图像的加载情况。

11.5 "花的缩放动画"案例

11.5.1 案例分析

【案例描述】

本案例设计一个小应用程序,用计时器控制花的缩放动画。程序运行结果如图 11-7 所示。

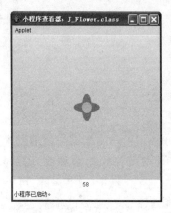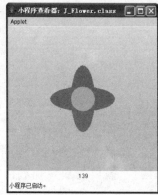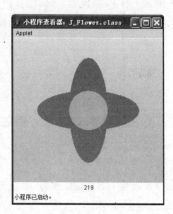

图 11-7 花的缩放动画

【案例目的】

(1) 学习在 Applet 中通过计时器或多线程实现动画的方法。

(2) 学习并掌握图像的双缓冲技术。

【技术要点】

该动画在帧的绘制过程中首先绘制背景。背景从上到下颜色均匀变化。动画角色是一朵品红色的花。它的花瓣由两个椭圆绘制而成,它的中心由一个圆绘制而成。这朵花在动画过程中不断放大或缩小。

11.5.2 代码实现

```
//文件 J_Flower.java
import java.awt.Color;
import java.awt.event.ActionEvent;
import java.awt.event.ActionListener;
import java.awt.event.MouseAdapter;
import java.awt.event.MouseEvent;
import java.awt.geom.Ellipse2D;
import java.awt.geom.Rectangle2D;
import java.awt.GradientPaint;
import java.awt.Graphics;
import java.awt.Graphics2D;
```

```java
import java.awt.image.BufferedImage;
import javax.swing.JApplet;
import javax.swing.Timer;
public class J_Flower extends JApplet implements ActionListener{
    int m_frame=0;                      //当前帧的帧号
    Timer m_timer;                      //定时器
    boolean m_frozen=false;             //定时器状态：当为 false 时,暂停;否则,启动
    boolean m_ready=true;               //缓存帧准备状态：当为 true 时,准备好;否则,没有
    BufferedImage m_image=
        new BufferedImage(320,320,BufferedImage.TYPE_INT_RGB);      //帧缓存
    public void init(){
        int delay=50;
        m_timer=new Timer(delay,this);
        m_timer.setInitialDelay(0);
        m_timer.setCoalesce(true);
        getContentPane().addMouseListener(new MouseAdapter(){
                                          //通过类 MouseAdapter 的匿名类创建对象
            public void mousePressed(MouseEvent e){
                m_frozen= !m_frozen;
                if(m_frozen)
                    mb_stopAnimation();
                else
                    mb_startAnimation();
            }
        });
    }
    public void start(){
        mb_startAnimation();
    }
    public void stop(){
        mb_stopAnimation();
    }
    public void actionPerformed(ActionEvent e){
        m_frame++;                      //当前帧号自增 1
        repaint();                      //更新当前帧
    }
    public void mb_startAnimation(){
        if(!m_frozen && !m_timer.isRunning())
            m_timer.start();
    }
    public void mb_stopAnimation(){
        if(m_timer.isRunning())
            m_timer.stop();
    }
public void mb_draw(){
```

```
        if(!m_ready)
            return;
        m_ready=false;                                  //开始准备帧缓存
        Graphics2D g2d=m_image.createGraphics();
        int i=(m_frame>0?m_frame%600 :(-m_frame)%600);
        double a=(i>300?600-i:i);
        double b=a*6/16;
        double a_2=a/2;
        double b_2=b/2;
        g2d.setPaint(new GradientPaint(0,0,new Color(187,255,204),0,300,Color.
        green,true));
        g2d.fill(new Rectangle2D.Double(0,0,320, 300));     //绘制背景
        g2d.setColor(Color.magenta);                       //绘制小花
        g2d.fill(new Ellipse2D.Double(160-b_2,150-a_2,b,a));
        g2d.fill(new Ellipse2D.Double(160-a_2,150-b_2,a,b));
        g2d.setColor(Color.orange);
        g2d.fill(new Ellipse2D.Double(160-b_2,150-b_2,b,b));
        g2d.setPaint(Color.white);                         //显示当前帧号
        g2d.fill(new Rectangle2D.Double(0,300,320,20));
        g2d.setColor(Color.black);
        g2d.drawString(""+m_frame,150,315);
        m_ready=true;                                      //帧缓存已经准备好
    }
    public void paint(Graphics g){
        if(m_ready)
            g.drawImage(m_image,0,0,320,320,this);
        mb_draw();
    }
}
```

11.5.3　案例知识点

1. 计算机动画

计算机动画实际上就是以一定速率显示一系列的图像。这些图像可以是一些位图,也可以是通过图形绘制生产的图像,或者是由图像与图形联合绘制生成的图像。通常计算机动画显示的速率是每秒钟 8～30 帧。从程序编写的角度来看,在制作计算机动画的过程中最关键的是图像帧的生成、每秒钟帧数的控制以及帧与帧之间的切换。

2. 动画制作

动画制作主要分为基于图像的动画制作与基于图形的动画制作两种。

基于图像的动画制作是逐帧显示准备好的图像,通常是利用一系列相近图片的更替实现的简单动画。

基于图形的动画制作主要是利用图形表示动画场景和动画角色,然后控制动画角色的运动,最终形成动画。例如,花的缩放动画。

采用前一种方式,通常需要很大的数据量;采用后一种方式,组成动画的每一帧主要由

图形计算生成,一般来说会大幅度降低动画所需要的数据量。

3. 控制动画速率

1) 通过计时器控制动画速率

每秒钟的帧数是衡量计算机动画质量的指标之一,帧与帧之间的时间间隔应当尽量相等,这种要求非常适合计时器的特点。

创建计时器之后,计时器不会自动启动。要启动计时器,可以通过 start()方法。该方法是计时器按规定时间向在计时器中注册的监听器对象发送定时事件。如果需要终止动画,则只要中止计时器就可以了。stop()可以中止计时器。

在计时器的监听器中,处理定时事件则是通过一个实现了接口 java. awt. event. ActionListener 的类的成员方法 actionPerformed() 实现的。在动画程序中,通常在 actionPerformed()方法中编写如何准备并显示动画帧。

2) 通过线程控制动画速率

在 Applet 中实现计算机动画,一般需要多线程。通过在 Applet 的 start()方法中创建这个线程来启动动画,在 Applet 的 stop()方法中撤销这个线程,终止动画。在线程的run()方法中每隔一定时间就调用一次 repaint()方法,repaint()方法会自动调用 update() 方法,而 update()方法则先清除绘制区域,然后调用 paint()方法,再按一定规律重绘图形,从而形成动画。

Applet 中 3 个基本绘制方法的比较如下。

(1) void paint(Graphics g)方法。

此方法进行图形绘制的具体操作。要在 Applet 组件中绘制图形,通常需要重写 paint()方法。该方法由系统自动调用。

(2) void update(Graphics g)方法。

用于更新图形。首先清除背景,然后设置前景,再调用 paint()方法完成图形的绘制。update()方法可以被修改,如为了减少闪烁可不清除而直接调用 paint()。一般情况下不用重写此方法。

(3) void repaint()方法。

用于重绘图形,当 Applet 程序对图形做了某些更改后,需通过调用 repaint()方法将变化后的图形显示出来。repaint()方法会自动调用 update()方法,然后再调用 paint()方法把图形重绘出来。

例如,下面的实例先加载图像文件,再通过线程顺次重画图像,从而实现动画效果。

```
import java.awt.*;
import java.applet.*;

public class Ruler extends Applet implements Runnable{
    private Image ILeft1,IRight1,ILeft2,IRight2,temp;
    private Image offI;
    private Graphics offG;
    private Thread thread;
    private MediaTracker imageTracker;              //图像跟踪器
    private int height,width;
```

```java
public void init(){
    thread=new Thread(this);
    IRight1=getImage(getDocumentBase(),"cat1.gif");
    IRight2=getImage(getDocumentBase(),"cat2.gif");
    ILeft1=getImage(getDocumentBase(),"cat3.gif");
    ILeft2=getImage(getDocumentBase(),"cat4.gif");

    imageTracker=new MediaTracker(this);    //创建一个媒体跟踪器,跟踪给定组件的图像
    imageTracker.addImage(IRight1,0);
    imageTracker.addImage(ILeft1,0);
    imageTracker.addImage(IRight2,0);
    imageTracker.addImage(ILeft2,0);

    width=this.size().width;
    height=this.size().height;
    System.out.println(this.size().width);
    System.out.println(this.size().height);

    try{
        imageTracker.waitForID(0);       //开始加载媒体跟踪器跟踪所有 ID 为 0 的图像
    }catch(InterruptedException e){}
    offI=createImage(width,height);                   //创建一个组件缓冲区图像
    offG=offI.getGraphics();                          //取出图像已备重绘组件
}
public void run(){
    Color fg;                                         //取前景颜色
    int ImageW,ImageH,x=0,y=0;
    boolean forward=true;
    ImageW=IRight1.getWidth(this);
    ImageH=IRight1.getHeight(this);
    fg=Color.green;                                   //绿色
    y=(height-ImageH)/2;
    while(true){
        try{
            thread.sleep(200);
        }catch(InterruptedException e){}
        if(forward){                                  //从左到右
            x+=19;
            if((x%2)==1)
                temp=IRight1;
            else
                temp=IRight2;
            if(x>=(width-ImageW))
                forward=false;
```

```
            }
        else{                                           //从右到左
            x-=19;
            if((x%2)==1)
                temp=ILeft1;
            else
                temp=ILeft2;
            if(x==0)
                forward=true;
        }
        offG.setColor(Color.white);
        offG.fillRect(0,0,width,height);
        offG.setColor(fg.brighter().brighter());        //颜色越来越亮
        offG.drawLine(0,(height-ImageH)/2+ImageH,width,(height-ImageH)/2+
        ImageH);
        offG.setColor(fg.darker().darker());            //颜色越来越暗
        offG.drawLine(0,(height-ImageH)/2+ImageH+1,width,(height-ImageH)/
        2+ImageH+1);
        offG.drawImage(temp,x,y,this);
        repaint();
        }
    }

    public void start(){
        thread.start();
    }

    public void stop(){
        thread.stop();
    }

    public void update(Graphics g){
        paint(g);
    }

    public void paint(Graphics g){
        g.drawImage(offI,0,0,this);
    }
}

//文件 Ruler.html
<html>
<applet
    code="Ruler.class"
    width="400"
```

```
        height="60">
</applet>
</html>
```

程序运行结果如图 11-8 所示。

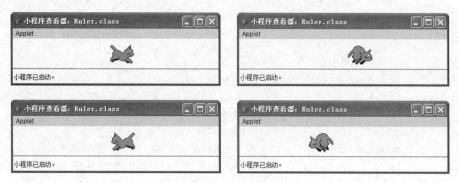

图 11-8　跑着的小猫

4. 避免动画闪烁

在动画运行的过程中常常可能出现不同程度的闪烁,原因是帧的绘制速度太慢,而导致帧绘制速度慢的主要原因有两点:一是 Applet 在显示下一帧画面时,调用了 repaint()方法,在 repaint()方法调用 update()方法时,要清除整个背景,然后再调用 paint()方法显示画面。另一个原因是由于 paint()方法要进行复杂的计算,图像中各像素的值不能同时得到,使得动画的生成频率低。

针对上述原因,可以采用下面的方法来消除闪烁:一种方法是重写 update()方法,使该方法不进行背景的清除。另一种方法是采用双缓冲技术生成一幅后台图像,然后把后台图像一次显示到屏幕。

1) 重写 update()方法

例如:

```
public void update(Graphics g){
    paint(g);
}
```

2) 采用双缓冲技术

图像缓冲技术就是建立缓冲区图像,在缓冲区中绘制图像,然后将缓冲区中绘制好的图像一次性地画在屏幕上。缓冲技术不仅可以解决闪烁问题,而且由于缓冲区图像是指在计算机内存中创建的图像,因此可以对其进行复杂的变换加工处理。

创建缓冲区图像,可以调用 java. awt. component 类的 createImage()方法,该方法返回一个 Image 对象,然后转换为 BufferedImage 对象。如:

```
BufferedImage buffer= (BufferedImage)createImage(getSize().width,getSize().height);
                                            //创建一个 BufferedImage 对象
```

也可以利用构造方法来创建一个 BufferedImage 对象:

```
BufferedImage(int width,int height,int imageType)
```

参数 imageType 指定图像的类型。这里的图像类型指的是颜色的表示方法。参数 imageType 的常用值有 BufferedImage. TYPE_INT_RGB 和 BufferedImage. TYPE_INT_ARGB。其中常数 BufferedImage. TYPE_INT_RGB 表示图像的颜色由 R(红色)、G(绿色)和 B(蓝色)3 个分量组成,而且这 3 个分量共同组成一个表示颜色的整数;常数 BufferedImage. TYPE_INT_ARGB 表示图像的颜色由 R(红色)、G(绿色)、B(蓝色)和 alpha(颜色的透明度)4 个分量组成,而且这 4 个分量共同组成一个表示颜色的整数。

使用缓冲技术的基本方法是,先在缓冲区准备好图像,再将缓冲区中的图像显示在屏幕上。在缓冲区准备图像时,需要获取图形对象 Graphics 或 Graphics2D。可以通过如下方法建立:

```
Graphics2D gContext=buffer. createGraphics();        //获取 Graphics2D 图形对象
```
或
```
Graphics gContext=buffer. getGraphics();             //获取 Graphics 图形对象
```

一般在 paint()或 paintComponent()方法中可直接在屏幕上显示缓冲区图像。

通过缓冲技术基本上可以解决在动画显示过程中的闪烁问题,但不能消除在动画运行过程中可能出现的帧与帧之间不连续和跳跃的现象。要解决这类问题,则必须处理好帧与帧之间的拼接,并提高准备绘制动画下一帧的速度。

11.6 "音频播放器"案例

11.6.1 案例分析

【案例描述】

本案例设计一个小应用程序,在组合框中选择一个音频文件,界面上有 3 个按钮,用来控制音频文件的播放。程序运行结果如图 11-9 所示。

【案例目的】

(1)学习播放音频文件的方法。

(2)掌握组合框 JComboBox 的使用方法以及相关的 ItemEvent 事件处理方法。

图 11-9 音频播放器

【技术要点】

(1)创建一个组合框组件,将音频文件放在选择列表中,当选择列表中的一个项目后,就启动一个创建音频对象的线程。

(2)利用 AudioClip 对象打开和播放音频文件。AudioClip 对象的 play()、loop()、stop()3 个方法可以控制声音的播放,循环播放以及停止。

11.6.2 代码实现

```
//文件 PlaySound.java
import java.applet.*;
```

```
import java.awt.*;
import java.awt.event.*;
import javax.swing.*;
public class PlaySound extends JApplet implements ActionListener,ItemListener{
    AudioClip clip;
    JComboBox choice;
    JButton button_play,button_loop,button_stop;
    public void init(){
        choice=new JComboBox();
        choice.setBounds(10,10,190,20);
        int N=Integer.parseInt(getParameter("总数"));
        for(int i=1;i<=N;i++){
            choice.addItem(getParameter(String.valueOf(i)));
        }
        button_play=new JButton("开始播放");
        button_loop=new JButton("循环播放");
        button_stop=new JButton("停止播放");
        button_play.addActionListener(this);
        button_stop.addActionListener(this);
        button_loop.addActionListener(this);
        choice.addItemListener(this);
        add(choice);
        add(button_play);
        add(button_loop);
        add(button_stop);
        setLayout(new FlowLayout());
        clip=getAudioClip(getCodeBase(),(String)choice.getSelectedItem());
    }
    public void itemStateChanged(ItemEvent e){
        clip.stop();
        clip=getAudioClip(getCodeBase(),(String)choice.getSelectedItem());
    }
    public void stop(){
        clip.stop();
    }
    public void actionPerformed(ActionEvent e){
        if(e.getSource()==button_play){
            clip.play();
        }
        else if(e.getSource()==button_loop){
            clip.loop();
        }
        else if(e.getSource()==button_stop){
            clip.stop();
        }
```

```
        }
    }
```

HTML 文件中的具体代码实现如下：

```
<html>
<applet code="PlaySound.class" width="160" height="120">
<param name="1" value="LionKing.mid">
<param name="2" value="大长今">
<param name="3" value="嘻唰唰">
<param name="4" value="爸爸妈妈">
<param name="总数" value="4">
</applet>
</html>
```

11.6.3　案例知识点

1. 在 Applet 中播放音频

Java 支持多种音频文件格式，包括 Sun Audio 文件格式(. au)、Macintosh AIFF 文件格式(aif 或 aiff)、Windows Wave 文件格式(. wav)以及 Music Instrument Digital Interface 文件格式(mid 或 rmi)。Java 提供了两种播放声频的机制：Applet 类的 play()方法及 AudioClip 类的 play()方法。

1) Applet 类的 play()方法

Applet 类的 play()方法可以将音频文件的装载与播放一并完成，其格式如下：

```
void play(URL url)                    //播放网址为 url 的音频文件
    void play(URL url,String name)    //播放网址为 url、名称为 name 的音频文件
```

例如，某音频文件 audio. au 与 applet 文件存放在一个目录下，可以表示为：

```
play(getCodeBase(),"audio.au");
```

2) AudioClip 类的 play()方法

Applet 类的 play()方法只能将音频播放一遍，若要想循环播放某音频，需要使用功能强大的 AudioClip 类，它可以更有效地管理音频的播放操作。该类属于 java. applet 包。

为了播放音频，必须首先获得一个 AudioClip 对象。AudioClip 类是抽象类，不能直接创建对象，可以调用 Applet 类的 getAudioClip()方法建立。getAudioClip()方法能装载指定 URL 的音频文件，并返回一个 AudioClip 对象，其格式如下：

```
AudioClip getAudioClip(URL url)         //取得地址为 url 的 AudioClip 对象(音频文件)
AudioClip getAudioClip(URL url,String name)
                                        //取得地址为 url、名称为 name 的 AudioClip 对象
```

还可以使用 Applet 类的 newAudioClip()方法获得一个 AudioClip 对象，其格式如下：

```
AudioClip newAudioClip(URL url)         //取得地址为 url 的 AudioClip 对象(音频文件)
```

得到 AudioClip 对象以后，就可以调用 AudioClip 类中所提供的各种方法来操作其中

的声音数据。AudioClip 类的主要方法有：

```
public void loop()              //以循环的方式开始播放音频文件
public void play()              //开始播放音频文件
public void stop()              //停止播放音频文件
```

2. 在 Application 中播放音频

上述播放音频的方法不能用在 Application 中，因为 AudioClip 类和 getAudioClip()都属于 java. applet 包。在 Application 中播放音频，具体步骤如下。

（1）首先由音频文件创建一个 File 对象，例如：

```
File file=new File("ding.wav");
```

（2）由 File 对象调用 toURL()方法返回一个 URL 对象，例如：

```
URL url=file.toURL();
```

（3）使用 Applet 类的 newAudioClip()方法获得一个 AudioClip 对象，例如：

```
clip=Applet. newAudioClip(url);
```

习 题 11

1. 编写一个 Applet 程序，使用 Graphics 类的常用方法，绘制一面五星红旗。程序运行结果如图 11-10 所示。

2. 编写一个 Applet 程序，实现一行文字的动画显示，即文字跑马灯。程序运行结果如图 11-11 所示。

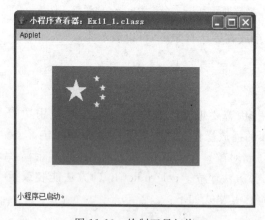

图 11-10　绘制五星红旗

图 11-11　文字跑马灯

3. 编写一个 Applet 程序，按下鼠标绘制或擦除多边形：在多边形内按下鼠标，绘制多边形；在多边形外按下鼠标，擦除多边形。程序运行结果如图 11-12 所示。

4. 编写一个 Applet 程序，画多个不同颜色嵌套的图形，当重新载入小应用程序时，颜色也可以发生变化。（提示：使用随机数产生随机颜色。）程序运行结果如图 11-13 所示。

5. 使用多线程技术，模拟文字渐显的动画效果。程序运行结果如图 11-14 所示。

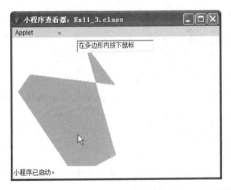 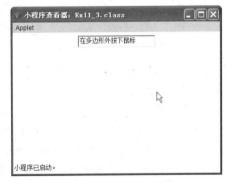

图 11-12　鼠标绘制或擦除多边形

图 11-13　嵌套的矩形

图 11-14　文字渐显效果

6. 编写一个应用程序，用鼠标拖动图像，当鼠标在图像区域内按下时，图像出现红色边框，拖动鼠标图像随之移动。抬起鼠标时边框消失，并完成拖动。程序运行结果如图 11-15 所示。

图 11-15　用鼠标拖动图像

参 考 文 献

[1]　耿祥义,张跃平. Java 2 实用教程(第 3 版). 北京：清华大学出版社,2006.

[2]　张跃平,耿祥义. Java 2 实用教程(第 3 版)实验指导与习题解答. 北京：清华大学出版社,2006.

[3]　雍俊海. Java 程序设计教程(第 2 版). 北京：清华大学出版社. 2007.

[4]　贾振华. Java 语言程序设计. 北京：中国水利水电出版社. 2004.

[5]　甘玲. 解析 Java 程序设计. 北京：清华大学出版社,2007.

[6]　张白一,崔尚林. 面向对象程序设计——Java(第 2 版). 西安：西安电子科技大学出版社,2006.

[7]　朱战立,沈伟. Java 程序设计实用教程. 北京：电子工业出版社,2006.

[8]　陈炜,等. Java 语言程序设计案例教程. 北京：人民邮电出版社,2006.

[9]　姜利群. Java 网络编程实例教程. 北京：清华大学出版社,2005.

[10]　黄明,梁旭,周绍斌. Java 课程设计. 北京：电子工业出版社,2006.

高等学校计算机专业教材精选

计算机技术及应用

信息系统设计与应用（第2版）　赵乃真　　　　　　　ISBN 978-7-302-21079-5

计算机硬件

单片机与嵌入式系统开发方法　薛涛　　　　　　　　ISBN 978-7-302-20823-5

基于 ARM 嵌入式 μCLinux 系统原理及应用　李岩　　ISBN 978-7-302-18693-9

计算机基础

计算机科学导论教程　黄思曾　　　　　　　　　　　ISBN 978-7-302-15234-7

计算机应用基础教程（第2版）　刘旸　　　　　　　ISBN 978-7-302-15604-8

计算机原理

计算机系统结构　李文兵　　　　　　　　　　　　　ISBN 978-7-302-17126-3

计算机组成与系统结构　李伯成　　　　　　　　　　ISBN 978-7-302-21252-2

计算机组成原理（第4版）　李文兵　　　　　　　　ISBN 978-7-302-21333-8

计算机组成原理（第4版）题解与学习指导　李文兵　ISBN 978-7-302-21455-7

人工智能技术　曹承志　　　　　　　　　　　　　　ISBN 978-7-302-21835-7

微型计算机操作系统基础--基于 Linux/i386　仜哲　ISBN 978-7-302-17800-2

微型计算机原理与接口技术应用　陈光军　　　　　　ISBN 978-7-302-16940-6

数理基础

离散数学及其应用　周忠荣　　　　　　　　　　　　ISBN 978-7-302-16574-3

离散数学（修订版）　邵学才　　　　　　　　　　　ISBN 978-7-302-22047-3

算法与程序设计

C++ 程序设计　赵清杰　　　　　　　　　　　　　　ISBN 978-7-302-18297-9

C++ 程序设计实验指导与题解　胡思康　　　　　　　ISBN 978-7-302-18646-5

C 语言程序设计教程　覃俊　　　　　　　　　　　　ISBN 978-7-302-16903-1

C 语言上机实践指导与水平测试　刘恩海　　　　　　ISBN 978-7-302-15734-2

Java 程序设计（第2版）娄不夜　　　　　　　　　　ISBN 978-7-302-20984-3

Java 程序设计教程　孙燮华　　　　　　　　　　　　ISBN 978-7-302-16104-2

Java 程序设计实验与习题解答　孙燮华　　　　　　　ISBN 978-7-302-16411-1

Visual Basic. NET 程序设计教程　朱志良　　　　　ISBN 978-7-302-19355-5

Visual Basic 上机实践指导与水平测试　郭迎春　　　ISBN 978-7-302-15199-9

程序设计基础习题集　张长海　　　　　　　　　　　ISBN 978-7-302-17325-0

程序设计与算法基础教程　冯俊　　　　　　　　　　ISBN 978-7-302-21361-1

计算机程序设计经典题解　杨克昌　　　　　　　　　ISBN 978-7-302-16358-9

数据结构　冯俊　　　　　　　　　　　　　　　　　ISBN 978-7-302-15603-1

数据结构　汪沁　　　　　　　　　　　　　　　　　ISBN 978-7-302-20804-4

新编数据结构算法考研指导　朱东生　　　　　　　　ISBN 978-7-302-22098-5

新编 Java 程序设计实验指导　姚晓昆　　　　　　　　ISBN 978-7-302-22222-4

Java 程序设计案例教程　王成端　　　　　　　　　　ISBN 978-7-302-　　　-

数据库

SQL Server 2005 实用教程　范立南　　　　　　　　ISBN 978-7-302-20260-8

数据库基础教程　王嘉佳　　　　　　　　　　　　　ISBN 978-7-302-11930-8

数据库原理与应用案例教程　郑玲利　　　　　　　　ISBN 978-7-302-17700-5

图形图像与多媒体技术

AutoCAD 2008 中文版机械设计标准实例教程　蒋晓　ISBN 978-7-302-16941-3

Photoshop（CS2 中文版）标准教程　施华锋　　　　　ISBN 978-7-302-18716-5